ସୁରଭି

ଏକ ଜୀବନ୍ତ କାହାଣୀ

ଉପନ୍ୟାସ

ପ୍ରଥମ ଭାଗ

ନୀଲମାଧବ ଭୂୟାଁ

Surabhi - Part 01
First Edition: July 2022
Printed in India

ISBN : 978-93-94603-53-0

Book Layout by : StoryMirror

Publisher :   StoryMirror Infotech Pvt. Ltd.
                   145, First Floor, Powai Plaza, Hiranandani Gardens, Powai,
                   Mumbai - 400076, India

Web: https://storymirror.com
Facebook: https://facebook.com/storymirror
Twitter: https://twitter.com/story_mirror
Instagram: https://instagram.com/storymirror
Email: marketing@storymirror.com

ଉତ୍ସର୍ଗ

ସେ ମହିଳାମାନଙ୍କ ପାଇଁ ଏକ ପ୍ରେରଣାର ଉତ୍ସ ଯେଉଁମାନେ ବର୍ତ୍ତମାନ ସ୍ଥିତିରେ ନିଜ ପରିବାରକୁ ନିୟୋଜିତ କରୁଛନ୍ତି ତଥା ପ୍ରଥମ କରି ନିଜ ଜୀବନକୁ ଗଢ଼ିବାକୁ ଯାଉଛନ୍ତି।

ଲେଖକଙ୍କ ପରିଚୟ

ନୀଳମାଧବ ଭୂୟାଙ୍କ ଜନ୍ମ ଗଞ୍ଜାମ ଜିଲ୍ଲାର ବୁଗୁଡ଼ା ବ୍ଲକ୍ ଅନ୍ତର୍ଗତ ସୋଲଣ୍ଡି ଗ୍ରାମରେ। ସେ ଜଣେ ଭାରତୀୟ ଅର୍ଦ୍ଧ ସାମରିକ ସେନା ଭାବେ କାର୍ଯ୍ୟରତ। ଛୋଟ ବେଳୁ ସାହିତ୍ୟ, କବିତା ଏବଂ ଗଳ୍ପ ଲେଖିବା ତାଙ୍କର ପ୍ରଥମ ରୁଚି। ନିଜକୁ ଲୋକଲୋଚନକୁ ଆଣିବା ପାଇଁ ବହୁତ ଥର ଚେଷ୍ଟା ସତ୍ତ୍ୱେ ମଧ ସେ ବିଫଳ ହୋଇଥିଲେ। ସେ କିଛି ଭାବୁଥିଲେ କିନ୍ତୁ ତାଙ୍କ ଜୀବନର ବାହାନ ତାଙ୍କୁ ସେନା ଆଡ଼କୁ ଟାଣି ନେଇ ଗଲା। କଳାର ଛାପକୁ ସମାଜ ଆଗରେ ଦୃଶ୍ୟମାନ କରାଇବା ପାଇଁ ସେ ବହୁତ ଥର ଚେଷ୍ଟା କରିଥିଲେ କିନ୍ତୁ ସମୟ କହେ ଅସଫଳର ଦ୍ୱିତୀୟ ନାମ ସଫଳତାର ଚାବିକାଠି ଏବଂ ସେ ଚାବିକାଠି ମାଧମରେ ସେ ପ୍ରଥମ ପାହାଚ ଚଢି ତଥା ଦୃଢ଼ ବିଶ୍ୱାସ ନେଇ ଆଗେଇ ଆସିଛନ୍ତି। ନିଜର ଓଡ଼ିଆ ପ୍ରତି ଭଲ ପାଇବା ସହିତ ଏହି କାହାଣୀ ମାଧମରେ ଓଡ଼ିଆ ସମାଜକୁ ଏକ ଉତ୍ତମ ବାର୍ତ୍ତା ଦେବାକୁ ଆସିଛନ୍ତି। ସେ ବହୁତ୍ ଗଳ୍ପ ଏବଂ କବିତା ନିଜ ଫେସବୁକ୍ ମାଧମରେ ଲୋକ ଲୋଚନକୁ ପ୍ରଦାନ କରିଛନ୍ତି। ଅନ୍ୟ କିଛି ଲେଖା ଓ କବିତା ତାଙ୍କ ନିଜ ବ୍ଲଗ୍ ପୃଷ୍ଠାରେ ସାଉଁଟି ରଖିଛନ୍ତି। ବ୍ଲଗ୍ ପୃଷ୍ଟାଟି www.bhuyansblog.com ନାମରେ ଇଣ୍ଟରନେଟରେ ପାଇ ପାରିବେ। ଏହି ଉପନ୍ୟାସରେ ଥିବା କାହାଣୀ ଏବଂ ଘଟଣା ବଳି ଆପଣଙ୍କୁ କେମିତି ଲାଗୁଛି ତେବେ ଉକ୍ତ ମେଲ୍ ଆଇଡି nbcisf@gmail.com ଦ୍ୱାରା ଲେଖକଙ୍କୁ ଜଣେଇ ପାରିବେ

ପ୍ରକାଶକ

ଦୁଇ ପଦ ଉପନ୍ୟାସ ବିଷୟରେ

"ସୁରଭି (ଏକ ଜୀବନ୍ତ କାହାଣୀ)" ଲେଖକଙ୍କ ଲିଖିତ ପ୍ରଥମ ଉପନ୍ୟାସ ଏବଂ ଅନ୍ୟ କିଛି ଉପନ୍ୟାସ ଏବଂ କ୍ଷୁଦ୍ର ଗଳ୍ପ ସଂକଳନ ପ୍ରକାଶ ଅପେକ୍ଷାରେ। କିଛି ମାଗାଜିନ୍ ଏବଂ ଖବର କାଗଜରେ ତାଙ୍କ କବିତା ଏବଂ ଗଳ୍ପ ପ୍ରକାଶ ହୋଇଛି। ସେ କବିତା ଅପେକ୍ଷା ଗଳ୍ପ ଲେଖିବା ପାଇଁ ଅଧିକ ପସନ୍ଦ କରନ୍ତି। ଏହି ଉପନ୍ୟାସ ବିଷୟରେ କହିବାକୁ ଗଲେ। ଏହି ଉପନ୍ୟାସ ମହିଲାମାନଙ୍କୁ ଏକ ପ୍ରେରଣାର ଉସ୍ ସାଜି ନିଜ ଜୀବନକୁ ପୁନର୍ଜୀବିତ କରିବାକୁ ଉତ୍ତମ ରାସ୍ତା ଦେଖାଇବ। ତଥା ସେ ମହିଲାମାନଙ୍କୁ ଏକ ଉତ୍ତମ ପରିବାର ଭାବେ ନିୟୋଜିତ କରି ନିଜ ଜୀବନକୁ ସମର୍ପଣର ଏକ ଜୀବନ୍ତ ଉଦାହରଣ ସାଜିବ। ଯେଉଁମାନେ ନିଜ ଜୀବନକୁ ପ୍ରତ୍ୟେକ ମୁହୂର୍ତ୍ତକୁ ଏକ ଗମ୍ଭୀର ନିକିତିରେ ତୋଳି ସମାନ ଭାବେ ରଖିବାକୁ ପ୍ରୟାସ କରନ୍ତି ତଥା ସେମାନେ ନିଜ ଚିନ୍ତାଧାରାକୁ ଉଚ୍ଚ କରିବାର ଏକ ଉତ୍ତମ ମାଧ୍ୟମ ଚାହୁଁଛନ୍ତି ତାହା ଏହି ଉପନ୍ୟାସରେ ବର୍ଣ୍ଣିତ। ସେ ମହିଲାମାନଙ୍କ ଠାରୁ ଆଶା କରେ ଯେ ନିଜକୁ ଏବଂ ନିଜ

ପରିବାରକୁ ସ୍ବୟଂ ଭଳି ଠିଆ କରି ରଖିବା ତଥା ନିଜ ସ୍ବାମୀ ପ୍ରତି ଆଦର ଏବଂ ସ୍ବାମୀ ପ୍ରତି ଥିବା ସନ୍ଦେହକୁ ଦୂର କରି ନିଜ ଜୀବନକୁ ସଦା ଉଜ୍ଜ୍ବଳ ଜହ୍ନର କିରଣ ଦେବାକୁ ଚେଷ୍ଟା କରିବାର ସଫଳ ଉଦାହରଣ ଏଥିରେ ବର୍ଣ୍ଣିତ। ଯଦି ଜଣେ ଝିଅ ଅବା ମହିଳା ନିଜକୁ ଦୁର୍ବଳ ଭାବେ ତେବେ ତା' ଉପରେ ଅତ୍ୟାଚାରର ବୋଝ ବଢ଼ି ଚାଲେ କିନ୍ତୁ ଅତ୍ୟାଚାରର ବିରୋଧ କରି ନିଜକୁ ସାହସୀକତା ଦେଖାଇବାର ଏକ ସ୍ବଷ୍ଟ ଉଦାହରଣ ଏହି ଉପନ୍ୟାସରେ ପଢ଼ିବାକୁ ପାଇବେ। ବାପା ମା'ଙ୍କ ସେବା କେତେ ଯେ ମୂଲ୍ୟବାନ ଏବଂ ନିଜେ ବାପା ମା' ସାଜି ନିଜ ପୁଅକୁ ବଡ଼ କରି ମଣିଷ କରିବା କେତେ କଷ୍ଟ ଦାୟକ ତାହା ମଧ୍ୟ ଏକ ଜ୍ବଳନ୍ତ ଉଦାହରଣ। ବନ୍ଧୁତାର ଅସଲ ପରିଚୟ ଆପଣ ଏଠି ପାଇ ପାରିବେ। କେତେ ସମସ୍ୟା ଆସିଲେ ମଧ୍ୟ ବାଧା ବିଘ୍ନକୁ ପାର କରି ଜୀବନରେ ଆଗକୁ ବଢ଼ିବା ପାଇଁ ଏକ ଉଚିତ୍ ମାର୍ଗ ଦେଖାଉଥିବା ଏକ ଜୀବନ୍ତ ଉପନ୍ୟାସ।

ଏହି ଉପନ୍ୟାସରେ ସୁରଭିର ଜନ୍ମ ପରେ ଝିଅର କର୍ତ୍ତବ୍ୟ ତା'ପରେ ବୋହୂ ଏବଂ ଶେଷରେ ସେ ମାଆର କର୍ତ୍ତବ୍ୟ ପଢ଼ିବାକୁ ପାଇବେ। ପ୍ରଥମ ଭାଗରେ ସୁରଭିର ଜନ୍ମ ଠାରୁ ପାଠପଢ଼ା ଏବଂ ସ୍ବାମୀ ପ୍ରତି ପ୍ରେମ, ରୋମାନ୍ସ ଏବଂ ବୋହୂ ହେବା ପରେ ତା' ସହିତ ହୋଇଥିବା ଅନ୍ୟାୟ ଅତ୍ୟାଚାର ସହିତ କିଛି ଅଘଟଣ ଏଥିରେ ବର୍ଣ୍ଣିତ ଅଛି।

ଏହି ପୁସ୍ତକରେ କେବଳ ପ୍ରଥମ ଭାଗ ବର୍ଣ୍ଣିତ ଅଛି। ଆଶା କରୁଛି ଏହି ଉପନ୍ୟାସ ଆପଣଙ୍କ ହୃଦୟକୁ ନିଶ୍ଚୟ ଛୁଇଁବ।

ନୀଳମାଧବ ଭୂୟାଁ (ଲେଖକ)

ମୋ : ୮୧୨୮୧୨୧୩୫୬

“ ଏହି ଉପନ୍ୟାସ ଲେଖିବା ତଥା ସଂଶୋଧନ ପାଇଁ ମୋ ପତ୍ନୀ ରୁବି ନାହାଙ୍କ ବିଶେଷ ଯୋଗଦାନ ରହିଛି।

ପ୍ରଥମ ଭାଗ

ବିଷୟ ସୂଚି

ଜନ୍ମ

୧.୯୦୦ ଶତାବ୍ଦୀର ଶେଷ ଭାଗ ଶୀତ ଋତୁ ର ଏକ ଶୀତୁଆ ସକାଳ। ଥଣ୍ଡା ଅନୁଭବ ହେଉଥିଲେ ମଧ ବହୁତ କମ୍। ତାହା କେବଳ ପାହାନ୍ତା ସମୟରେ। ଗ୍ରାମର କେତେ ବ୍ୟକ୍ତି ବାରଣ୍ଡାରେ ବସି ଗପ କରିବା ସହିତ କିଏ ଦାନ୍ତ କାଠିକୁ ଚୋବେଇ ଚୋବେଇ ଦୁଇ ଇଞ୍ଚ କରିସାରିଲାଣି ତ ଆଉ କିଏ ମୁହଁକୁ ସଫା କରିବାରେ ଲାଗିଛି। ଏପଟେ ସ୍ତ୍ରୀ ଲୋକଙ୍କ ଦାନ୍ତ ଖାଡୁ କରିବାର ଶିଢ ସାଙ୍ଗରେ ଧୂଳିର ବାସ୍ନା ଯେମିତି ସକାଳର ପରିବେଶକୁ ମନମୁଗ୍ଧ କରିଦେଉ ଥାଏ। ହଠାତ୍ ଏକ ଖବର ଆସିଲା କି, ମାଷ୍ଟରଙ୍କର ଘରେ କିଛି ଗୋଟେ ହୋଇଛି। କିଛି ଲୋକ ମାଷ୍ଟରଙ୍କ ବାରଣ୍ଡାରେରେ ରୁଣ୍ଡ ହୋଇ ମାଷ୍ଟରଙ୍କ ଘରକୁ କଣେଇ କଣେଇ ଦେଖିବାରେ ଲାଗିଲେ ।

ରମେଶ ବାବୁ ପେଷାରେ ଶିକ୍ଷକ। ଘରୁ ମୁରୁକି ହସ ଦେଇ ବାରଣ୍ଡାକୁ ଆସିଲେ। ବାହାରେ ରୁଣ୍ଡ ହୋଇଥିବା ଲୋକଙ୍କ ମଧ୍ୟରୁ ଜଣେ ପଚାରିଲା ଆରେ କହ କଣ ହୋଇଛି? ରମେଶ ବାବୁଙ୍କ ଖୁସି ଦ୍ୱିଗୁଣିତ ଅବସ୍ଥାରେ କହିଲେ, ଭାଇନା ଲକ୍ଷ୍ମୀଟିଏ ଆସିଲା ।

ସମୟ ପାଖାପାଖି ସକାଳ ୯.୨୮। ଘରେ ନୂଆ ଚାନ୍ଦ ଆସିବା ଖୁସିରେ ଉସ୍ତବ ଭଳି ମନେ ହେଉଥିଲା। ଆଜକୁ ପ୍ରାୟ ୯ ବର୍ଷ ପରେ ରମେଶ ବାବୁଙ୍କ ସ୍ତ୍ରୀ ନିତା ଗୋଟିଏ ସୁନ୍ଦର ପରିକୁ ଜନ୍ମ ଦେଇଛନ୍ତି। ଘରେ ସମସ୍ତଙ୍କ ମନରେ ଖୁସିର ଲହରୀ ଖେଳି ଯାଉଛି କିନ୍ତୁ ଜଣେ ବହୁତ ଦୁଃଖୀ ସହ ଅଭିମାନ ମୁହଁ ଧରି ବସି ରହିଛନ୍ତି। ସେ ହେଉଛନ୍ତି ରମେଶ ବାବୁଙ୍କ ମା', ତାଙ୍କ ମତରେ ପ୍ରଥମେ ଗୋଟିଏ

ପୁଅ ଯଦି ହୁଅନ୍ତା ତେବେ ବଂଶ ରକ୍ଷା କରିଥାନ୍ତା। ମନେ ମନେ କେତେ କ'ଣ ବୁତ୍ ବୁତ୍ ହୋଇ କହିଯାଉଛନ୍ତି। "ମୁଁ ଜାଣିଛି ପରା, ଏହି ଅଲକ୍ଷଣୀ ଗୋଟିଏ ମାଇପି ଛୁଆକୁ ଜନ୍ମ ଦେବ ବୋଲି।" ସେପଟେ ରମେଶ ବାବୁ ମନ ଖୁସିରେ ମା'କୁ କହିବାକୁ ଯାଉଥିଲେ କିନ୍ତୁ ହଠାତ୍ ମା'ର ଚେହେରା ଦେଖି ରହିଗଲେ ଆଉ ପଚାରିଲେ ମା' ତୁ କ'ଣ ଖୁସି ନାହୁଁ କି? ମା' କହିଲେ ଖୁସି ନା ଚୋପା!! ଏତିକି ଉତ୍ତର ଶୁଣି , ଆଉ କ'ଣ ପଚାରିବେ, ସେ ସେଠୁ ଫେରିଗଲେ। ସବୁ ବିଧି ଅନୁସାରେ ନାମକରଣ କରାଗଲା ଆଉ ନାମ ରଖାଗଲା "ସୁରଭି"। ରମେଶ ବାବୁଙ୍କୁ ଗୋସେଇଁ କହିଲେ "ତୋ ଝିଅ ବହୁତ ଧର୍ଯ୍ୟବାନ ଏବଂ ସତ୍ୟବତୀ ହେବ" ଆଉ ଲକ୍ଷ୍ମୀ ପ୍ରତିମାଟିଏ। ଆଉ ଠିକ୍ ସେହିପରି ତା'ର ବ୍ୟବହାର ଥିଲା।

ଗ୍ରାମରୁ ସହର ପ୍ରାୟତଃ ୧୦ କିଲୋମିଟର। ଗ୍ରାମ ପାଖରେ ଜଙ୍ଗଲ ଯୋଗୁଁ ଗ୍ରାମର ଶୋଭା ବଢ଼ିଯାଉଥାଏ। ଗ୍ରାମରେ ଥଣ୍ଡା ପବନ ଆଉ କୋଇଲିର କୁହୁ କୁହୁ ନାଦ ଏବଂ ଜଙ୍ଗଲରୁ ମୟୂରର ଡାକ ଯେମିତି ମନ ମୁଗ୍ଧ କରିଦେଉଥାଏ। ଲୋକେ କୁହନ୍ତି ଇଂରାଜୀ ଶାସନ ସମୟରେ କିଛି ଅଫିସର କାଠ ଯୋଗାଡ଼ ନିମନ୍ତେ ଏହି ଗ୍ରାମକୁ ଆସିଥିଲେ। ଏହି ଗ୍ରାମରେ ଗୋଟେ ଦିନ ରହିଥିଲେ। ଆଉ ବଡ଼ ଅଫିସରଙ୍କ କଥା ବାର୍ତ୍ତାରେ ଯାହା କୁହାଯାଏ ଯେ, ଇଂରାଜୀ ବାବୁ ଆଉ ଅନ୍ୟ ବାବୁ ସହ କଥା ହେଉଥିଲେ ଯେ "ଇଟ୍ ଏ ଗୁଡ୍ ପ୍ଲେସ୍ ଉଇଥ ସୋ ବିଉଟିଫୁଲ୍" ଏହି ପଦିଏଁ ଶବ୍ଦ ପାଇଁ ସେହି ଗ୍ରାମ ପୁଣି ଥରେ ନାମକରଣ ହୋଇଯାଇଥିଲା। ଆଉ ଇଂରାଜୀ ବାବୁଙ୍କ ସାଙ୍ଗରେ ବୁଲୁଥିବା କିଛି ପଦଚାରୀଙ୍କ ମତ ଅନୁସାରେ ଗାଁର ନାମ 'ଗୁରୁଦାସପୁର'ରେ ପରିଣତ ହୋଇଯାଇଥିଲା।

ରମେଶ ବାବୁଙ୍କ ଇଚ୍ଛା ଅନୁଯାୟୀ ଲକ୍ଷ୍ମୀ ରୂପରେ ସୁରଭିକୁ ପାଇଛନ୍ତି ରମେଶ ବାବୁ ଆଉ ତାଙ୍କ ସ୍ତ୍ରୀ ନୀତା ଦୁହେଁ ସ୍ଥିର କଲେ କି କେବଳ ଗୋଟିଏ ଝିଅକୁ ପାଲି ପୋଷି ବଡ଼ କରି ପଢ଼େଇବେ, ଆଉ ସନ୍ତାନ ଆମର ଦରକାର ନାହିଁ। ଆମର ସୁରଭି ସବୁ କିଛି। ସୁରଭି ମଧ୍ୟ ରୂପରେ ଏବଂ ଗୁଣରେ ବହୁତ ସୁନ୍ଦର ଥିଲା। ଛୋଟ ବେଳୁ ମା' ଆଉ ବାପାଙ୍କ ସ୍ନେହା ବୋଲା ହୋଇ ଯାଇଥିଲା। କେବେ ଅଳି ଅଟଟି କରେ ନାହିଁ ସୁରଭି ଧୀରେ ଧୀରେ ବଡ଼ ହେବାକୁ ଲାଗିଲା। ଗ୍ରାମର ସ୍କୁଲ୍ ରେ ତା'ର ପାଠ ପଢ଼ା ଆରମ୍ଭ ହେଲା। ପ୍ରଥମରୁ ଷଷ୍ଠ ପର୍ଯ୍ୟନ୍ତ ସବୁ ଶ୍ରେଣୀରେ ପ୍ରଥମ ସ୍ଥାନ। ତା'ପରେ ଆଗକୁ ପଢ଼ିବା ପାଇଁ ଅନ୍ୟ ଏକ

ଗ୍ରାମକୁ ଯିବା ପାଇଁ ପଡେ କିନ୍ତୁ ସୁରଭି ମନରେ ପଢ଼ିବାର ବହୁତ ଆଶା ଯୋଗୁଁ ବାପା ଗୋଟିଏ ସାଇକେଲ ଆଣିଦେଲେ। ସେଠୁ ଚାଲିଲା ସୁରଭିର ପୁନଃ ପାଠ ପଢ଼ିବା।

ରାଗ

ସୁରଭିର ଭଲ ସାଙ୍ଗ 'କବିତା' ସେ ମଧ୍ୟ ତା' ସହିତ ପାଠ ପଢେ କିନ୍ତୁ ସୁରଭି ଠାରୁ ଅଧିକା ମାର୍କ ରଖି ପାରୁ ନଥାଏ। ସୁରଭି କବିତାର ଅତି ଘନିଷ୍ଟ ବନ୍ଧୁ କିନ୍ତୁ ତାର ମନ ଭିତରେ ସୁରଭି ପ୍ରତି ଅଳ୍ପ ଇର୍ଷା ଆଉ ରାଗ ଥାଏ କିନ୍ତୁ କେବେ ସୁରଭିକୁ କହେ ନାହିଁ। ପ୍ରତ୍ୟେକ ପରୀକ୍ଷା ପୂର୍ବରୁ ସୁରଭି ପଢୁଥିବା ବହି ଏବଂ ଖାତା ଉପରେ ତା'ର ଧ୍ୟାନ ଥାଏ। ସୁରଭି କ'ଣ ପଢେ କ'ଣ ଲେଖେ କବିତା ସବୁବେଳେ ତା' ଉପରେ ନଜର ରଖିଥାଏ। କ୍ଲାସ୍ ରେ ସାର୍ ଯଦି ସୁରଭିକୁ କିଛି ପ୍ରଶ୍ନ କରନ୍ତି ତେବେ ସୁରଭି କହିବା ପୂର୍ବରୁ କବିତା କହିବାକୁ ଚେଷ୍ଟା କରେ। ବେଳେବେଳେ ତ ଠିକ୍ କହେ ଆଉ ବେଳେବେଳେ କହିପାରେନା। ସୁରଭି ସାଙ୍ଗରେ ସବୁ ସମୟରେ ଥାଏ। ଏମିତିକି ଖେଳ କୁଦ ଏବଂ ଅନ୍ୟାନ୍ୟ ଯେମିତି ଭଲ ଡ୍ରେସ ପିନ୍ଧିବା ଆଉ ଭଲ ବହି, ଖାତାକୁ ଭଲ କଭର ଲଗେଇ ଦେଖାଇ ହେବା। ତା'ର ଯେମିତି ଗୋଟେ ଅଭ୍ୟାସ ହୋଇଯାଇଥିଲା। ଏପଟେ ସୁରଭି କେବେ ବି କବିତା ସାଙ୍ଗରେ ପ୍ରତିଯୋଗି କରେ ନାହିଁ। ସେ ସବୁବେଳେ ନିଜ ପାଠ ପଢ଼ାରେ ଧ୍ୟାନ ଦିଏ ଆଉ ଭାବେ ମୁଁ ଯାହା କରୁଛି ଯଦି ଠିକ୍ ହେଲା ତ ଭଲ, କାହାକୁ ଦେଖିକି ନକଲ କରିବି କାହିଁକି ? ଯାହା ଫଳରେ ମୋର ଭଲ କାମ ମଧ୍ୟ ଭୁଲ୍ ହୋଇଯିବ। ଏମିତିରେ ସୁରଭି ଭଲ ପଢିବା ଯୋଗୁଁ କ୍ଲାସ୍ ରେ ଅନ୍ୟ ଛାତ୍ର ଏବଂ ଛାତ୍ରୀ ସୁରଭି ଉପରେ ରାଗ ହୁଅନ୍ତି। ମାତ୍ର ସୁରଭି କ୍ଲାସ୍ ରେ ସମସ୍ତଙ୍କ ସାଙ୍ଗରେ କଥାବାର୍ତା ଏବଂ ସମସ୍ତଙ୍କୁ ସାହାଯ୍ୟ କରିବାକୁ ପସନ୍ଦ କରୁଥାଏ। ଯଦି କାହାକୁ କୋଉ ପ୍ରଶ୍ନର ଉତ୍ତର ଆସେ ନାହିଁ ସେ ତାକୁ ଭଲ ଭାବରେ ବୁଝେଇ ତା'ର ଠିକ ଉତ୍ତର ଦେଇଥାଏ।

କବିତା ପାଠ ପଢ଼ାରେ ଠିକ୍ ଥିଲେ ମଧ ସେ ଈର୍ଷା ଭାବ ରଖିଥାଏ ଆଉ ସମସ୍ତଙ୍କ ଉପରେ ଚିଡ଼ି ଚିଡ଼ି ହେଉଥାଏ। ଯେମିତି କି ସେ ହିଁ ସବୁଠୁ ସୁନ୍ଦର ଆଉ ସେ ସଫା ରହିବାକୁ ପସନ୍ଦ କରୋ ତା'ର ଚିଡ଼ି ଚିଡ଼ା ବୁଦ୍ଧି ଯୋଗୁଁ କ୍ଲାସ୍ ର ଅନ୍ୟ ସାଙ୍ଗମାନେ ମଧ ତା' ସାଙ୍ଗରେ ବହୁତ ମଜାଲିଆ ବ୍ୟବହାର କରନ୍ତି ଆଉ ସେଦିନ ମଜା ଟିକେ ଅଧିକ ହୋଇଗଲା। କ୍ଲାସ୍ ରେ ଜଣେ ଛାତ୍ର ମଜା କରିବା ବାହାନାରେ ଅନ୍ୟ ସାଙ୍ଗଙ୍କ ସହିତ ମିଶି ଏମିତି କିଛି କରିଦେଲେ ଯେ ସମସ୍ତଙ୍କ ମନ ଦୁଃଖ ହୋଇଗଲା। କ୍ଲାସ୍ ରେ ଖାଇବା ଛୁଟି ହୋଇଥିଲା। କବିତା ଆଉ ତା' ସାଙ୍ଗ ମାନେ ମୁହଁ ହାତ ଧୋଇବା ପାଇଁ ନଳକୂପ ପାଖକୁ ଯାଇଥାନ୍ତି, ଏତିକିବେଳେ କିଛି ଅନ୍ୟ ଛାତ୍ର କବିତାର ଟିଫିନ ବକ୍ସକୁ ଖୋଲି ଦେଖିଲେ କି ସେ କ'ଣ ଖାଇବା ନେଇକି ଆସିଛି। ଆଉ ସଁଗେ ସଁଗେ ତା'ର ଟିଫିନ ବକ୍ସ ବନ୍ଦ କରି ମଧ ରଖିଦେଲେ କିନ୍ତୁ ଆଉ ଗୋଟିଏ ଝିଅ ସେ କ୍ଲାସ୍ ରୁମରେ ବସିଥିଲା। କବିତା ଯେତେବେଳେ ମୁହଁ ହାତ ଧୋଇ କ୍ଲାସ୍ ରୁମରେ ପହଁଚିଲା ହଠାତ୍ ତାକୁ ସେ ଝିଅ କହିଲା, "ସେମାନେ ତୋ ଟିଫିନ ବକ୍ସ ଖୋଲି ଦେଖୁଥିଲେ ଯେ ତୁ କ'ଣ ଖାଇବା ଆଣିଛୁ ବୋଲି, "ଏତିକି ଶୁଣି କବିତା ରାଗ ତମ ତମ ହୋଇ ଟିଫିନ ବକ୍ସକୁ ନେଇ ବାହାରି ଗଲା ପଛେ ପଛେ ସୁରଭି ଆଉ ସାଙ୍ଗମାନେ ତାକୁ ବୁଝେଇ ଆଣିବାକୁ ଚେଷ୍ଟା କରିଲେ। ଆଉ କହିଲେ ଆରେ କିଛି ନାହିଁ ସେମାନେ ମଜାକ କରିବାକୁ ଖୋଲିଥିବେ, ତୁ କାହିଁକି ରାଗୁଛୁ? କବିତା ଆଖିରୁ ଧାର ଧାର ଲୁହ ସାଙ୍ଗରେ ରାଗ ଆଉ କାହା କଥା ନ ଶୁଣି ନଳକୂପ ପାଖରେ ଆବର୍ଜନା କୁଣ୍ଠରେ ସବୁ ଖାଇବା ଫୋପାଡ଼ି ଦେଲା। ସବୁ ସାଙ୍ଗ ଆଶ୍ଚର୍ଯ୍ୟର ସହିତ କବିତାକୁ ଦେଖିବାକୁ ଲାଗିଲେ। ସମସ୍ତଙ୍କ ମନରେ ଗୋଟିଏ ପ୍ରଶ୍ନ କବିତା ଏ କ'ଣ କରିଲା? ଯେଉଁମାନେ କବିତାର ଟିଫିନ ବକ୍ସ ଖୋଲିଥିଲେ ସେମାନେ ଆସି କବିତାକୁ ଭୁଲ୍ ମାଗିଲେ କିନ୍ତୁ କବିତାର ରାଗ ସହିତ ଲୁହ ବୋହିବାରେ ଲାଗିଥିଲା। ଅଧ ଘଣ୍ଟାଏ ସରିବାକୁ ଆସିଲାଣି ଆଉ ଅଧ ଘଣ୍ଟାଏ ପରେ କ୍ଲାସ୍ ଆରମ୍ଭ ହୋଇଯିବ। ସମସ୍ତଙ୍କ ମନରେ ଭୟ ଥାଏ। ସୁରଭି କହିଲା ସେ କଥା ଭୁଲି ଯାଅ, ଆସେ ମୁଁ ଅଧିକା ଭାତ ଆଣିଛି ଦୁହେଁ ମିଶିକି ଖାଇନେବା କିନ୍ତୁ ତାର ଜିଦ୍ ରେ ସେ ଅଟଲ। ସେ ଖାଇଲା ନାହିଁ ଏବଂ ତା' ପାଇଁ ବାକି ସମସ୍ତେ ମଧ ଖାଇପାରିଲେ ନାହିଁ ଆଉ ଗୋଟିଏ ଡର ଥିଲା ଯେ, ଯଦି କବିତା ସାର୍ କୁ କହିଦିଏ ତେବେ ପୁରା କ୍ଲାସ୍ ଆଜି ମାଡ଼ ଖାଇବ କିନ୍ତୁ ସେମିତି କିଛି ହେଲା ନାହିଁ ଦ୍ୱିପହର ସବୁ କ୍ଲାସ୍ ଯେମିତି ବେକାର ବେକାର ଲାଗୁଥିଲା। ତା' ପର

ଠାରୁ କ୍ଲାସ୍ ରେ କବିତା ସାଙ୍ଗରେ ବାକି ସାଙ୍ଗ ମାନଙ୍କ କଥା ବାର୍ତ୍ତା ମଧ କମ୍ ହୋଇଯାଇଥିଲା କିନ୍ତୁ ସୁରଭି କଥା ହେଉଥାଏ ଆଉ ଏକା ସାଙ୍ଗରେ ସ୍କୁଲ୍ ଯିବା ଆସିବା କରୁଥିଲେ। ସେହି ବର୍ଷର ବାର୍ଷିକ ପରୀକ୍ଷାରେ ମଧ ସୁରଭି ପ୍ରଥମ ସ୍ଥାନ ଏବଂ କବିତା ଦ୍ୱିତୀୟ ସ୍ଥାନରେ ରହି ପାସ କରିଲେ।

କଲେଜ

ତାପରେ ଆସିଲା ସପ୍ତମ ଶ୍ରେଣୀ କିନ୍ତୁ ଦୁଃଖର କଥା ସପ୍ତମ ଶ୍ରେଣୀରେ କବିତା ଅନ୍ୟ ଏକ ସହରର ସ୍କୁଲ୍ ରେ ପଢ଼ିବାକୁ ପଡ଼ିଲା କାରଣ କବିତାର ବାପା ଜଣେ ପୋଲିସ ସେଥିପାଇଁ ତାଙ୍କର ଅନ୍ୟ ଏକ ସହରକୁ ଯିବାକୁ ପଡ଼ିଲା। ସୁରଭି ଏକା ଏକା ସ୍କୁଲ୍ ଯାଏ ଆଉ ଆସେ କିନ୍ତୁ ସତ କହିବାକୁ ଗଲେ କବିତା ସୁରଭି ଉପରେ ଈର୍ଷା କରେ ସିନା କିନ୍ତୁ ସୁରଭିର ସେ ପ୍ରକୃତ ରକ୍ଷକ ସାଜିଥିଲା ମାନେ ବଡ଼ି ଗାର୍ଡ। ଅସୁବିଧା ସମୟରେ ସାହାଯ୍ୟ କରେ ଯେମିତିକି କେହ ପୁଅ ସୁରଭିକୁ କିଛି କହେ ତେବେ ସେ ସୁରଭି ତରଫରୁ ତାକୁ ଗାଳି ଦିଏ ଆଉ ମାରିବାକୁ ମଧ ଯାଇଥାଏ। ସୁରଭିକୁ ମଧ କବିତା ବହୁତ ମନେ ପଡ଼ୁଥାଏ।

ସୁରଭି ମନକୁ ବୁଝେଇ ପୁଣି ପାଠପଢ଼ାରେ ଲାଗିପଡ଼ିଲା। ଦେଖୁ ଦେଖୁ ସୁରଭି ସପ୍ତମ ଠାରୁ ଦଶମରେ ପହଞ୍ଚିଲା। ସୁରଭି ଦଶମ ଶ୍ରେଣୀରେ ମଧ ସେହି ସ୍କୁଲ୍ ରେ ପ୍ରଥମ ସ୍ଥାନ ଗ୍ରହଣ କରି ପାସ କରିଲା ।

ଏବେ ଆସିଲା କଲେଜ ସମୟ। ଗ୍ରାମରୁ କଲେଜ ବହୁତ ଦୂର କିନ୍ତୁ ମନ ଭିତରେ ଆଶା ଭରି ରହିଥିବାରୁ ସୁରଭିର ବାପା କଲେଜ ଯିବା ପାଇଁ ଅନୁମତି ଦେଲେ। ହେଲେ ଏଠି ଗ୍ରାମର କିଛି ବୃଦ୍ଧ ବ୍ୟକ୍ତଙ୍କର ମତ ଯେ ବଢ଼ିଲା ଝିଅ କଲେଜ ପଢ଼ିବାକୁ ଯିବନି ଯେ ସେଠି ପୁଅମାନଙ୍କ ସାଙ୍ଗରେ ବୁଲିବ ଆଉ ଖରାପ କାମରେ ଲିପ୍ତ ରହିବ। ଖାଲି ଲୋକ ନୁହେଁ ଗ୍ରାମର କିଛି ମହିଳା ବ୍ୟକ୍ତମାନଙ୍କ ମତ ଏହା ଯେ, ସେ କ'ଣ ପଢ଼ୁଥିଲା କି? ତା' ବାପା ମାଷ୍ଟର ଅଛି ନା ସେଥିପାଇଁ ତାକୁ ପାସ୍ କରିଦେଉଥିଲୋ। ଆଉ ଏବେ ତା' ଝିଅକୁ କଲେଜ ପଢ଼େଇ ଦେଖେଇ

ହେଉଛି। ଏମିତି ବହୁତ କଥା ଏବଂ ଲୋକଙ୍କ ଟାହି ଟାପରାକୁ ରମେଶ ବାବୁ ଖାତିର ନ କରି ଝିଅକୁ କଲେଜରେ ପଢ଼ିବାକୁ ସୁଯୋଗ ଦେଲେ। ସୁରଭି ସେହି ଗ୍ରାମର ପ୍ରଥମ ଝିଅ ଯେ କଲେଜ ପଢ଼ିବାକୁ ଗ୍ରାମରୁ ବାହାରକୁ ଯିବା ପାଇଁ ଗୋଡ କାଢ଼ିଛି। ସେଥିପାଇଁ ଲୋକମାନେ ଈର୍ଷାରେ ଜଳି ଯାଉଥିଲେ। ପର ଲୋକ ତ କହିବେ ଆଉ ସେମାନଙ୍କ କଥା ଯୋଗୁଁ ଦୁଃଖ ନାହିଁ ଯଦି ନିଜ ଲୋକ କହିବ ତେବେ ବହୁତ ଦୁଃଖ ଲାଗେ।

ରମେଶ ବାବୁଙ୍କ ମା' ଜଣେ ପୁରୁଣା ବର୍ଗର ଲୋକ। ସେ ବହୁତ ଥର କହିଛନ୍ତି କି ଝିଅକୁ ବାହାରକୁ ଛାଡେ ନାହିଁ। ଦଶଟା ଟୋକା ଦେଖିବେ, ଦଶଟା କଥା କହିବେ। ଆଉ ତୋ ଝିଅର ଯୋଉ ରଙ୍ଗ ଢଙ୍ଗ ନା? ତାକୁ ଦେଖି କେହି କୋଉଠି ଯଦି ଜବରଦସ୍ତି କରିବ ଏବଂ ଯଦି କିଛି ଖରାପ କାମ କରିବ ତେବେ ତୁ ସହି ପାରିବୁ ତ? ଏକଥା ଶୁଣି ରମେଶ ବାବୁଙ୍କର ରକ୍ତଚାପ ବଢ଼ିଗଲା। ମା' ବୋଲି ନିଜକୁ ସମ୍ଭାଳି ଚୁପ୍ ରହିଲେ ଆଉ କହିଲେ, "ମୋ ଝିଅର କିଛି ହେବନି ସେ ଠିକ୍ ରେ ଯିବ ଏବଂ ଠିକ୍ ରେ ଆସିବ। ଆଉ ତମେ ତାକୁ ଏମିତି କହି ତା'ର ମନୋବଳ ଭାଙ୍ଗ ନାହିଁ ଏବଂ ତମ କଥା ଯଦି ଶୁଣିଥାନ୍ତି ତେବେ ମୋ ଝିଅ ଘର ଭିତରେ ମୂର୍ଖ ହୋଇ ପଡ଼ି ରହିଥାନ୍ତା। ଏତିକି କହି ସେ ସେଠୁ ଚାଲିଗଲେ। ପାଠ ପଢ଼ା ପାଇଁ ସୁରଭିର ବାପା ଆଉ ମା' ଦୁହେଁ ବହୁତ ଧ୍ୟାନ ଦେଉଥିଲେ।

+୨ ପ୍ରଥମ ବର୍ଷ, କ୍ଲାସ୍ ରେ ପ୍ରଥମ ଦିନ। ସୁରଭି ସହିତ ସବୁ ଛାତ୍ରଛାତ୍ରୀମାନଙ୍କର ପ୍ରଥମ ଦିନ। ସମସ୍ତେ ନିଜ ନିଜ ପରିଚୟ ଦେଇ କଥା ହେଉଥିଲେ। ସୁରଭିର କଥା ହେବାକୁ ଇଚ୍ଛା ଥିଲେ ମଧ୍ୟ ସେ ସାହସ କରିପାରୁନଥିଲା। ସେ କେମିତି କଥା ହେବ ଆଉ କ'ଣ କଥା ହେବ? ଭାବି ପଛ ଘୁଂଚା ଦେଉଥିଲା। ଅସଲ କଥା ହେଲା, ସବୁ ଛାତ୍ରଛାତ୍ରୀ ନିଜ ନିଜର ସ୍କୁଲ୍ ସାଙ୍ଗକୁ କଲେଜରେ ଦେଖି ଖୁସି ହେଉଥିଲେ ମାତ୍ର ସୁରଭିର ସ୍କୁଲ୍ ରୁ ସେ ଏକା ଆଉ ଯେଉଁମାନେ ପାସ କରିଥିଲେ, ସେମାନଙ୍କ ମଧ୍ୟରୁ କୌଣସି ଝିଅକୁ କଲେଜ ପଢ଼ିବାକୁ ତାଙ୍କ ପରିବାର ସୁଯୋଗ ଦେଲେ ନାହିଁ। ହଁ, ସୁରଭିର ସ୍କୁଲ୍ ର କେତେ ପୁଅ କଲେଜ ଆସିଥିଲେ କିନ୍ତୁ ସୁରଭି ମନରେ ମା'ର କଥା ବାରମ୍ବାର ମନେ ପଡ଼ି ଯାଉଥିଲା। ମା' ମନା କରିଥିଲେ ଯେ, କଲେଜରେ କୋଉ ପୁଅମାନଙ୍କ ସହିତ କଥା ବାର୍ତ୍ତା ହେବୁ ନାହିଁ। ଯଦି ଆମ ଗାଁର କୋଉ ପୁଅ ଦେଖି ଆସି ତୋ

ଜେଜେ ମା'କୁ କହିବେ ନା! ସେ ପୁରା ଗାଁଟି ଯାକ ବୁଲି ବୁଲି କହିବେ। ଏତିକି ଭାବୁ ଭାବୁ ହଠାତ ପଛ ପଟୁ କେହି ଜଣେ ସୁରଭିକୁ ଡାକିଲା, ଏ ସୁରଭି.... ସୁରଭି.... ଆରେ ଏକା କ'ଣ ବସିଛୁ? ସୁରଭି ପଛକୁ ବୁଲି ଦେଖିଲା ଯେ ତାଙ୍କ ସ୍କୁଲ୍ ସାଙ୍ଗ ପ୍ରଶାନ୍ତ। ପ୍ରଶାନ୍ତ, ସୁରଭି ପାଖକୁ ଆସିଲା ଆଉ ସୁରଭିକୁ ହାତ ମିଳାଇବା ପାଇଁ ହାତ ବଢାଇଲା। ସୁରଭି ଏପଟେ ସେପଟେ ଦେଖିଲା, କେହି ଦେଖୁଛନ୍ତି କି? ପ୍ରଶାନ୍ତ ସୁରଭିକୁ ଦେଖି କହିଲା ଆରେ ଏ ହେଉଛି, କଲେଜ ଏଠି ଟିକିଏ ଚାଲାକ୍ ଚତୁର ହେବାକୁ ପଡେ। ଏତେ ଡର କ'ଣ? କିନ୍ତୁ ସୁରଭି ହାତ ନ ମିଶାଇ ଖାଲି ହାଏ... କହିଦେଲା। ପ୍ରଶାନ୍ତ କହିଲା ତୁ କାହାକୁ ଡରୁଛୁ ? ଆମେ ତୋ ସାଙ୍ଗ, ଆମ ସ୍କୁଲ୍ ର ତୁ ଏକା ଝିଅ ଯିଏ କଲେଜକୁ ଆସିଛି। ଆମକୁ ଖୁସି ଲାଗୁଛି। ଆଉ ଆମ ସ୍କୁଲ୍ ର ସୁଶାନ୍ତ, ଦୀପକ ଆଉ ସନ୍ତୋଷ ସେଠି ବସିଛନ୍ତି ଦେଖ। ସୁରଭି ପଛକୁ ବୁଲି ଦେଖିଲା ଆଉ ସେମାନଙ୍କୁ ଦେଖି ଟିକେ ମୁରୁକି ହସ ଦେଲା। ପ୍ରଶାନ୍ତ କହିଲା ଆଉ ଚିନ୍ମୟ ମଧ୍ୟ ଜଏନ ହୋଇଛି କିନ୍ତୁ ସେ ଆଜି କଲେଜ୍ ଆସିନି। ସୁରଭି ପଚାରିଲା ଚିନ୍ମୟ କିଏ? ପ୍ରଶାନ୍ତ କହିଲା ଆରେ ଚିନ୍ମୟ କୁ ଜାଣିନୁ? ଆରେ "ବୁଢ଼ା" ମ'?, ବୁଢ଼ାକୁ ଜାଣିନୁ? ମୋଟା ହୋଇକି ପଛରେ ବସୁଥିଲା। ହଉ ଛାଡ଼ କାଲି ଆସିବ ତାକୁ ଦେଖି ଚିହ୍ନି ପାରିବୁ। ପ୍ରଶାନ୍ତ କହିଲା ଦେଖ, ତୁ ଭଲ ପଢ଼ୁ, ଆଉ ଆମକୁ ସ୍କୁଲ୍ ରେ ଯେମିତି ଲେଖା ପଢାରେ ସାହାଯ୍ୟ କରୁଥିଲୁ ଏବେ ମଧ୍ୟ ସେମିତି ସାହାଯ୍ୟ କରିବୁ! ସୁରଭି କହିଲା ହଁ ଭାଇ। ପ୍ରଶାନ୍ତ କହିଲା ଭାଇ ନା ଗାଈ! ଆରେ କାଲି ତ, ନାଁ ଧରି ଡାକୁଥିଲୁ ଆଜି ଭାଇ କ'ଣ ଡାକୁଛୁ। ସୁରଭି କହିଲା ଯେତେ ହେଲେ ତମେ ମୋର ଛୋଟ ବଡ଼ ଭାଇ ନା? ପ୍ରଶାନ୍ତ ବାକି ସାଙ୍ଗମାନଙ୍କୁ ଡାକିଲା କହିଲା, "ଆରେ ବ୍ୟାଗ ନେଇକି ଆସ ଏଠି ବସିବା।" ସୁରଭି କହିଲା, "ଏଠି ଝିଅ ପିଲା ମାନଙ୍କ ପାଖରେ ବସିବ ନା କ'ଣ?" ପ୍ରଶାନ୍ତ କହିଲା, "ନାରେ!! ତୁ ଝିଅ ପିଲା ମାନଙ୍କୁ ଗ୍ରୁପରେ ବସିବୁ, ଆମେ ପୁଅ ପିଲା ଗ୍ରୁପରେ ବସିବୁ" ତାପରେ ସମସ୍ତେ ଆସିଲେ। ପ୍ରଶାନ୍ତ କହିଲା, "ଶୁଣରେ ସୁରଭି ପୁରା ବଦଳି ଯାଇଛି।" ଦୀପକ ପଚାରିଲା କେମିତି ବଦଳିଲା। ସେ ତ କଲେଜକୁ ଆସି ଆଉରି ସୁନ୍ଦର ଆଉ ସ୍ମାର୍ଟ ହୋଇଯାଇଛି। ଏମିତି ଶୁଣି ସୁରଭି ସହିତ ବାକି ସାଙ୍ଗମାନେ ମଧ୍ୟ ହସିଲେ। ପ୍ରଶାନ୍ତ କହିଲା ନାହିଁରେ ସେ ଆମମାନଙ୍କୁ ଭାଇ ଡାକୁଛି। ସେଥିପାଇଁ କହିଲି। ସନ୍ତୋଷ କହିଲା ଆମେ ତୋ ସାଙ୍ଗ!! ଭାଇ କ'ଣ? ସ୍କୁଲ୍ ରେ ଯେମିତି ସାଙ୍ଗ ହେଉଥିଲେ ସେମିତି ସାଙ୍ଗ ହୋଇ ରହିବା। ଷଷ୍ଠ ଶ୍ରେଣୀରେ କବିତା

ତୋର ବଡିଗାର୍ଡ ଥିଲା କିନ୍ତୁ ସେ ତ ଏବେ ନାହିଁ। କଲେଜରେ ତୋର କ'ଣ ଅସୁବିଧା ହେଲେ ଆମକୁ କହିବୁ ଆମେ ତୋତେ ସାହାଯ୍ୟ କରିବୁ ମାତ୍ର ନୋଟ୍ ଆଉ ପଢା ପଢିରେ ତୁ ଆମକୁ ସାହାଯ୍ୟ କରିବୁ। ସୁରଭି କହିଲା ହଉ ଠିକ୍ ଅଛି କିନ୍ତୁ ମୋର ଗୋଟିଏ ଅନୁରୋଧ ରଖିବ କି? ସାଙ୍ଗମାନେ କହିଲେ, ଆରେ ତୁ ଆଦେଶ ଦେ, ଅନୁରୋଧ କ'ଣ? ସୁରଭି କହିଲା, ମୋର ଜେଜେ ମା'କୁ କେହି କହିବନି ଯେ ମୁଁ ତମ ସାଙ୍ଗରେ ସାଙ୍ଗ ହେଉଛି ବୋଲି। ପ୍ରଶାନ୍ତ କହିଲା, ଆମେ ସମସ୍ତେ ତ ଅଲଗା ଗାଁର, ତୋ ଜେଜେ ମା'କୁ ଆମେ କେମିତି କହିବୁ କହ? ସୁରଭି କହିଲା ହଁ ସେୟା ତ ସତ କଥା!! ମାତ୍ର ମୋତେ କାହିଁ ଡର ଡର ଲାଗୁଛି। ସାଙ୍ଗମାନେ କହିଲେ, ଚିନ୍ତା କାହିଁକି କରୁଛୁ, ଆଜି କଲେଜରେ ପ୍ରଥମ ଦିନ। ସେମିତି କିଛି ହେବନି। କିଛି ସମୟ ପରେ ସାର୍ ଆସିଲେ ଆଉ ସମସ୍ତଙ୍କୁ ନିଜର ପରିଚୟ ପଚାରିଲେ। ସୁରଭି ମଧ ନିଜର ପରିଚୟ ଦେଲା ଏବଂ କ୍ଲାସ୍ ଆରମ୍ଭ ହେଲା।

ଈର୍ଷା।

ଏମିତି କିଛି ଦିନ ବିତି ଗଲା, ରାମ ବୋଲି ଗୋଟିଏ ଛାତ୍ର। ରାମ ଦେଖିବାକୁ ହାଣ୍ଡସମ୍ ଆଉ ପାଠ ପଢ଼ାରେ ମଧ ପ୍ରଥମ। ରାମ ମଧ ନିଜ ସ୍କୁଲ୍ ରେ ପ୍ରଥମ ସ୍ଥାନ ରଖି ପାସ କରିଥିଲା। ସୁରଭି ଆଉ ରାମର ପାଠ ପଢ଼ା ଭିତରେ ସୁରଭି ଆଗୁଆ ରହେ। ରାମର ବାପା ରାଜନୀତି କରନ୍ତି। ସେଥିପାଇଁ ରାମ ସମସ୍ତଙ୍କ ଠାରୁ ଶ୍ରେଷ୍ଠ ବୋଲି ଭାବେ ଆଉ ନିଜକୁ ନେଇ ଗର୍ବ କରେ। ସେହି ସମୟରେ ସମସ୍ତେ ସାଇକେଲ ରେ ଆସିଲା ବେଳେ କେବଳ ସେ ବାଇକ୍ ରେ ଆସୁଥାଏ। ସେ ସର୍ବଦା ଚାହୁଁଥାଏ ମୁଁ କ୍ଲାସ୍ ରେ ପ୍ରଥମ ହୁଏ କିନ୍ତୁ ପ୍ରଥମ ବର୍ଷର ରେଜଲ୍ଟ ପରେ ସୁରଭି ପ୍ରଥମ ନମ୍ବର୍ ରେ ଥିଲା ବେଳେ ରାମ ଦ୍ୱିତୀୟ ନମ୍ବର୍ ରେ। ଆଉ ସେହି ଦିନ ଠାରୁ ରାମର ସୁରଭି ଉପରେ କଡା ନଜର ଆଉ ସେ ସୁରଭିକୁ ସବୁବେଳେ ଈର୍ଷା ନଜରରେ ଦେଖୁଥାଏ ।

ଦ୍ୱିତୀୟ ବର୍ଷ ଆରମ୍ଭ ହେଲା କଲେଜ୍ ର ପ୍ରଥମ ଦିନ। ସୁରଭି କ୍ଲାସ୍ ଭିତରକୁ ପ୍ରବେଶ କରିବା ପୂର୍ବରୁ, ରାମ କ୍ଲାସ୍ ରେ ଆସି ବସିଥିଲା ଆଉ ତା' ସାଙ୍ଗ ମାନଙ୍କ ସହ ବସି କଥା ହେଉଥିଲା। ସୁରଭି ଯେତେବେଳେ କ୍ଲାସ୍ ଭିତରକୁ ଆସିଲା, ରାମ ଆଉ ତା'ର ସାଙ୍ଗମାନେ ମିଶି ସୁରଭିକୁ ଠଠା କରି ସ୍ୱାଗତ ଜଣେଇଲେ। ରାମ ଠିଆ ହୋଇ କହିଲା, "ସମସ୍ତେ ସାବଧାନ ହୋଇଯାଅ, ଆଉ "ସୁରଭି ମାଡମ୍ ଙ୍କୁ ନମସ୍କାର", ସୁରଭି କିଛି ବୁଝି ନପାରି ଏବଂ ମଜା ବୋଲି ଭାବି ମୁରୁକି ହସ ଦେଇ ବେଞ୍ଚ ରେ ଆସି ବସିଗଲା କିନ୍ତୁ ତା' ପର ଠାରୁ ରାମ ଯେମିତି ଜୋକ ଭଲି ସୁରଭି ପଛରେ ଲାଗିଗଲା। କ୍ଲାସ୍ ରେ ଆସିଲେ କମେଣ୍

କରିବା ଆଉ ରାସ୍ତା ଘାଟରେ କିଛି କଥା କହି ଗୁଲି କରିବା ଆଉ ବେଳେବେଳେ ଅପମାନ ମଧ୍ୟ କରେ। ସୁରଭି ଚୁପଚାପ୍ ସହି ଯାଉଥାଏ। ସୁରଭିର ସାଙ୍ଗ ମାନେ ମଧ୍ୟ ଜାଣିବାକୁ ପାଇଲେ ଯେ ରାମ ସୁରଭିକୁ ହଇରାଣ କରୁଛି। ସୁରଭିର ସାଙ୍ଗ ମାନେ ଏ ବିଷୟରେ ପଚାରିଲେ ସୁରଭି କହେ ସେ ଖାଲି କହୁଛି ଯେ, ମୋର ତ କିଛି ଅସୁବିଧା ହେଉନି। ଯଦି କିଛି ଅସୁବିଧା ହୁଏ ତେବେ ତୁମକୁ କହିବି କିନ୍ତୁ ରାମର କାର୍ଯ୍ୟକଲାପ ଦିନକୁ ଦିନ ବଢ଼ିବାକୁ ଲାଗିଲା। ଏମିତି କେତେ ଦିନ ପରେ କ୍ଲାସ୍ ରେ ପ୍ରଶାନ୍ତ ରାମକୁ କହିଲା, ରାମ ତୁ ସୁରଭିକୁ କାହିଁକି ହଇରାଣ କରୁଛୁ। ତା'ର ଜବାବରେ ରାମ କହିଲା, "ସୁରଭି କ'ଣ ତୋର ଗାର୍ଲ୍ ଫ୍ରେଣ୍ଡ କି? ତୁ ତା'ର କଥା ବେସି ଚିନ୍ତା କରୁଛୁ।" ପ୍ରଶାନ୍ତ ରାଗି କି କହିଲା, "ହଁ ସେ ମୋର ଗାର୍ଲ୍ ଫ୍ରେଣ୍ଡ", ତୁ ତାକୁ ହଇରାଣ କରିବା ବନ୍ଦ କର ନହେଲେ ଭଲ ହେବନି। ଏତିକି ବେଳେ ସୁରଭି ଆସି ପ୍ରଶାନ୍ତକୁ ଟାଣି ନେଇ କହିଲା, "ନାହିଁ ପ୍ରଶାନ୍ତ ତା' ସାଙ୍ଗରେ ଲାଗେନି।" ସେ ଖାଲି କହୁଛି ନା ମୋର ତ କିଛି ଅସୁବିଧା ହେଉନି, ମୁଁ ତା'ର କଥାକୁ ଖାତିର କରେନି। ତୁ ଯା' ତୋ ବେଞ୍ଚରେ ବସ ଏତିକି ବେଳେ ରାମ ରାଗରେ ପ୍ରଶାନ୍ତକୁ କହିଲା, "ତୁ ମତେ ଜାଣିନୁ ବୋଧେ"। ତୋତେ ବୁଦ୍ଧି ଶିଖେଇବାକୁ ପଡ଼ିବ। ଏତିକି ବେଳେ ସୁରଭି ଆସି ରାମକୁ ଭୁଲ୍ ମାଗିଲା ଏବଂ ପ୍ରଶାନ୍ତ ତରଫରୁ ମୁଁ ତମକୁ ଭୁଲ୍ ମାଗୁଛି ବୋଲି କହିଲା। ଆଉ ମୋତେ ଯଦି ହଇରାଣ କରି ତମକୁ ଭଲ ଲାଗୁଛି ତେବେ କର, ମୋର କିଛି କହିବାର ନାହିଁ।

ସେଦିନ ଠାରୁ ରାମ ସୁରଭିକୁ ହଇରାଣ କରିବା କମ୍ କରିଦେଲା କିନ୍ତୁ ବେଳେବେଳେ କମେଣ୍ଟ କରୁଥାଏ।

ଫଟୋ

ତାପରେ ଆସିଲା ଗଣେଶ ପୂଜା, ଗଣେଶ ପୂଜାରେ ସମସ୍ତେ ଉପସ୍ଥିତ ହୋଇଥିଲେ। ସମସ୍ତେ ଭଲ ଭଲ ଡ୍ରେସ୍ ପିନ୍ଧି କଲେଜ୍ କୁ ଆସିଥିଲେ। ସୁରଭିର ସାଙ୍ଗ ସନ୍ତୋଷ କ୍ୟାମେରା ଆଣିଥିଲା ସମସ୍ତେ ମିଶି ଫଟୋ ଉଠେଇଲେ। ରାମ ମଧ କ୍ୟାମେରା ଆଣିଥାଏ, ରାମ ସୁରଭିକୁ କହିଲା, ଆସ ଆମେ ମିଶିକି ଫଟୋ ଉଠେଇବା। ସୁରଭି କହିଲା ସନ୍ତୋଷ ର କ୍ୟାମେରାରେ ମୁଁ ଫଟୋ ଉଠେଇ ସାରିଛି। ଆଉ ଇଚ୍ଛା ନାହିଁ। ଏତିକି କହି ସୁରଭି ଚାଲିଗଲା। ରାମ ଏମିତିକା ପିଲା, ସେ ଯଦି କିଛି ଇଚ୍ଛା କରେ ଯଦି ତାକୁ ନ ମିଳେ ତେବେ ସେ ବହୁତ ରାଗେ ଆଉ କଳେ ବଳେ କୌଶଳେ ସେ ସେହି ଜିନିଷକୁ ହାସଲ କରିବାକୁ ଚେଷ୍ଟା କରେ।

ଗଣେଶ ପୂଜାର ଚାରି ଦିନ ପରେ ସନ୍ତୋଷ ସବୁ ଫଟୋକୁ ପ୍ରିଣ୍ଟ କରି ଆଣି ତା' ସାଙ୍ଗମାନଙ୍କୁ ଦେଲା ଆଉ ସୁରଭିର ଫଟୋ ସୁରଭିକୁ ଦେଲା। ଏତିକି ବେଳେ ରାମ କହିଲା, ସୁରଭି ଫଟୋ ଯାକ ଟିକିଏ ଦେଖାଇବ କି ? ଆମେ ମଧ ଦେଖିବୁ। ସୁରଭି ରାମକୁ ମଧ ସେ ଫଟୋ ଗୁଡ଼ିକ ଦେଲା। ଫଟୋ ଦେଖ଼ ସାରିଲା ପରେ ରାମ କହିଲା ସୁରଭି ମୁଁ ଏଥ୍ରୁ ଗୋଟିଏ ଫଟୋ ରଖ଼ିବି। ସୁରଭି କହିଲା, "ନା ନା ମୁଁ ଦେଇ ପାରିବି ନାହିଁ" -ଏତିକି କହି ସୁରଭି ରାମର ହାତରୁ ଫଟୋ ଯାକ ଛଡେଇ ଆଣିଲା। ରାମ ରାଗରେ କିଛି କହିଲା ନାହିଁ କ୍ଲାସ୍ ସରିଲା ସମସ୍ତେ ଚାଲିଗଲେ। ରାମର ଗୋଟିଏ ସାଙ୍ଗ "ସ୍ନିତାରଣୀ" ଡାକ ନାମ "ଟିକି"। ଟିକି ଦେଖ଼ିବାକୁ ସୁନ୍ଦର ଆଉ ସୁରଭି ସାଙ୍ଗରେ ସାଙ୍ଗ ହୁଏ କିନ୍ତୁ ସୁରଭି ଉପରେ

ଈର୍ଷା କରେ ଏବଂ ସୁରଭିର ପ୍ରତିଟି କଥା ରାମକୁ ଯାଇ କହେ। ଯୋଉଦିନ ସୁରଭି ଫଟୋ ଆଣିଥିଲା, ସେଦିନ "ଟିକି" କଲେଜ୍ କୁ ଆସିନଥିଲା। ତା' ପରଦିନ, ଏଇ ବାହାନାରେ ରାମ ଗୋଟିଏ ଯୋଜନା ବନେଇଲା। "ଟିକି" ଲାଇବ୍ରେରୀକୁ ଯିବା ଦେଖି ରାମ ମଧ୍ୟ ତା' ସାଙ୍ଗରେ ଗଲା। ଫେରିଲା ବେଳେ ଟିକିକୁ ପଚାରିଲା, ତୁ ସୁରଭିର ଫଟୋ ଦେଖିଛୁ କି?" ଟିକି କହିଲା, କୋଉ ଫଟୋ ? ରାମ କହିଲା, ଗଣେଶ ପୂଜାର ଫଟୋ। "ଟିକି" କହିଲା ନାହିଁ ତ? ରାମ କହିଲା ବହୁତ ସୁନ୍ଦର ହୋଇଛି ତୋର ଫୋଟୋ ମଧ୍ୟ ଦେଖିଲି। ସୁରଭିକୁ କହିବୁ କାଲି ନେଇକି ଆସିବ ତୁ ଦେଖିବୁ, ଆଉ ତୁ ଦେଖିବା ବାହାନାରେ ମୁଁ ମଧ୍ୟ ଟିକେ ଦେଖିଦେବି। ଟିକି କହିଲା ତୁ ଦେଖିଛୁ ପରା? ରାମ କହିଲା ନା ମୁଁ ସୁରଭିକୁ ମାଗିଲି କିନ୍ତୁ ସେ ମତେ ଦେଖେଇବାକୁ ମନା କରିଦେଲା। ଟିକି କହିଲା ହଉ ତାକୁ କହିବି, କାଲି ଆଣିବା ପାଇଁ ଆଉ ମୁଁ ତାକୁ ବାହାନାରେ ଲାଇବ୍ରେରୀକୁ ଡାକିବି ଆଉ ସେତିକିବେଳେ ତୁ ଦେଖିନେବୁ। ଏତିକି କହି କ୍ଲାସ୍ କୁ ଆସିଲୋ। କ୍ଲାସ୍ ଚାଲିଲା ବେଳେ "ଟିକି" ସୁରଭିକୁ କହିଲା ଗଣେଶ ପୂଜାର ଫଟୋ ଯାକ ତମେ ଦେଖିଦେଲଣି ମୋତେ ଦେଖେଇନୁ କେମିତି? ସୁରଭି କହିଲା ଗ୍ରୁପ ଫଟୋ ୫ଟା ଆଣିଥିଲା ଆଉ ୫ଜଣ ରଖିଦେଲୁ, ତୁ ତ କିଛି କହିନଥିଲୁ ସେଥିପାଇଁ ଆଉ ପ୍ରିଣ୍ଟ କରାହୋଇନି। ତୁ ଯଦି ନେବାକୁ ଚାହୁଁଛୁ ତେବେ ସନ୍ତୋଷକୁ କହ ସେ ପ୍ରିଣ୍ଟ ବାହାର କରିଦେବ। ଟିକି ପଚାରିଲା କାଲି ହେବକି? ସୁରଭି କହିଲା ଦୁଇରୁ ତିନି ଦିନ ଲାଗିବ। ଟିକି କହିଲା ହଉ ତୋ ପାଖରେ ଯୋଉ ଫୋଟୋ ଅଛି କାଲି ସେଗୁଡ଼ାକ ନେଇକି ଆସିବୁ, ମୁଁ ଦେଖିବି। ସୁରଭି ମଧ୍ୟ ହଁ କହିଲା ।

ତା'ପର ଦିନ ସୁରଭି ଫଟୋ ନେଇକି ଆସିଲା। କ୍ଲାସ୍ ଆରମ୍ଭରେ ଟିକି ଫଟୋ ଦେଖିବାକୁ ଆରମ୍ଭ କଲା। ରାମର ନଜର, ଆଜି କେମିତି ହେଲେ ଏଥରୁ ଗୋଟିଏ ଫୋଟୋ ନେଇଯିବି। ୨ଟା ପିରିଆଡ୍ ସରିଲା ପରେ। ଟିକି କହିଲା ସୁରଭି ଆସେ ଲାଇବ୍ରେରୀ ଯିବା, ସୁରଭି କହିଲା ମୋର ତ କିଛି ଆଣିବାର ନାହିଁ, ତୁ ଯା' ମୁଁ ଯିବିନି କିନ୍ତୁ ଟିକି ବାଧ୍ୟ କରିବା ପରେ ସୁରଭି ବ୍ୟାଗ୍ ନେଇ ବାହାରିଲା। ଟିକି କହିଲା ବ୍ୟାଗ୍ ନେଇକି କୁଆଡେ ଯିବୁ, ଖାଲି ତ ଲାଇବ୍ରେରୀ ଯାଇକି ଆସିବା, ବ୍ୟାଗ୍ କୁ ରଖି ଆସୋ ସୁରଭି କହିଲା ନା ନା, ମୋ ଫଟୋ ଯଦି କେହି ନେଇଯିବ!! ଟିକି କହିଲା ଆରେ କେହି ନେବନି। ତୁ ଚାଲ!! ରାମ ତ ମଉକା ଖୋଜୁଥିଲା ଆଉ ଏହି ବାହାନାରେ ରାମ ସୁରଭିର ବ୍ୟାଗ୍ ରୁ ସୁରଭିର

ଗୋଟିଏ ଫୋଟୋ ନେଇଗଲା। ଲାଇବ୍ରେରୀରୁ ଫେରିଲା ପରେ ସୁରଭି ପ୍ରଥମେ ଫଟୋ ଚେକ୍ କରି ଦେଖିଲା ବେଳକୁ ତା'ର ଗୋଟିଏ ଫଟୋ ନାହିଁ ଆଉ କିଛି ନ କହି କାନ୍ଦିବାକୁ ଲାଗିଲା। ଟିକି ପଚାରିଲା କ'ଣ ହେଲା? କ'ଣ ପାଇଁ କାନ୍ଦୁଛୁ? ସୁରଭି କାନ୍ଦି କାନ୍ଦି କହିଲା ମୋର ଗୋଟିଏ ଫଟୋ ନାହିଁ। ଟିକି କହିଲା ଆରେ ଦେଖ ସବୁ ଥିବ? ସୁରଭି କହିଲା, ମୋର ସିଙ୍ଗଲ୍ ଫଟୋଟା ନାହିଁ। ଟିକି ଦେଖିଲା ସତରେ ସେଥିରୁ ଗୋଟିଏ ଫଟୋ ନାହିଁ। ଟିକି ରାମ ଆଡକୁ ଚାହିଁ ପଚାରିଲା, ରାମ ତୁ ତା'ର ଫଟୋ ନେଇଛୁ କି? ପ୍ରଥମେ ତ ରାମ ମନା କରିଲା କିନ୍ତୁ ପରେ ସେ ମାନିଗଲା, କହିଲା- ହଁ ନେଇଛି। ସୁରଭିର କାନ୍ଦ ବଢ଼ିବାରେ ଲାଗିଲା। ଟିକି ସୁରଭିକୁ କହିଲା ତୁ ଚିନ୍ତା କରେନି ମୁଁ ତୋର ଫଟୋକୁ ତା' ଠାରୁ ମାଗି ଆଣିବି। ତାପରେ କ୍ଲାସ୍ ଆରମ୍ଭ ହେଲା କିନ୍ତୁ ସୁରଭିର କ୍ଲାସ୍ ରେ ବିଲକୁଲ ମନ ନଥିଲା। ସେ କେବଳ ଫଟୋ ଚିନ୍ତା କରୁଥିଲା। କ୍ଲାସ୍ ସରିଲା ପରେ ଟିକି ପୁଣି ରାମକୁ ମାଗିଲା କିନ୍ତୁ ରାମ କହିଲା ମୁଁ କାଲି ସେ ଫୋଟୋ ଦେବି। ସୁରଭି କହିଲା ମୋ ଫଟୋ ଦିଅ, ରାମ!! ରାମ କହିଲା, ମୁଁ କାଲି ଦେବି, ମୁଁ ଆଜି ଦେବିନି ଏତିକି କହି ରାମ କ୍ଲାସ୍ ରୁ ବାହାରିଗଲା। ଟିକି ତା' ପଛେ ପଛେ ଗଲା କିନ୍ତୁ ରାମର ଗୋଟିଏ କଥା ଯେ ମୁଁ କାଲି ଆଣିଦେବି। ସୁରଭି ପୁଣି ମାଗିଲା କିନ୍ତୁ ରାମ କିଛି ନ ଶୁଣି ଚାଲିଗଲା। ସେଦିନ ସୁରଭିର ମନ ବହୁତ ଦୁଃଖ ଆଉ ଟିକି ଉପରେ ରାଗୁଥାଏ କିନ୍ତୁ ଟିକିକୁ କିଛି କହିଲା ନାହିଁ। ସେଦିନ ରାତିରେ ସୁରଭିକୁ ନିଦ ନାହିଁ।

ସକାଳ ଠାରୁ ତା'ର ମନରେ ବହୁତ ପ୍ରଶ୍ନ ଉଙ୍କି ମାରୁଥାଏ ଯେ ସେ ମୋ ଫଟୋକୁ ନେଇ କିଛି ଖରାପ କରିବନି ତ ? ତା' ପର ଦିନ ସୁରଭି କଲେଜ୍ ରେ ପ୍ରଥମେ ପହଁଚି ରାମକୁ ଅପେକ୍ଷା କରିଥାଏ। ରାମ ଆସିଲା ପରେ, ସୁରଭି ରାମ ପାଖକୁ ଯାଇ କହିଲା, ମୋର ଫଟୋ ଦିଅ? ରାମ କହିଲା ଦେବି ଯେ କିନ୍ତୁ ଗୋଟିଏ ସର୍ତ୍ତରେ, ସୁରଭି ପଚାରିଲା ଫଟୋ ପାଇଁ ସର୍ତ୍ତ କ'ଣ, ପୁଣି ସେଇଟୋ ମୋର ଫଟୋ, ତୁମର ନୁହେଁ, ମୋ ଫଟୋରେ ତୁମର କି କାମ ? ଏତିକିବେଳେ ଟିକି ଆସି ପହଁଚିଲା। ଟିକିକୁ ଦେଖି ସୁରଭିର କାନ୍ଦ ଆରମ୍ଭ ହୋଇଗଲା। ସୁରଭି ଟିକିକୁ ପଚାରିଲା, ଟିକି ତୁ ଜାଣିଥିଲୁ ରାମ ମୋ ଫଟୋ ନେବ ବୋଲି। ଟିକି କହିଲା, ସରି ସୁରଭି ! ରାମ ମୋତେ ଅନୁରୋଧ କରିଥିଲା କି ତୁ ତାଙ୍କୁ ଫଟୋ ଦେଖେଇ ନଥିଲୁ ସେଥିପାଇଁ ତୁ ପୁଣି ଆସିଲେ ସେ ଥରେ ଦେଖିବାକୁ କହିଲା

କିନ୍ତୁ ରାମ ଫଟୋ ନେବ ବୋଲି ମୁଁ ଜାଣି ନଥିଲି। ସୁରଭି କହିଲା, ପ୍ଲିଜ୍ ଟିକି ତୁ ତା' ଠାରୁ କେମିତି ହେଲେ ମାଗିକି ଆଣ। ସେ କହୁଛି ଗୋଟିଏ ସର୍ଥରେ ମୋତେ ଦେବ ବୋଲି। ଟିକି ରାମକୁ ପଚାରିଲା କ'ଣ ସର୍ଥ? ରାମ କହିଲା, କ୍ଲାସ୍ ସରିଲା ପରେ କହିବି ।

କ୍ଲାସ୍ ସରିଲା ପରେ ରାମକୁ ଟିକି ପଚାରିଲା, କହ କ'ଣ ସର୍ଥ? ରାମ କହିଲା ସୁରଭିକୁ କହିବୁ ସେ ମୋତେ "ଆଇ ଲଭ୍ ୟୁ" ବୋଲି କହିବ ଏବଂ ମୋତେ ଗୋଟେ କିସ୍ ଦେବ! ଏକଥା ଶୁଣି ଟିକି ରାଗିଯାଇ କହିଲା ତୁ ପାଗଳ ହୋଇଗଲୁଣ ନା କ'ଣ? ସୁରଭି ବହୁତ ସରଳ ଆଉ ତା' ସରଳାମିର ତୁ ଫାଇଦା ଉଠେଇବାକୁ ତୋର ସାହସ କେମିତି ହେଲା? ଟିକି କହିଲା ସବୁ ମୋର ଭୁଲ୍, ଏବେ ସୁରଭି ମୋ ଉପରେ ଖରାପ ଭାବୁଥିବ ଆଉ ତୋର ଏଇ ବେକାର ସର୍ଥ ଶୁଣି ସେ କ'ଣ ଭାବିବ କେଜାଣି? ରାମ କହିଲା, ଦେଖ ଟିକି ତୋତେ ମୁଁ କହିଦେଲି, ଏବେ ତୁ ଯାଇକି ଏଇ କଥାଟା ତାକୁ କହ। ଟିକି (ରାଗି ଯାଇ) ମୁଁ କ'ଣ ତୋର ଚାକର ନା କ'ଣ? ମୁଁ କୋଉ କୋଣ ରେ ମଧ ସୁରଭି ଠାରୁ ଭଲ ହୋଇପାରିବିନି କିନ୍ତୁ ଆଜି ତୋରି ପାଇଁ ସୁରଭି କାନ୍ଦୁଛି। ଆଉ ତା'ର କାନ୍ଦକୁ ଦେଖି ତୋତେ ଟିକେ ଦୟା ଲାଗୁନି। ଛି ଛି କେମିତିକା ବନ୍ଧୁରେ ତୁ।

ରାମ କହିଲା ତୁ ମୋତେ ପ୍ରବଚନ ଦେବା ଦରକାର ନାହିଁ। ତୋତେ ଯେତିକି କହିଲି, ତୁ ତାକୁ ସେତିକି କହ! ଟିକି ଫେରି ଆସିଲା ସୁରଭି ପାଖକୁ ଆଉ ରାମର ସର୍ଥ ବିଷୟରେ କହିଲା। ସେ ସର୍ଥ ଶୁଣି ସୁରଭିର ପାଦ ତଳୁ ଯେମିତି ମାଟି ଖସିଗଲା। ସେ କାନ୍ଦିବ ନା ଆଉ କ'ଣ କରିବ କିଛି ଭାବି ପାରିଲା ନାହିଁ। ହଠାତ୍ ତା' ଦେହରେ ଯେମିତି ଭୟର ଶିହରଣ ପ୍ରବାହିତ ହେଲା। ଆଉ କିଛି ସମୟ ପାଇଁ ନିର୍ଜୀବ ଭଳି ଟିକିକୁ ଚାହିଁ ରହିଲା। କିଛି ସମୟ ପରେ ଟିକି ସୁରଭିକୁ ପଚାରିଲା, ତୁ ଠିକ୍ ଅଛୁ ତ? ସୁରଭିର କିଛି ଉତ୍ତର ନଥିଲା। କ୍ଲାସ୍ ତ ସରିଯାଇଥିଲା, ସେ କିଛି ନ କହି ସାଇକେଲ ପାଖକୁ ଗଲା ଆଉ କାନ୍ଦିବାରେ ଲାଗିଲା। ଟିକି ଦଉଡି ଯାଇ ସୁରଭିକୁ ବୁଝେଇ କହିଲା ତୁ କାନ୍ଦ ବନ୍ଦ କର ଏଠି ସମସ୍ତେ ଦେଖୁଛନ୍ତି, ରହ ମୁଁ କିଛି କରୁଛି। ଟିକି ପୁଣି ରାମ ପାଖକୁ ଆସିଲା କହିଲା ଦେଖ ରାମ, ତା'ର ଫଟୋ ତୁ ଦବୁ ନା ନାହିଁ କହ? ରାମ କହିଲା ନ ଦେଲେ କ'ଣ କରିବୁ। ସେତିକି ବେଳେ ଟିକି ରାମର ବ୍ୟାଗ୍ କୁ ଖାଞ୍ଚି ନେଇ

ଗାର୍ଲ୍ସ କମନ୍ ରୁମ ଭିତରକୁ ଚାଲିଗଲା। ରାମର ବ୍ୟାଗ୍ ଭିତରେ ଖୋଜା ଖୋଜି କରିବା ପରେ, ସୁରଭିର ଫଟୋ ସେ ପାଇଲା ନାହିଁ। କମନ୍ ରୁମ୍ ରୁ ବାହାରି ରାମ ପାଖକୁ ଯାଇ କହିଲା ସେ ଫଟୋ କାହିଁ? ରାମ ହସିବାରେ ଲାଗିଲା, (ହସି ହସି) ଫଟୋ ମିଳିଲା କି? ଟିକିର ରାଗ ବଢ଼ିବାରେ ଲାଗିଲା, ବେଶୀ ହସେ ନାହିଁ ଶୀଘ୍ର କହ ସେ ଫୋଟୋ କୋଉଠି ରଖିଛୁ। ତୋତେ ମୁଁ ସାଙ୍ଗ ବୋଲି ଭାବି ସାହାଯ୍ୟ କରୁଥିଲି କିନ୍ତୁ ତୁ ଯାହା କରିଲୁ ତୋ ଉପରୁ ବିଶ୍ୱାସ ଉଠିଗଲା। ତା'ପରେ ଟିକି ରାମକୁ ହାତ ଯୋଡି କହିଲା ପ୍ଲିଜ୍ ଏମିତି କରନି ତୋର ତ କିଛି ହେବନି କିନ୍ତୁ ତା'ର ଭବିଷ୍ୟତ ନଷ୍ଟ ହୋଇଯିବ। ଏତିକି ଶୁଣି ରାମ କହିଲା, ହଉ ତୋ ଅନୁରୋଧ ଆଉ ତା'ର କାନ୍ଦ ଯୋଗୁଁ ମୁଁ ସର୍ତ ବଦଳେଇ ଦେଉଛି। ହଉ ତାକୁ କହ ଗୋଟେ କାଗଜରେ "ଆଇ ଲଭ୍ ୟୁ ରାମ" ଲେଖି ମୋତେ ଦେବ। ଟିକି କହିଲା ପକ୍କା ନା? ରାମ କହିଲା ପକ୍କା!! ଟିକି ସୁରଭିକୁ ବୁଝେଇ କହିଲା, ଆଉ ରାମର ସର୍ତ ବିଷୟରେ କହିଲା। ସୁରଭି କହିଲା "ସରି ଟିକି" ମୁଁ କାଲିଠାରୁ ଆଉ କଲେଜ୍ ଆସିବିନି। ଏଇ କଥା ଯଦି ଆମ ଘରେ ଜାଣନ୍ତି ମୋତେ ଜୀବନରେ ମାରି ଦେବେ, ଭଲ ହେବ ମୁଁ କଲେଜ୍ ହିଁ ଆସିବିନି।

ଟିକି କହିଲା ଆରେ କିଛି ଜଣା ପଡିବନି। ତୁ ଯା ରାତିରେ ଗୋଟେ କାଗଜରେ 'ଆଇ ଲଭ୍ ୟୁ ରାମ' ଲେଖିକି ଆଣିବୁ। ସୁରଭି କହିଲା, ତା' ଉପରେ ମୋର ବିଶ୍ୱାସ ନାହିଁ ସେ ଦେବନି ମୋ ଫଟୋ (କାନ୍ଦି କାନ୍ଦି)। ଟିକି କହିଲା ମୁଁ ଲେଖିକି ଦେଇ ଦେଇଥାନ୍ତି କିନ୍ତୁ ମୋର ଅକ୍ଷର ସେ ଭଲ ଭାବରେ ଜାଣିଛି ଆଉ ତୋର ଅକ୍ଷର ମଧ ସେ ଜାଣିଛି। ଟିକି କହିଲା ତୁ ତ ତାକୁ ଭଲ ପାଉନୁ, ଲେଖିଦେଲେ କିଛି ଫରକ ପଡିବନି। ସୁରଭି ବୁଝିଲା ଆଉ ରାତିରେ ପଡ଼ିବା ସମୟରେ ଗୋଟିଏ କାଗଜରେ ଲେଖିବା ଆରମ୍ଭ କରିଲା। ଲେଖା ସରିଛି ନା ନାହିଁ ଜେଜେମା' ଆସି ପହଞ୍ଚିଗଲେ। ସୁରଭି ସଙ୍ଗେ ସଙ୍ଗେ କାଗଜକୁ ଲୁଚେଇ ଦେଲା। ଜେଜେମା" ପଚାରିଲା କ'ଣ ଲୁଚେଇଲୁ, ଦେଖା ମୋତେ? ସୁରଭି କହିଲା, କିଛି ନାହିଁ ଜେଜେମା"! ସୁରଭି ବହୁତ ଡରି ଗଲା। ଜେଜେମା" ସଙ୍ଗେ ସଙ୍ଗେ ସୁରଭିର ମା'ଙ୍କୁ ଜୋରରେ ପାଟି କରି ଡାକିଲେ।

ସର୍ଟର ପତ୍ର

ଜେଜେ ମା' କହିଲେ ଦେଖ୍ ତୋ ଝିଅ କ'ଣ ଗୋଟେ ଲେଖୁଥିଲା, ମୋତେ ଦେଖ୍ ସେ ଲୁଚେଇଦେଲା। ଜେଜେମା''ଙ୍କର ପ୍ରବଚନ ଆରମ୍ଭ ହୋଇଗଲା ଆଉ କହିଲେ ମୁଁ ଜାଣିଛି ସେ କୋଉ ଟୋକାକୁ ପ୍ରେମ ପତ୍ର ଲେଖୁଥିଲା। ମୁଁ କାଲେ ଜାଣି ଯିବି ବୋଲି ସେ ଲୁଚେଇ ଦେଲା। ସୁରଭିର ମା' ଜେଜେମା''କୁ କହିଲେ, ସେ ଆଉ କ'ଣ ଲେଖୁଥିବ, ହଠାତ୍ ତମେ ଆସିବ ଦେଖ୍ ଲେଖା ଛାଡ଼ି ପଡ଼ିବାରେ ଲାଗିଲା ବୋଧୋ। ଜେଜେମା'' କହିଲେ ତମେ ମା' ଝିଅଙ୍କୁ ମୁଁ ଭଲ ଭାବରେ ଜାଣି ସାରିଛି। ମୋତେ ଉପଦେଶ ଦେବା ଦରକାର ନାହିଁ।

ଜେଜେମା'' ସଙ୍ଗେ ସଙ୍ଗେ ରମେଶ ବାବୁକୁ ଡାକିଲେ ଆଉ ସବୁ କଥା କହିଲେ। ରମେଶ ବାବୁ ଏକଥା ଶୁଣି ମା' ଉପରେ ରାଗି କହିଲେ ତମେ ବେକାରରେ ସୁରଭି ଉପରେ ସନ୍ଦେହ କରୁଛ। ଏତିକି ଶୁଣି ଜେଜେମା'' କହିଲେ, ମୁଁ ଯଦି ମିଛ କହୁଥିବି ତେବେ ସେ କାହିଁକି ଲୁଚେଇଲା ତାକୁ ଦେଖେଇବାକୁ କହ? ସବୁ ସତ ଜଣା ପଡ଼ିଯିବ। ତା'ପରେ ରମେଶ ବାବୁ ସୁରଭିକୁ ସେ କାଗଜକୁ ମାଗିଲେ। ଆଉ ସୁରଭିର ଇଚ୍ଛା ନଥିବା ପରେ ମଧ କାନ୍ଦି କାନ୍ଦି ସେ କାଗଜକୁ ବାପାଙ୍କୁ ଦେଲା। ବାପା ସେ କାଗଜକୁ ପଢ଼ି ହଠାତ୍ ଗୋଟିଏ ଚାପୁଡ଼ା ସୁରଭିକୁ ମାରିଲେ। ଆଉ ରମେଶ ବାବୁଙ୍କ ଆଖିରେ ମଧ ଲୁହ ଆସିଗଲା। ନିଜକୁ ଦୋଷ ଦେଇ କହିବାକୁ ଲାଗିଲେ ମୋର ସେବା ଆଉ ଲାଳନ ପାଳନରେ କୋଉଠି ବାକି ରହିଗଲା ବୋଧୋ। ଏତିକି କହି ସେ କାଗଜକୁ ନେଇ ବାହାରକୁ ଚାଲିଗଲେ ଆଉ ତାଙ୍କ ପଛେ ପଛେ ସୁରଭି ଆଉ ତାର ମା'। ସୁରଭି ଦଉଡ଼ି

ଯାଇ ବାପାଙ୍କ ପାଦ ତଳେ ପଡ଼ି ଭୁଲ୍ ମାଗି କହିଲା, ବାବା ମୋର କିଛି ଭୁଲ୍ ନାହିଁ । ମୁଁ ଆପଣଙ୍କ ରାଣ ଖାଇ କହୁଛି, ମୁଁ କାହାକୁ ଭଲ ପାଉନି । ରମେଶ ବାବୁ ଟିକ୍‌ନାର କରି କହିଲେ ଯଦି ଭଲ ପାଉନୁ ତେବେ ଏଇ କାଗଜରେ ଯାହା ଲେଖା ହୋଇଛି ସେ କ'ଣ ମିଛ? ରମେଶ ବାବୁଙ୍କର ଆଖିରେ ଲୁହ ଦେଖି ସୁରଭି ଆଉ ତାର ମା' କାନ୍ଦିବାକୁ ଲାଗିଲେ କିନ୍ତୁ ଏପଟେ ଜେଜେମା''ଙ୍କ ମନରେ ଟିକେ ମଧ ଦୁଃଖ ନାହିଁ । ସେ ମନେ ମନେ ଭାବୁଥାନ୍ତି, ଭଲ ହେଲା କାଲି ଠାରୁ ତା'ର କଲେଜ୍ ଯିବା ବନ୍ଦ ହୋଇଯିବ । ଏତିକି ଭାବି ଭାବି ଜେଜେମା' ଘର ଭିତରକୁ ଚାଲିଗଲେ । ସୁରଭି ପୁଣିଥରେ ବାପାଙ୍କୁ ଅନୁରୋଧ କରି ବୁଝେଇବାକୁ ଲାଗିଲା ଆଉ ସବୁ ସତ କଥା କହିଲା କିନ୍ତୁ ରମେଶ ବାବୁ ବୁଝିଲେନି । କହିଲେ କାଲିଠାରୁ ତୋର କଲେଜ୍ ଯିବା ବନ୍ଦ କିନ୍ତୁ ସୁରଭିର ମା'ର ଅନୁରୋଧ କ୍ରମେ ରମେଶ ବାବୁ କହିଲେ ଯଦି ଏମିତି କଥା ତେବେ ଠିକ୍ ଅଛି ମୁଁ ତୋ ସାଙ୍ଗରେ କାଲି କଲେଜ୍ ଯିବି । ସୁରଭି କହିଲା, ହଉ ବାପା ।

ତା' ପରଦିନ ରମେଶ ବାବୁ ଆଉ ସୁରଭି କଲେଜ୍ ରେ ପହଁଚୁ ପହଁଚୁ ଟିକି ଆଶ୍ଚର୍ଯ୍ୟ ହୋଇଗଲା ଏବଂ ରାମକୁ ଯାଇ କହିଲା ଦେଖ ସେ ତା ବାପାକୁ ନେଇ ଆସିଛି । ତୁ ତା'ର ଫଟୋକୁ ଶୀଘ୍ର ଫେରାଇ ଦେ' । ରାମ କହିଲା ମୁଁ କାହାର ବାପାକୁ ଡରେନି । ଟିକି କହିଲା, ତୁ ସିନା ଡରୁନୁ କିନ୍ତୁ ମୋତେ ଡର ମାଡ଼ୁଛି । ସୁରଭି ବାପାଙ୍କୁ କହିଲା ବାପା ମୋର ଗୋଟିଏ କଥା ରଖିବ? ରମେଶ ବାବୁ କହିଲେ, କ'ଣ କହ? ଆପଣ ୨ ମିନିଟ୍ ଏଇ ସାଇକେଲ ଷ୍ଟାଣ୍ଡ ପାଖରେ ଠିଆ ହୋଇ ରୁହନ୍ତୁ, ମୁଁ କ୍ଲାସ୍ ରୁମ୍ ରୁ ଆସୁଛି । ତା'ପରେ ସୁରଭି କ୍ଲାସ୍ ରୁମ୍ କୁ ଗଲା ଆଉ ରାମକୁ କହିଲା । ଦେଖ ତମର କଥା ମାନି ମୁଁ ସେ କାଗଜରେ ତମ ନାମ ଲେଖିଥିଲି କିନ୍ତୁ ବାପା ଦେଖିଦେଲେ ଆଉ କାଲି ମୋ ପାଇଁ ଘରେ ଝଗଡ଼ା ଆଉ ପାଟିତୁଣ୍ଡ ହୋଇଛି ତା'ପରେ ତୁମ ବିଷୟରେ ମୁଁ ସବୁ କହିଦେଇଛି । ଏବେ ମୋ ବାପା ପ୍ରିନ୍ସିପଲ୍ ସାର୍ ସହିତ କଥା ହେବାକୁ ଆସିଛନ୍ତି । ରାମ କହିଲା ମୋତେ କ'ଣ ଅପମାନ କରିବା ପାଇଁ ତମ ବାପାଙ୍କୁ ଡାକିଛ କି? ସୁରଭି କହିଲା, ତମ ଯୋଗୁଁ ମୁଁ କେତେ ଅପମାନ ସହିଲିଣି, ସେଇଟା ତମେ ବୁଝିବା ଦରକାର । ତମର ଅପମାନ ବଡ଼ ହୋଇଗଲା ନା? କଥାକୁ ଆଗକୁ ବଢ଼ିବା ପୂର୍ବରୁ ମୋ ଫଟୋ ମୋତେ ଫେରାଇ ଦିଅ ମୋ ବାପାଙ୍କୁ ମୁଁ ଅନୁରୋଧ କରିବି ସେ ଫେରିଯିବେ ।

ସେତେ ଦିନ ପର୍ଯ୍ୟନ୍ତ କ୍ଲାସ୍‍ ରେ କେବଳ ଟିକି, ରାମ ଆଉ ତା'ର ସାଙ୍ଗମାନଙ୍କ ଛଡ଼ା ଆଉ କେହି ଜାଣିନଥିଲେ କିନ୍ତୁ ଆଜି କ୍ଲାସ୍‍ ରେ ସମସ୍ତେ ଜାଣିଗଲେ। କ୍ଲାସ୍‍ ରେ ଥିବା ସୁରଭିର ସାଙ୍ଗମାନେ ଆସି ରାମକୁ କହିଲେ ଏବଂ ରାମର ସାଙ୍ଗ ମାନେ ମଧ ରାମକୁ କହିଲେ ତା'ର ଫଟୋକୁ କାହିଁକି ଫେରାଇ ଦେଉନୁ? କଥା ତିଳକୁ ତାଳ କାହିଁ କରୁଛୁ। ଟିକି ଆଉ ସୁରଭି ଚୁପ୍‍ ଥିଲୋ। ତା'ପରେ ରାମର ମନରେ କ'ଣ ପରିବର୍ତ୍ତନ ହେଲା କେଜାଣି? ସୁରଭିର ଫଟୋକୁ ବାହାର କରି ସୁରଭି ହାତକୁ ଦେଲା। ତା'ପରେ ସୁରଭି ସାଙ୍ଗରେ ଟିକି ଆଉ ପ୍ରଶାନ୍ତ ମିଶି ରମେଶ ବାବୁ ପାଖକୁ ଆସିଲେ। ରମେଶ ବାବୁ କହିଲେ। ଏତେ ସମୟ କ'ଣ କରୁଥିଲୁ? ସୁରଭି କିଛି କହିବା ପୂର୍ବରୁ ପ୍ରଶାନ୍ତ ରମେଶ ବାବୁଙ୍କୁ ପ୍ରଣାମ କରିଲେ, "ପ୍ରଶାନ୍ତ କହିଲା, ମଉସା ନମସ୍କାର! ମୁଁ ପ୍ରଶାନ୍ତ ଆମେ ସୁରଭିର କ୍ଲାସ୍‍ ମେଟ୍‍, ସୁରଭି ଆଉ ମୁଁ ଷଷ୍ଟ ଶ୍ରେଣୀରୁ ପଢ଼ି ଆସୁଛୁ। ମଉସା ଏତେ କଥା ହୋଇଗଲାଣି, ସୁରଭି ମତେ ଥରେ ମାତ୍ର ରାମ ବିଷୟରେ କହିନଥିଲା, ଆଉ ଆପଣଙ୍କୁ କଲେଜ୍‍ ପଯ୍ୟନ୍ତ ଆସିବାକୁ ପଡ଼ି ନଥାନ୍ତା। ସୁରଭି ଆପଣଙ୍କୁ ଯାହା ଯାହା କହିଛି ସବୁ ସତ। ସେଥିପାଇଁ ଆମେ ଆପଣଙ୍କୁ ଅନୁରୋଧ କରୁଛୁ କି ଆପଣ ଫେରି ଯାଆନ୍ତୁ। ଆପଣ ଯଦି ପ୍ରିନ୍ସିପାଲ୍‍ କୁ ଦେଖା କରନ୍ତି ତେବେ କ'ଣ ଯେ ହେବ ତାହା କେହି ଜାଣିନାହାନ୍ତି। କାରଣ ପ୍ରିନ୍ସିପାଲ୍‍ ବହୁତ ରାଗି ଲୋକ, ସୁରଭି ଆଉ ରାମକୁ କଲେଜ୍‍ ରୁ ବାହାର କରିଦେଇ ପାରନ୍ତି। ରମେଶ ବାବୁ କହିଲେ, ଠିକ୍‍ କଥା ଯେ ? ମୁଁ ଥରେ ରାମକୁ ଦେଖା କରିବାକୁ ଚାହେଁ। ଏତିକି ବେଳେ ପଛ ପଟୁ ରାମ ଆସି ହାଜର।

ରାମ : ମଉସା ନମସ୍କାର! ମୋର ଭୁଲ୍‍ ହୋଇଯାଇଛି, ମୁଁ ଆପଣଙ୍କ ଝିଅକୁ ମଜା କରୁଥିଲି କିନ୍ତୁ ଏତେ ସବୁ ଘଟିଯିବ ବୋଲି ମୁଁ ଜାଣିନଥିଲି। ରମେଶ ବାବୁ କିଛି କହିବା ପୂର୍ବରୁ ରାମ ରମେଶ ବାବୁଙ୍କ ଗୋଡ଼ ତଳେ ପଡ଼ିଗଲା ଆଉ ତାକୁ ଉଠେଇବା ସଙ୍ଗେ ରମେଶ ବାବୁ କହିଲେ, ଏଗୁଡ଼ାକ ମଜା ନୁହେଁ ରାମା। ମୋ ଝିଅ ବହୁତ ସରଳ ଆଉ ତମର ମଜା ପାଇଁ ମୋ ଝିଅର କଲେଜ୍‍ ଯିବା ଆସିବା ବନ୍ଦ ହୋଇ ଯାଇଥାନ୍ତା। ରାମ କହିଲା, ଆପଣ ଯଦି ପ୍ରିନ୍ସିପାଲ୍‍ ପାଖକୁ ଯାଆନ୍ତି ତେବେ ମୋ ବାପା ମୋତେ ଆଉ କୋଉ କଲେଜ୍‍ ରେ ଜଏନ କରିଦେବୋ ଆଉ ଆପଣଙ୍କୁ କଥା ଦେଉଛି ଏମିତି ଭୁଲ୍‍ ଆଉ କେବେ ହେବନି ଆଉ ଆଗକୁ ଆପଣଙ୍କ ଝିଅର କିଛି ଅସୁବିଧା ହେବ ନାହିଁ ପ୍ଲିଜ୍‍ ଆପଣ ଫେରି ଯାଆନ୍ତୁ

ଏତିକି ଶୁଣିଲା। ପରେ ସୁରଭି ଆଉ ତା'ର ସାଙ୍ଗମାନେ ରମେଶ ବାବୁଙ୍କୁ ହାତ ଯୋଡ଼ିଲେ ଶେଷରେ ରମେଶ ବାବୁ ଘରକୁ ଫେରିଗଲେ।

ତା'ପର ଦିନ ଠାରୁ ରାମ ସୁରଭିକୁ ଆଉ କମେଣ୍ଟ କି ମଜା କରୁନଥିଲା। ରାମର ମନରେ ପରିବର୍ଦ୍ଦନ ଆସିଗଲା। ସେ ଘଟଣା ପର ଠାରୁ ସୁରଭି ସହିତ ରାମ ସାଙ୍ଗ ହୋଇଗଲା। ସମସ୍ତେ ମିଶି ପାଠ ପଢ଼ିଲେ। ଦ୍ବିତୀୟ ବର୍ଷର ଫଳାଫଳରେ ମଧ୍ୟ ସୁରଭି ପ୍ରଥମ ଏବଂ ରାମ ଦ୍ବିତୀୟ ନମ୍ବର୍ ନେଇ ପାସ କରିଲେ।

ସାହାଯ୍ୟ

+୩ ବର୍ଷରେ ପାଦ ଦେଉ ଦେଉ ସୁରଭିର ଚାକିରୀ କରିବା ପାଇଁ ଇଚ୍ଛା ତା' ମନରେ ଜାଗି ଉଠିଥିଲା କିନ୍ତୁ +୩ ପ୍ରଥମ ବର୍ଷର ମଧ୍ୟ ଭାଗରେ ଜେଜେମା' ଚାଲିଗଲେ। ସୁରଭିର ମା'ଙ୍କର ବାତ ରୋଗ ଏବଂ ମଧୁମେହ ଯୋଗୁଁ ସବୁବେଳେ ଦେହ ଖରାପ ରହୁଥାଏ। ସୁରଭିକୁ ବେଳେବେଳେ ଘରେ ରୋଷେଇ ଏବଂ ଅନ୍ୟାନ୍ୟ କାମ କରିବାକୁ ପଡେ। ଯାହା ଫଳରେ କଲେଜ୍ ଯିବା ଆସିବା ବନ୍ଦ ହୋଇଯାଏ। ରମେଶ ବାବୁଙ୍କର ଇଚ୍ଛା ଯେ ମୋ ଝିଅ ଭଲ ଚାକିରିଟେ କରୁ ଏବଂ ଭଲ ଘର ଦେଖି ତା'ର ବାହାଘର କରି ଦେଲେ ତାଙ୍କ ଜୀବନ ସାର୍ଥକ ହୋଇଯାଆନ୍ତା। ଚାକିରୀ ମତରେ ତାଙ୍କର ଇଚ୍ଛା ଥିଲା ତାଙ୍କ ଝିଅ ଶିକ୍ଷୟତ୍ରୀ ଚାକିରୀ କରୁ କିନ୍ତୁ ମଣିଷ ଯାହା ଭାବେ ତାହା କେବେ ହୁଏନି ଯାହା ହେବାକୁ ଥିବ ତାହା ହିଁ ହେବ। ସେଥିପାଇଁ +୩ ପ୍ରଥମ ବର୍ଷ ଶେଷ ନ ହେଉଣୁ ସୁରଭି ପାଇଁ ଘରକୁ ପ୍ରସ୍ତାବର ଧାଡି ଲାଗିଲା। କିଏ କହେ ଆମକୁ କେବଳ ଝିଅ ଦେଇ ଦିଅ ଆମକୁ ଅର୍ଥ ରୂପରେ କିଛି ଦରକାର ନାହିଁ। ଆଉ କିଏ କହେ ଯଦି ଝିଅ ଟେ ଦେଉଛ ତେବେ ସୁନ୍ଦରକୁ କିଛି ଦେବା କଥା ନା? ସେଥିପାଇଁ ଅର୍ଥ ରୂପରେ ଝିଅ ସାଙ୍ଗରେ ଯାହା ଦେବ ଆମେ ଗ୍ରହଣ କରିବୁ। ଆଉ କିଏ କହେ ୧୦ ଦିନ ଭିତରେ ବାହାଘର କରିଦିଅ ଆମ ପୁଅ ବିଦେଶରେ କାମ କରୁଛି, ସେ ପୁଣି ଛ ମାସ ପରେ ଆସିବ। ଏମିତି କେତେ ପ୍ରସ୍ତାବ କେତେ ସର୍ତ ତ କେତେ ବାହାନା ଆଉ କେତେ ମିଛ ଆଉ କେତେ ସତ। ଖାଲି ପ୍ରସ୍ତାବ ପ୍ରସ୍ତାବ ଶୁଣି ରମେଶ ବାବୁ ଆଉ ନିତା ଯେମିତି ପାଗଲ ହୋଇଯାଉଥିଲେ। ବେଳେବେଳେ ସୁରଭି କଲେଜ୍ ରୁ ଫେରି ଆସି ଦେଖିଲା ବେଳକୁ ଘରେ କୁଣିଆ। ସେ କୁଣିଆଙ୍କର

ଅପେକ୍ଷା ଯେ କଲେଜ୍ ରୁ ଝିଅ ଆସିଲେ ତାକୁ ଦେଖିକରି ଯିବେ। ଏହି ପ୍ରସ୍ତାବ ନଦୀର ଧାରା ରମେଶ ବାବୁଙ୍କ ଘରେ ପ୍ରତିଦିନ ବୋହି ଯାଉଥିଲା ଏବଂ ପ୍ରସ୍ତାବର ସୁଅ ଦେଖି ରମେଶ ବାବୁଙ୍କୁ ସୁରଭିକୁ ଚାକିରୀ କରେଇବା ଇଚ୍ଛାଟା ଯେମିତି ମରି ମରି ଆସୁଥିଲା। ଇଚ୍ଛା ହେଉଥିଲା ଭଲ ପ୍ରସ୍ତାବ ଦେଖି ସୁରଭିକୁ ବାହା କରିଦେବା। ଏପଟେ ସୁରଭି ମନରେ ଗୋଟିଏ ଚିନ୍ତା କି ସେ କିଛି ଚାକିରୀ କରିବ ତା'ପରେ ବାହାଘର ହେବ କିନ୍ତୁ ସମୟ ଯାହା ପୂର୍ବ ନିଷ୍ଠିତ କରିଥାଏ, ତାହା ହିଁ ହେବ।

ଦିନେ କଲେଜ୍ କୁ ଯିବା ସମୟରେ, ସମୟ ପାଖାପାଖୀ ୧୦.୩୦ ହେବ। ଖରା ପ୍ରବଳ, ସେଦିନ ସୁରଭିର ଘର କାମ ସରୁ ସରୁ ବିଳମ୍ବ ହୋଇଗଲାଣି। ସୁରଭି ଶୀଘ୍ର କଲେଜ୍ ଯିବାକୁ ବାହାରିଲା। କଲେଜ୍ ପହଞ୍ଚିବାକୁ ୩ କିମି ବାକି ଥିଲା। ହଠାତ ତାର ଚୁନୀ (ଓଢ଼ଣୀ) ସାଇକେଲର ଚେନ୍ ରେ ଲାଗିଗଲା ଏବଂ ସୁରଭି ରାସ୍ତାରେ ପଡ଼ିଗଲା। ତା'ର ମୁଣ୍ଡରେ ଆଘାତ ଲାଗିବାରୁ ସେ ବେହୋଶ ହୋଇଗଲା। ସେପଟେ ଖରା ଯୋଗୁଁ ସେ କିଛି ଦେଖି ପାରିଲା ନାହିଁ ଏବଂ ମୁଣ୍ଡରୁ ରକ୍ତ ବୋହିବାରେ ଲାଗିଲା। କିଛି ସମୟ ପରେ ଗୋଟିଏ ଯୁବକ ଆସିଲା ଏବଂ ରାସ୍ତାରେ ଯାଉଥିବା କିଛି ଲୋକଙ୍କ ସାହାଯ୍ୟରେ ରାସ୍ତା ପାଶ୍ୱରେ ଥିବା ଗଛ ମୂଳକୁ ନେଇ ତାକୁ ପାଣି ଛିଟା ଦେବାରୁ ସୁରଭିର ଚେତା ଫେରିଲା।

ସୁରଭିର ଚିନ୍ତା ବଢ଼ିଲା କି ମୋତେ କଲେଜ୍ ଯିବାକୁ ହେବ, ବହୁତ ଡେରି ହୋଇଗଲାଣି। ସେ ସମସ୍ତ ଲୋକଙ୍କୁ ଧନ୍ୟବାଦ ଦେଇ କଲେଜ୍ ଯିବାକୁ ବାହାରିଲା କିନ୍ତୁ ସେ ଯୁବକ ଜଣକ କହିଲେ କୁଆଡେ ଯିବ? ସୁରଭି କହିଲା ମୋର କ୍ଲାସ୍ ଆରମ୍ଭ ହୋଇଗଲାଣି, ମୋତେ ଯିବାକୁ ହେବ। ଯୁବକ ଜଣଙ୍କ କହିଲେ ଚିରା ଡ୍ରେସ ପିନ୍ଧି କଲେଜ୍ ଯିବ ନା କ'ଣ? ସୁରଭି ଦେଖିଲା ତା'ର କାନ୍ଧ ଆଉ ହାତରେ କିଛି ଆଘାତ ଲାଗିଛି ଆଉ ଆଣ୍ଠୁ ପାଖରେ ଆଘାତ ଲାଗି ଡ୍ରେସ୍ ଚିରି ଯାଇଛି। ସୁରଭି କାନ୍ଦିବାକୁ ଲାଗିଲା। ତାକୁ ବୁଝେଇବାକୁ ଯାଇ ଯୁବକ ଜଣକ କହିଲେ କ୍ଲାସ୍ କୁ ଯାଇପାରିବନି ବୋଲି କାନ୍ଦୁଛ କି? (ଏତିକି କହି ହସିବାକୁ ଲାଗିଲେ)। ଯୁବକ ଜଣଙ୍କ କହିଲେ ତମ ମୁଣ୍ଡ, ହାତ ଏବଂ ଗୋଡ଼ରେ ଆଘାତ ଲାଗିଛି। ପ୍ରଥମେ ମେଡିକାଲ୍ ଯିବା ତା'ପରେ ତମେ କଲେଜ୍ ଯିବ ନା ଘରକୁ ଯିବ ନିଜେ ଚିନ୍ତା କରିବ। ଏତିକି କହି ସୁରଭି ଉଠିବାକୁ ଲାଗିଲା। ମାତ୍ର

ଆଘାତ ଯୋଗୁଁ କଷ୍ଟ ହେଉଥାଏ। ତା'ପରେ ଯୁବକ ଜଣକ ନିଜ ବାଇକ୍ ରେ ସୁରଭିକୁ ବସିବାକୁ କହିଲା ଏବଂ ସୁରଭିର ସାଇକେଲକୁ ଯୁବକ ଜଣକ ଆଉ ଜଣେ ସାଙ୍ଗ ନେଇ ଆସିଲେ। ମେଡିକାଲରେ ପ୍ରାଥମିକ ଚିକିସ୍ସା ପରେ। ସୁରଭି କହିଲା ମୁଁ ଆଉ କଲେଜ୍ ଯିବି ନାହିଁ, ମୁଁ ଘରକୁ ଯିବି। ଆପଣଙ୍କୁ ବହୁତ ବହୁତ ଧନ୍ୟବାଦ। ଯୁବକ ଜଣକ କହିଲେ ଯଦି ଆପଣ ଖରାପ ଭାବିବେନି ଗୋଟିଏ କଥା କହିବି? ସୁରଭି କହିଲା ଖରାପ କ'ଣ? କୁହନ୍ତୁ? ଯୁବକ ଜଣକ କହିଲେ ମୋର ସାଙ୍ଗ ଆପଣଙ୍କ ସାଇକେଲକୁ ଆପଣଙ୍କ ଘରେ ପହଞ୍ଚେଇ ଦେବେ। ଆପଣଙ୍କୁ ମୁଁ ମୋ ବାଇକ୍ ରେ ଆପଣଙ୍କ ଘରେ ଛାଡ଼ିଦେବି। ସୁରଭି କହିଲା ନା ନା! ଆପଣ ମୋତେ ଏତିକି ସାହାଯ୍ୟ କରିଛନ୍ତି, ଆଉ ଆପଣଙ୍କ ସାହାଯ୍ୟକୁ ମୁଁ ଭୁଲି ପାରିବିନି। ଏବେ ମୁଁ ନିଜେ ଚାଲିଯିବି। ସୁରଭି ସାଇକେଲ ପାଖକୁ ଅଳ୍ପ ଛୋଟେଇ ଛୋଟେଇ ଚାଲି ଚାଲି ଗଲା। ଏମିତି ଦେଖି ଯୁବକ ଜଣକ ବାଧ୍ୟ କରି କହିଲେ ଚାଲନ୍ତୁ ଆପଣ ମୋ ବାଇକ୍ ରେ ବସନ୍ତୁ। ମୋ ସାଙ୍ଗ ଆପଣଙ୍କ ସାଇକେଲ ନେଇ ଆସିବ। ସୁରଭି ମନା କରିବା ସତ୍ତ୍ୱେ ମଧ୍ୟ ଯୁବକ ଜଣକ ବାଧ୍ୟ କରିଲେ। ଯୁବକ ଜଣଙ୍କ କହିଲେ ଏତିକି ସାହାଯ୍ୟ କରିବାକୁ ମୋତେ ସୁଯୋଗ ଦିଅ। ଯୁବକ ଜଣକ ବାଧ୍ୟ ସତ୍ତ୍ୱେ ସୁରଭି ବାଇକ୍ ରେ ବସି ଆସିଲା ଏବଂ ଘରେ ପହଞ୍ଚିଲେ।

ଘରେ ପହଞ୍ଚିବା ପରେ, ସୁରଭିର ମା', ସୁରଭିକୁ ଦେଖି ଆଶ୍ଚର୍ଯ୍ୟ ହେଲେ ଆଉ ଯୁବକକୁ ସନ୍ଦେହ ନଜର ରେ ଦେଖିଲେ। ଯୁବକ ଜଣକ ସୁରଭିର ମା'ଙ୍କୁ କହିଲେ, ମାଉସୀ ଆପଣ ଚିନ୍ତା କରନ୍ତୁନି। ଆପଣଙ୍କ ଝିଅ ଏବେ ଠିକ୍ ଅଛନ୍ତି। ଆପଣଙ୍କ ଝିଅଙ୍କୁ ଇଞ୍ଜେକ୍ସନ ଆଉ କିଛି ମେଡିସିନ ଦିଆ ଯାଇଛି, ତାଙ୍କୁ ଆପଣ ଠିକ୍ ସମୟରେ ଦେବେ। ୨ ଦିନ ଲାଗିବ ଠିକ୍ ହେବା ପାଇଁ। ଏତିକି କହି ଯୁବକ ଜଣକ ଘରୁ ବାହାରକୁ ବାହାରିଲେ। ସୁରଭିର ମା', ଯୁବକ ଜଣକକୁ କହିଲେ, ବାବୁ ଟିକେ ରୁହନ୍ତୁ ଖରା ହେଉଛି, ଖରା ଶୀତଳ ହେଲେ ଗଲେ ହେବନି? ଏତିକି ଶୁଣି ଯୁବକ ଜଣକ ଆଉ ତାଙ୍କ ସାଙ୍ଗ ପୁଣି ଘରକୁ ଆସିଲେ। କିଛି ସମୟ ପରେ ରମେଶ ବାବୁ ଆସିଲେ। ଘରେ ଯୁବକ ଜଣକୁ ଦେଖି ପ୍ରଥମେ କିଛି ବୁଝିପାରିଲେନି କିନ୍ତୁ ଯେତେବେଳେ ସୁରଭି ସାଙ୍ଗରେ କଥା ହୋଇ ଆସିଲୋ ରମେଶ ବାବୁ ଯୁବକ ଜଣକୁ ଧନ୍ୟବାଦ ଜଣେଇଲୋ ଆଉ ତାଙ୍କର ପରିଚୟ ପଚାରିଲୋ। ଉତ୍ତରରେ ଯୁବକ ଜଣଙ୍କ କହିଲେ ମୁଁ ସୋମେଶ ଆଉ ଏ ହେଉଛି

ମୋ ସାଙ୍ଗ ବସନ୍ତ। ରମେଶ ବାବୁ ପଚାରିଲେ କ'ଣ କରୁଛ? ସୋମେଶ କହିଲା ମୁଁ ଆର୍ମିରେ ଅଛି। ଏବେ ଛୁଟିରେ ଆସିଛି। ଆଜି ବସନ୍ତର ଜନ୍ମଦିନ। ତା' ଘରକୁ ଯାଉଥିଲି। ରାସ୍ତାରେ ଆପଣଙ୍କ ଝିଅର ଅବସ୍ଥା ଦେଖି ରାସ୍ତା ଆପଣଙ୍କ ଘର ଆଡେ଼ ବଦଳିଯାଇଛି (ଅଳ୍ପ ହସି)। ରମେଶ ବାବୁ କହିଲେ ମୋ ଝିଅକୁ ଏତିକି ସାହାଯ୍ୟ କରିବା ପାଇଁ ଆପଣଙ୍କୁ ପୁଣି ଥରେ ଧନ୍ୟବାଦ ଆଉ ଆପଣଙ୍କର ବିଳମ୍ବ ହୋଇଗଲାଣି ବୋଧେ, ଆପଣଙ୍କ ଘରେ ମଧ୍ୟ ଚିନ୍ତା କରୁଥିବେ। ବସନ୍ତ କହିଲା ନାହିଁ ମଉସା ମୋର ରାତିରେ କେକ୍ ପ୍ରୋଗ୍ରାମ ଅଛି। ଏବେ ଗଲେ ଟିକେ ଘରେ ମସ୍ତି କରିଥାନ୍ତୁ। କିଛି ଅସୁବିଧା ନାହିଁ ଆମେ ଆପଣଙ୍କ ଘରକୁ ଆସିଲା ସମୟରେ ଆମେ ଘରେ ଜଣେଇ ଆସିଛୁ ଏବଂ ସେମାନେ ମଧ୍ୟ କହିଲେ ସେ ଝିଅକୁ ମେଡିକାଲରେ ଏକା ଛାଡି କରି ଆସିବନି, ତାଙ୍କୁ ତାଙ୍କ ଘରେ ଛାଡ଼ି କି ଆସିବ। ଏତିକିବେଳେ ସୁରଭି ଆଉ ତା' ମା' ଆସି ପହଁଚିଲେ।

ଚାକିରି

ସୁରଭି ଆଉ ତାଙ୍କ ମା' ଆସି ବସନ୍ତକୁ ଜନ୍ମ ଦିନର ଶୁଭେଚ୍ଛା ଜଣାଇଲେ। ବସନ୍ତ ଖୁସି ହୋଇ ଧନ୍ୟବାଦ ଜଣେଇଲା ଏବଂ ରମେଶ ବାବୁ ମଧ୍ୟ ବସନ୍ତକୁ ଶୁଭେଚ୍ଛା ଜଣାଇଲେ। ତାପରେ ସୋମେଶ ଆଉ ବସନ୍ତ ନିଜ ଗ୍ରାମ ଅଭିମୁଖେ ବାହାରି ଗଲେ। ସେ ଦୁଇ ଜ'ଣ ଗଲା ପରେ ରମେଶ ବାବୁ ଆଉ ନିତା ଦେବୀ କଥା ହେଲେ ଯେ ସୋମେଶ ସହିତ ସୁରଭିର ବାହାଘର ହେଲେ କେମିତି ହୁଅନ୍ତା? ନିତା ମଧ୍ୟ ସେହି କଥା ଭାବୁଥିଲେ କିନ୍ତୁ ରମେଶ ବାବୁଙ୍କ ମନରେ ମଧ୍ୟ ଏଇ କଥା ଶୁଣି ଖୁସି ହୋଇ କହିଲେ। ମୁଁ ମଧ୍ୟ ସେଇ କଥା ଭାବୁଥିଲି। ତା'ପରେ ସୁରଭି ଆସି ସେଠି ପହଞ୍ଚି, କହିଲା। ବାପା ମୁଁ ଚାକିରୀ କରିବି ତା' ପରେ ବାହା ହେବି। ରମେଶ ବାବୁ କହିଲେ ହୋଉ ତୋର ଯଦି ଏମିତି ଇଚ୍ଛା ତେବେ ଭଲ କଥା କିନ୍ତୁ ନିତା କହିଲେ ଚାକିରୀ ଅପେକ୍ଷା ଯଦି ଭଲ ପ୍ରସ୍ତାବଟେ ଆସେ ତେବେ ପ୍ରଥମେ ବାହାଘର କରାଯିବ। ଆଉ ଚାକିରୀ କରିବା ପାଇଁ ତୋର ଶାଶୁ ଘର ଲୋକ ଅନୁମତି ଦେବେ, ତେବେ କରିବୁ। ଏହି କଥା ଶୁଣି ସୁରଭିର ମନ ଦୁଃଖ ହୋଇଗଲା। ଆଉ କିଛି ନ କହି ସେଠୁ ଚାଲିଗଲା। ରମେଶ ବାବୁ କହିଲେ, ଝିଅକୁ ଏମିତି କ'ଣ ପାଇଁ କହୁଛ? ସେ ଦୁଃଖୀ ହୋଇଗଲା ନା? ନିତା କହିଲେ ମୁଁ ଜାଣିନି, ଯଦି ଭଲ ପ୍ରସ୍ତାବଟିଏ ଆସେ ପ୍ରଥମେ ବାହାଘର ହେବ ତା'ପରେ ଯାହା କିଛି!! ରମେଶ ବାବୁ କହିଲେ ହଉ, ସୁରଭିର ପାଠ ପଢ଼ା ଚାଲିଛି, ତା'ର ସରିବା ପରେ ଦେଖିବା।

ତା'ର ଠିକ୍ ୬ ଦିନ ପରେ ସୁରଭି ଘରକୁ ଗୋଟିଏ ପ୍ରସ୍ତାବ ଆସି ପହଞ୍ଚିଲା।

ସେ ଦିନ ସୁରଭି କଲେଜ୍ ଯାଇ ନଥିଲା। ମଧ୍ୟମ ବୟସ୍କର ଦୁଇଟି ଲୋକ ଏବଂ ଗୋଟିଏ ସ୍ତ୍ରୀ ଲୋକ ଆସି ଘରେ ପହଞ୍ଚିଲେ। କୁଶିଆ ଚର୍ଚ୍ଚା ସରିବା ପରେ ରମେଶ ବାବୁ କହିଲେ "ଏବେ ଝିଅର ପାଠ ପଢ଼ା ଚାଲିଛି" ପାଠ ପଢ଼ା ସରିଲେ ଆମେ ଝିଅର ବାହାଘର କଥା ଚିନ୍ତା କରିବୁ। ସେ ବ୍ୟକ୍ତି ଜଣକ କହିଲେ ଆମର ମଧ୍ୟ ସେମିତି କିଛି ତରବର ନାହିଁ, ଆପଣ ଯେବେ କହିବେ ଆମେ ସେତେବେଳେ ବାହାଘର ପାଇଁ ଆପଣଙ୍କ ପାଖକୁ ଆସିବୁ କିନ୍ତୁ ଝିଅକୁ କେବଳ ଆମ ପରିବାରକୁ ହିଁ ଦେବେ। ରମେଶ ବାବୁ କହିଲେ ସେମିତି ଆପଣଙ୍କୁ କିଛି କଥା ଦେଇ ପାରିବୁନି। ସାଙ୍ଗରେ ଆସିଥିବା ସ୍ତ୍ରୀ ଜଣଙ୍କ କହିଲେ। ଆମେ ଘର ସ୍ଥିର କରି ଆସିଛୁ। ଯାହା ହେଲେ ମଧ୍ୟ ଆମେ ଆପଣଙ୍କ ଘରେ ବନ୍ଧୁ ବାନ୍ଧିବୁ। ମୋର ପୁଅ ଏବେ ଛୁଟିରେ ଆସିଛି, ପୁଅ ଥରେ ଝିଅକୁ ଦେଖ୍ ଦେବେ ଆଉ ଆପଣ ମାନେ ମଧ୍ୟ ମୋ ପୁଅକୁ ଥରେ ଦେଖ୍‌ଦେବେ। ଯଦି ଆପଣଙ୍କୁ ପସନ୍ଦ ଆସିବନି ତେବେ ଏ ପ୍ରସ୍ତାବ ପାଇଁ ଆପଣ ମନା କରିଦେଇ ପାରନ୍ତି। ରମେଶ ବାବୁ କହିଲେ ହଉ ଠିକ୍ ଅଛି, ପୁଅ କୁ କୁହନ୍ତୁ ସେ ଆସି ଥରେ ଦେଖ୍ କରି ଯାଆନ୍ତୁ ତାପରେ ଆମେ ଚିନ୍ତା କରିବୁ। ଏତିକି ବେଳେ ସୁରଭି ଗୋଟିଏ ଧଳା ରଙ୍ଗର ଡ୍ରେସ ପିନ୍ଧି ଆସିଲା ଯେମିତି ଚାନ୍ଦ ସଦୃଶ୍ୟ। ସେ ଆସି ସମସ୍ତଙ୍କୁ ମୁଣ୍ଡିଆ ମାରିଲା। ସ୍ତ୍ରୀ ଜଣଙ୍କ କହିଲେ "ମା' ଏଠିକି ଆସ, ମୋ ପାଖରେ ବସ, ମୁଁ ତୋ ଘରକୁ ଆସିବା ପୂର୍ବରୁ ତୋ ବିଷୟରେ ଭାବୁଥିଲି। ଆଉ ତୋତେ ଦେଖ୍ ମୋତେ ଏବେ ହିଁ ମୋ ଘରକୁ ବୋହୂ କରି ନେବାକୁ ଇଚ୍ଛା ହେଲାଣି। ତୁ ଯାହା କର ଝିଅ ତୁ ଆମ ଘରକୁ ଶୀଘ୍ର ଆସି ଯା'। ତା'ପରେ ବ୍ୟକ୍ତି ଜଣଙ୍କ କହିଲେ ଆପଣଙ୍କ ଝିଅକୁ ସବୁ ସୁବିଧା ଦିଆଯିବ। ସେ ବୋହୂ ହୋଇ ଯିବନି ତ, ମୋ ଘରକୁ ଝିଅ ହୋଇ ଯିବ। ଆଉ ଆପଣଙ୍କ ଝିଅ ମୋର ଦ୍ୱିତୀୟ ଝିଅ ହେବ। ଆମର ଯୌତୁକ ବାବଦରେ କିଛି ଦରକାର ନାହିଁ। ହଁ ଆପଣଙ୍କ ଝିଅ ଯଦି ବାହାଘର ପରେ ଚାକିରୀ କରିବାକୁ ଇଚ୍ଛା କରେ ତେବେ ମଧ୍ୟ ଆମେ ରାଜି ଅଛୁ। କାରଣ ମୋ ଝିଅ ମଧ୍ୟ ମାଷ୍ଟର ଅଛି। ସେ ଏବେ ତା ଶଶୁରଙ୍କ ଗାଁ ସ୍କୁଲ୍ ରେ ସେ ଶିକ୍ଷକ ଅଛି। ଏମିତି କଥା ଶୁଣି ନିତା ମା' ଆଉ ରମେଶ ବାବୁ ବହୁତ ଖୁସି ହୋଇଗଲେ। ମନରେ ସେ ଘର ପ୍ରତି ବନ୍ଧୁ ବାନ୍ଧିବାକୁ ଇଚ୍ଛା ଜାଗ୍ରତ ହେଲା। ସୁରଭିକୁ ସେ ସ୍ତ୍ରୀ ଜଣଙ୍କ ପଚାରିଲେ "ମା' ତୋର କ'ଣ ଇଚ୍ଛା " ସୁରଭି କହିଲା ବାପା, ମା' ଯାହା କହିବେ ମୋର ସେଥିରେ ରାଜି। ତାପରେ ବ୍ୟକ୍ତି ଜଣଙ୍କ କହିଲେ, ହଉ ଝିଅ ତ ଆମର ପସନ୍ଦ ହେଲା ଏବେ ଆପଣ ପୁଅ କୁ ମଧ୍ୟ ଦେଖ୍‌ଦିଅନ୍ତୁ। ତା'ପରେ

ଯାହା କଥା ଆଗକୁ ବଢ଼େଇବା କହି ବ୍ୟକ୍ତି ଜଣଙ୍କ ଯିବାକୁ ବାହାରିଲେ ।

ତା'ପର ଦିନ... ତାଙ୍କ ପୁଅ ଆଉ ସେହି ସ୍ତ୍ରୀ ଜଣକ ଆସି ତାଙ୍କ ଘରେ ପହଁଚିଲେ । ରମେଶ ବାବୁ ଦେଖି ଆଣ୍ଚର୍ଯ୍ୟ ହେଲେ, ସେ ପୁଅ ଜଣଙ୍କ ଥିଲା ସୋମେଶ । ସୁରଭି ଆଉ ନିତା ଦେବି ସୋମେଶ ଆଉ ତାଙ୍କ ମା'(ଶାନ୍ତି ଦେବୀ) ଙ୍କୁ ଦେଖି ପ୍ରଥମେ ଆଣ୍ଚର୍ଯ୍ୟ ହେଲେ ତା'ପରେ ଖୁସି ହେଲେ । ସୋମେଶକୁ ଦେଖି ରମେଶ ବାବୁ କହିଲେ କାଲି ଆପଣଙ୍କ ବାପା ଆସିଥିଲେ କିନ୍ତୁ ଆପଣଙ୍କ ବିଷୟରେ କିଛି କହିଲେ ନାହିଁ କାହିଁକି । ସୋମେଶ (ଟିକିଏ ହସି) ମୁଁ ବାପାଙ୍କୁ ଏବଂ ଦାଦାଙ୍କୁ ମୋ ବିଷୟରେ କହିବାକୁ ମନା କରିଥିଲି । ତା'ପରେ ରମେଶ ବାବୁ ପଚାରିଲେ ଆଉ ତୁମ ସାଙ୍ଗ ବସନ୍ତ କେମିତି ଅଛନ୍ତି? ସୋମେଶ କହିଲା ସେ ମଧ୍ୟ ଭଲ ଅଛି । ସୁରଭି ଆସି ମୁଣ୍ଡିଆ ମାରିଲା ଏବଂ ସୋମେଶଙ୍କ ମା' କହିଲେ ଏବେ କହ ଝିଅ? ଏ ହେଉଛି ମୋ ପୁଅ ।

ସେଦିନ ତମ ଘରଟୁ ଆସିଲା ପରେ ତୋ ବିଷୟରେ ଆମ ସମସ୍ତଙ୍କୁ କହିଲା ଆଉ ତୋର ବ୍ୟବହାର ଆଉ ତୋ ବିଷୟରେ ଶୁଣି ଆମେ ବହୁତ ଖୁସି ହୋଇଗଲୁ । ତା' ପରେ ଆପଣଙ୍କ ବଂଶ, ଗୋତ୍ର ଏବଂ ଜାତି ପଚାରି ବୁଝିଲା ପରେ ଜାଣିଲୁ ଯେ ତମର ବଂଶ ଆଉ ଆମ ବଂଶ ସମାନ । ସେଥିପାଇଁ ଡେରି ନ କରି ଆମେ ଆପଣଙ୍କ ଘରେ ପହଞ୍ଚି ଗଲୁ । ଏତିକି ଶୁଣିଲା ପରେ ସମସ୍ତେ ହସିବାକୁ ଲାଗିଲେ । ଶାନ୍ତି ଦେବୀ କହିଲେ ମୋ ପୁଅ ଦୁଇ ଦିନ ପରେ ନିଜ ୟୁନିଟ୍‍ କୁ ଫେରିଯିବ ତା'ର ଛୁଟି ସରିଯିବ । ଯଦି ଆପଣଙ୍କର କିଛି ପଚାରିବାର ଅଛି ତେବେ ପଚାରି ପାରନ୍ତି ।

ଶିଷ୍ୟଯତ୍ରୀ

ରମେଶ ବାବୁ କହିଲେ ମୁଁ ସୋମେଶ ସାଙ୍ଗରେ କଥା ହୋଇ ସାରିଛି ଆଉ କ'ଣ କଥା ହେବି। ମୁଁ ତ ସୋମେଶକୁ ନିଜ ପୁଅ ବୋଲି ଭାବି ସାରିଲିଣି। ଏବେ ସୁରଭି ଯାହା କହିବ। ସୁରଭି ଟିକେ ମୁରୁକି ହସ ଦେଲା। ଶାନ୍ତି ଦେବୀ କହିଲେ ସୋମେଶ ତୁ ସୁରଭି ସାଙ୍ଗରେ କିଛି କଥା ହେବୁ କି? ସୋମେଶ ଚୁପ୍ ରହିଲା। ନିତା ମା' ଆଉ ରମେଶ ବାବୁ କହିଲେ ଠିକ୍ ଅଛି ସୁରଭି ଆଉ ସୋମେଶ ଟିକେ କଥା ବାର୍ତ୍ତା ହୁଅନ୍ତୁ। ଚାଲ ଆମେ ଘର ଏବଂ ବାରି ବଗିଚା ଟିକେ ବୁଲି ଆସିବା। ସେମାନେ ସମସ୍ତେ ବାରି ପଟେ ଚାଲିଗଲେ।

ସୋମେଶ ସୁରଭିକୁ କହିଲା, ପଚାର ଯଦି କିଛି ଜାଣିବାର ଇଚ୍ଛା ଅଛି ମୋ ବିଷୟରେ? ସୁରଭି କିଛି ନ କହି ଚୁପ୍ ରହିଲା। ସୋମେଶ କହିଲା ଲାଜ କ'ଣ? ଏହି ପ୍ରସ୍ତାବରେ ତମେ ରାଜି ନାହଁ କି? ସୁରଭି କହିଲା ନା ସେମିତି କଥା ନାହଁ ଯେ? ସୋମେଶ କହିଲା, ତାହା ହେଲେ ଇଚ୍ଛା ଅଛି! ସୁରଭି ଟିକେ ମୁରୁକି ହସ ଦେଇ ଚୁପ ରହିଲା। ସୋମେଶ କହିଲା କିଛି କୁହ। ସୁରଭି କହିଲା, କ'ଣ କହିବି ଆଉ କ'ଣ ପଚାରିବି ଭାବି ପାରୁନି। ତା'ପରେ ସୋମେଶ ପଚାରିଲା ତମ ନା ଯେମିତି ସୁନ୍ଦର ତମେ ମଧ ସେମିତି ସୁନ୍ଦର। ସୁରଭି କହିଲା, ଆଚ୍ଛା ଏବେଠୁ ଲାଇନ୍ ମାରିବା ଷ୍ଟାର୍ଟ କରିଦେଲଣି ନାହଁ କି? ସୋମେଶ କହିଲା, ଏଇଟା ଲାଇନ୍ ମାରିବା କୁହାଯାଏ କି? ହଉ ଯାହା ହେଉ ଆଜି ଜୀବନରେ ପ୍ରଥମ ଥର କୋଉ ଝିଅକୁ ଲାଇନ ମାରିଲି। ଏତିକି କଥା ପରେ ଦୁହେଁ ହସିଲୋ। ସୁରଭି କହିଲା ସେଦିନ ମୋତେ ଲାଜ ଆଉ ଡର ଲାଗୁଥିଲା ସେଥିପାଇଁ

ଆପଣଙ୍କ ନାଁ ପଚାରି ପାରିଲିନି। ସୋମେଶ କହିଲା ତମକୁ କ'ଣ ଡର? ତୁମ ମା'କୁ ଦେଖି ମୋତେ ତ ସେଦିନ ବହୁତ ଡର ଲାଗିଲା। ସୁରଭି କହିଲା ମା' ଟିକେ ରାଗେ କିନ୍ତୁ ମୋତେ ବହୁତ ଭଲ ପାଆନ୍ତି। ସେଦିନ ତମେ ସାହାଯ୍ୟ କରିଛ ବୋଲି ଶୁଣିଲା ପରେ ସେ ମଧ୍ୟ ବହୁତ ଖୁସି ହୋଇଗଲା। ଆଉ ତମେ ଗଲା ପରେ ବାପା ଆଉ ମା' ଦୁହେଁ ତମକୁ ଜୋଇଁ ପୁଅ କରିବା ପାଇଁ ସ୍ୱପ୍ନ ଦେଖୁ ସାରିଥୁଲେ। ଆଉ କାଲି ତୁମ ପରିବାର କୁ ଦେଖୁ ମୋର ଟିକେ ଟିକେ ସନ୍ଦେହ ହେଲା ଯେ ତମେ ହୋଇଥବ ବୋଲି। ସୋମେଶ କହିଲା ତାହା ହେଲେ ତମେ ମଧ୍ୟ ମୋ ବିଷୟରେ ଭାବୁଥୁଲ? ସୁରଭି ଟିକେ ହସି ଦେଇ, ନା ତୁମ କଥା କାହିଁକି ଭାବିବି! ସୁରଭି ପଚାରିଲା ଆପଣ ବର୍ତ୍ତମାନ କୋଉଠି ପୋଷ୍ଟିଙ୍ଗ ଅଛ? ସୋମେଶ କହିଲା ବର୍ତ୍ତମାନ ମୋ ୟୁନିଟ ଦିଲ୍ଲୀରେ ଅଛି। ସୁରଭି କହିଲା ମୋତେ ମଧ୍ୟ ଦେଶର ଯବାନ ହୋଇ ସେବା କରିବାକୁ ବହୁତ ଇଚ୍ଛା ଆଉ ସେନାର କୋଉ ଯବାନକୁ ଦେଖୁଲେ ମୋତେ ବହୁତ ଖୁସି ଲାଗେ। ଆପଣ ବିଶ୍ୱାସ କରିବେନି ଆଜି ଆପଣ ମୋ ସାମ୍ନାରେ ବସିଛନ୍ତି ମୁଁ ବହୁତ ଖୁସି ଅନୁଭବ କରୁଛି। ସୋମେଶ କହିଲା, ତାହା ହେଲେ ଭଲ କଥା, ମୋ ସ୍ତ୍ରୀ ମଧ୍ୟ ଗୋଟିଏ ଦେଶ ପ୍ରେମୀ। ସୁରଭି କହିଲା ସ୍ତ୍ରୀ?

ସୋମେଶ କହିଲା, ହଁ ସ୍ତ୍ରୀ, ମାନେ ତମେ ! ସୁରଭି କହିଲା। ଏବେ ଦେଖା ହୋଇଛି ଆଉ ଆପଣ ପୁରା ସ୍ତ୍ରୀ କରି ସାରିଲଣି। ସୋମେଶ କହିଲା, ଆଜି ନହେଲେ କାଲି ତ ହେବ ନା? ସୁରଭି ଟିକେ ଦୁଃଖୀ ହୋଇ, ଆପଣଙ୍କୁ ଗୋଟେ କଥା କହିବି। ସୋମେଶ କହିଲା, ତୁମେ ମୋତେ ଆପଣ ଡାକିବା ବନ୍ଦ କର, ମୋ ନାଁ ଧରି ଡାକି ପାରିବ। ସୁରଭି କହିଲା, ନା ମୋତେ ଠିକ ଲାଗିବନି। ମୁଁ "ତୁମେ" ବୋଲି କହିଲେ ଚଳିବ ନା? ସୋମେଶ ପଚାରିଲା କ'ଣ କହିବ ବୋଲି କହୁଥୁଲ କୁହ? ସୁରଭି କହିଲା, ମୋର ଚାକିରୀ କରିବାକୁ ଇଚ୍ଛା। ତୁମେ ରାଜି ଅଛ ତ? ସୋମେଶ ହସି ହସି ଆରେ ଏତିକି କଥା ପାଇଁ ଏତେ ଦୁଃଖୀ। ସୋମେଶ କହିଲା, ହଉ ମୋର ଗୋଟିଏ ସର୍ତ୍ତ ଶୁଣ। ସୁରଭି କହିଲା, ସର୍ତ୍ତ ଶୁଣିଲେ ମୋତେ ଡର ମାଡ଼େ। ସୋମେଶ କହିଲା, ଆରେ ପ୍ରଥମେ କଥାଟା କ'ଣ ଶୁଣ, ତା'ପରେ ଡରିବ। ସୋମେଶ କହିଲା ତୁମର ଚାକିରିମାନେ ଶିକ୍ଷକ ହେବାକୁ ଚାହୁଁଚ ତ, ନା ଆଉ କିଛି? ସୁରଭି କହିଲା ହଁ, ଶିକ୍ଷକ ନୁହେଁ ଶିକ୍ଷୟତ୍ରୀ! (ଦୁହେଁ ହସିଲେ)। ସୋମେଶ କହିଲା, ଓକେ ଶୁଣ ତମେ ଯଦି ଶିକ୍ଷୟତ୍ରୀ ହୋଇଗଲ ତେବେ ବାବା

ବୋଉଙ୍କୁ ତମ ପାଖରେ ରଖ୍ ତାଙ୍କ ସେବା କରିବ ଆଉ ଯଦି ଶିକ୍ଷୟତ୍ରୀ ନ ହେବ ତେବେ ମୋ ସାଙ୍ଗରେ ମୋ ୟୁନିଟରେ ରହିବ। ଏତିକି କଥା ଶୁଣି ସୁରଭି ରାଜି ହୋଇଗଲା ଆଉ ଖୁସିରେ କହିଲା, ତମ ସର୍ତ୍ତରେ ମୁଁ ରାଜି। ସୋମେଶ କହିଲା ତମେ କେବେ ବାହା ହେବାକୁ ଚାହୁଁଚ? ସୁରଭି କହିଲା ସେମିତି କିଛ ଅସୁବିଧା ନାହିଁ ଯଦି ତମେ ବାହାଘର ପରେ ପଢ଼ିବାକୁ ଦେବ ତେବେ ଯେବେ ବାହାଘର କହିବ ମୁଁ ତେବେ ରାଜି। ସୋମେଶ (ଟିକେ ହସି) ତେବେ ମୋ ସ୍ତ୍ରୀର ମଧ ବାହା ହେବା ପାଇଁ ଇଚ୍ଛା ହୋଇ ଗଲାଣି। ସୁରଭି କହିଲା ତମର ଛୁଟି ସରିଯିବ ପୁଣି କେବେ ଆସିବ। ସୋମେଶ କହିଲା, ସେମିତି କିଛ ନାହିଁ ଯଦି ବାହାଘର ଠିକ୍ କରନ୍ତି ତେବେ ମୁଁ ଛୁଟି ନେଇ ଆସିଯିବି। ରହିଲା କଥା ମୋ ସ୍ତ୍ରୀର ପଢ଼ା ପଢ଼ି ଉପରେ ।

ଏତିକି ବେଳେ ନୀତା ଦେବି ଏବଂ ଶାନ୍ତି ଦେବୀ ଆସି ପହଞ୍ଚିଗଲେ, ପଚାରିଲେ କ'ଣ କଥା ବାର୍ତ୍ତା ହେଲା ନା? ଦୁହେଁ ଗୋବର ଗଣେଶ ଭଳି ବସି ରହିଛ। ସୋମେଶ କହିଲା, ହଁ ମା' ବହୁତ କଥା ବାର୍ତ୍ତା ହେଲା। ଶାନ୍ତି ଦେବୀ କହିଲେ କ'ଣ ଚିନ୍ତା କରିଲୁ ଝିଅ? କେବେ ବାହାଘର କରିବା? ସୁରଭି ତୁପ୍ ରହିଲା। ସୋମେଶ ହସି ହସି କହିଲେ, ମା' ତମେ ବ୍ରାହ୍ମଣ ଡାକି ଯୋଗ ବାହାର କର! ସୋମେଶର ମା' କହିଲେ, ତୁ ଏମିତି କହୁଛୁ ଯେମିତି ତୁ କାଲି ବାହା ହେବାକୁ ଚାହୁଁଚୁ। ସୋମେଶ କହିଲା, ମା' ତମେ ଯେବେ କହିବ ସେତେବେଳେ ବାହା ହେବି କାରଣ ମୋ ସ୍ତ୍ରୀଠୁ ଅନୁମତି ମିଲିଗଲାଣି। ସୋମେଶ ପଚାରିଲା, ମା' ଏବେ ଯିବା? ଡେରି ହେଲାଣି। ରମେଶ ବାବୁ ଶାନ୍ତି ଦେବୀଙ୍କୁ କହିଲେ ଆପଣ ତିଥ୍ ଆଉ ସମୟ ସ୍ଥିର କର ତା' ଅନୁସାରେ ନିର୍ବନ୍ଧ କରିବା ଆଉ ତା'ର ଆଗାମୀ ଯୋଗ ଦେଖ୍ ବାହାଘର ପାଇଁ ଦିନ ସ୍ଥିର କରିବା। ଶାନ୍ତି ଦେବୀ କହିଲେ ହଉ ତେବେ ଆମେ ଆସୁଛୁ, ଦିନ ଆଉ ସମୟ ଧାର୍ଯ୍ୟ କରି ଆପଣଙ୍କ ସାଙ୍ଗରେ କଥା ହେବୁ। ବାରଣ୍ଡାକୁ ଆସି ସୋମେଶ, ସୁରଭିକୁ ଦେଖ୍ ଇସାରାରେ ବାଏ କହି ନିଜ ଗାଁକୁ ଫେରିଗଲା।

ଦେଶର ଯବାନ

କିଛି ଦିନ ପରେ ସୋମେଶର ବାପା। ଡାକ ନାମ ରାଧା ବାବୁ। ସେ ଜଣେ ଅବସର ପ୍ରାପ୍ତ ଅମିନ ଏବଂ ବର୍ତ୍ତମାନ ଗ୍ରାମର ସଭାପତି ହିସାବରେ ଗ୍ରାମର ଦାୟିତ୍ଵ ବୁଝୁଛନ୍ତି। ସେ ଭଲ ଦିନ ଧାର୍ଯ୍ୟ କରି ରମେଶ ବାବୁ ପାଖକୁ ଆସି, ଦିନ ଅନୁସାରେ ନିର୍ବନ୍ଧ ପାଇଁ ଆୟୋଜନ କରାଗଲା କିନ୍ତୁ ଦୁଃଖର କଥା ନିର୍ବନ୍ଧ ରେ ସୋମେଶକୁ ଛୁଟି ମିଳିଲାନି। ସେଥିପାଇଁ ସୁରଭି ବହୁତ୍ ଦୁଃଖ ଅନୁଭବ କରିଲା। ସେ ଚାହୁଁଥିଲା ଯେ, ଏ ନିର୍ବନ୍ଧରେ ସୋମେଶ ଆସନ୍ତୁ। ସୁରଭି କିଛି ଉପାୟ କରି ସୋମେଶକୁ ଟେଲିଗ୍ରାମ କରିଲା ପରେ ସେ ଜାଣିବାକୁ ପାଇଲା ଯେ ସୋମେଶଙ୍କର ବାଟାଲିୟନ ଜରୁରୀକାଳୀନ ପରିସ୍ଥିତି ଯୋଗୁଁ ଜମ୍ମୁ କାଶ୍ମୀର ବୋର୍ଡର ପାଇଁ ଯାଇଛନ୍ତି। ସେ ଚିନ୍ତିତ ହୋଇ ପଡ଼ିଲା କିନ୍ତୁ ନିର୍ବନ୍ଧ ହେବାର ପାଞ୍ଚ ଦିନ ପୂର୍ବରୁ ସୋମେଶର ଟେଲିଗ୍ରାମ ଆସିଲା ଯେ ତାଙ୍କ ବାଟାଲିୟନ ୨ ମାସ ପରେ ଫେରି ଆସିବ ଆଉ ବର୍ତ୍ତମାନ ସ୍ଥିତି ଅନୁସାରେ ଛୁଟି ମିଳିବା କଷ୍ଟକର। ରମେଶ ବାବୁଙ୍କର ଚିନ୍ତା ବଢ଼ିଲା ତାଙ୍କ ମନରେ ଖରାପ ଭାବନା ଜାତ ହେଉଥାଏ। ଏବେ ପରିସ୍ଥିତି ତ ଠିକ୍ ଅଛି କିନ୍ତୁ ଆଗାମୀ ସମୟରେ ଯଦି ସୋମେଶ ସହିତ କିଛି ଅଘଟଣ ଘଟେ ତେବେ ମୋ ଝିଅର ଜୀବନ ନଷ୍ଟ ହୋଇଯିବ। ଏକଥା ରମେଶ ବାବୁ ମନରେ ଭାବୁଥାନ୍ତି କିନ୍ତୁ ଏହି କଥା ନିତାକୁ କିମ୍ବା ସୁରଭିକୁ କେବେ କହୁ ନଥାନ୍ତି। ନିର୍ବନ୍ଧ ହେବାକୁ ୨ ଦିନ ବାକି ଥିଲା ରମେଶ ବାବୁଙ୍କର ମନ ଖରାପ ଏବଂ ରକ୍ତ ଚାପ କମିବା ଯୋଗୁଁ ଦେହ ଅସୁସ୍ଥ ହୋଇଗଲା ଏବଂ ଡାକ୍ତରଙ୍କ ପରାମର୍ଶ କ୍ରମେ ୩ ରୁ ୪ ଦିନ ଘରେ ବିଶ୍ରାମ କରିବାକୁ ନିର୍ଦ୍ଦେଶ ଦେଲୋ। ରାଧା ବାବୁ, ରମେଶ ବାବୁଙ୍କ ଅସୁସ୍ଥ କଥା ଶୁଣି

ନିର୍ବନ୍ଧ ତାରିଖକୁ ଘୁଂଟେଇ ଅନ୍ୟ ତିଥିରେ କରିବା ପାଇଁ କହିଲେ ।

କିଛି ଦିନ ପରେ ରମେଶ ବାବୁ ସୁସ୍ଥ ହେଲେ। ଗୋଟିଏ ମାସ ପରେ ସୋମେଶ ଛୁଟି ନେଇ ଗାଁକୁ ଆସିଲା ଏବଂ ରମେଶ ବାବୁଙ୍କୁ ଦେଖ଼ିବାକୁ ଆସିଲେ। ରମେଶ ବାବୁ ସୋମେଶ ସାଙ୍ଗରେ ଏକା କଥା ହୋଇ ପଚାରିଲେ। ବାବୁ ତମର ଡିଉଟି କେମିତିକା? ଏବଂ ଯଦି ଯୁଦ୍ଧ ସମୟରେ ତମକୁ ଡାକିବେ ତେବେ ତମକୁ ଯିବାକୁ ପଡ଼ିବ କି? ସୋମେଶ କହିଲା ହଁ !! ବାବା ସେଥ଼ିପାଇଁ ତ ମୁଁ ଆର୍ମିରେ ଜଏନ କରିଛି। ଦେଶ ପାଇଁ କିଛି କରିବାକୁ ଆଉ ତାର ରକ୍ଷା ପାଇଁ ଆମେ ସର୍ବଦା ଆଗରେ ରହିବାକୁ ଶପଥ ନେଇଛୁ। ସୋମେଶ କହିଲା, ବାବା ସେଥ଼ିପାଇଁ ଆପଣ ଚିନ୍ତା କରୁଛନ୍ତି କି? ରମେଶ ବାବୁ କିଛି କହି ପାରିଲେନି ଚୁପ୍ ରହିଲେ। ସୋମେଶ କହିଲା ବାପା ଆପଣ ଯଦି ଏହି ପ୍ରସ୍ତାବରେ ରାଜି ନୁହନ୍ତି, ତେବେ ମୋର କିଛି ଆପତ୍ତି ନାହିଁ ଏବଂ ମୁଁ ଘରେ ବୁଝେଇଦେବି। ରମେଶ ବାବୁ କହିଲେ ବାବୁ ଗୋଟିଏ କଥା କହିବି ଖରାପ ଭାବିବନି? ସୋମେଶ କହିଲେ କୁହନ୍ତୁ, ବାବା? ରମେଶ ବାବୁ କହିଲେ ତମେ ସୁରଭିକୁ ଚାକିରୀ କରିବା ପାଇଁ ଅନୁମତି ଦେଲ। ଆଉ ଯଦି ସୁରଭିର ଚାକିରୀ ହୋଇଯାଏ ତେବେ ତମେ ଚାକିରୀ ଛାଡ଼ିପାରିବ କି? ଏତିକି କଥା ଶୁଣି ସୋମେଶ (ଟିକିଏ ହସ) ବାପା ମୁଁ ଚାହେଁ ଦେଶ ସେବା କରିବା ପାଇଁ। ଯଦି ଆପଣ ମନରେ ଆର୍ମି ପ୍ରତି କିଛି ଖରାପ ଭାବନା ଜାତ ହେଉଛି ତେବେ ମୋର କିଛି ଆପତ୍ତି ନାହିଁ। ରମେଶ ବାବୁ କହିଲେ ନାହିଁ ବାବୁ ମୁଁ ଖରାପ ଭାବୁନି ଏବଂ ତୁମକୁ ମୋ ଘରର ଜ୍ବାଇଁ କରିବାକୁ ମୋର ବହୁତ ଇଚ୍ଛା। ମାତ୍ର ମନରେ କେମିତି କେମିତି ଖରାପ ଚିନ୍ତାଧାରା ସୃଷ୍ଟି ହୋଇଯାଉଛି।

ସୋମେଶ : ବାବା ଯେତେବେଳେ ଯାହା ହେବାକୁ ଥ଼ିବ ତାହା ହେବ ଏବଂ ତାକୁ କେହି ରୋକି ପାରିବେ ନାହିଁ। ଏମିତିକି ନାହିଁ ଯେ ସବୁ ଆର୍ମି ବାଲା ଉପରେ ବିପଦ ସଂକେତ ଘେରି ରହିଥାଏ। ଗୁଣି ଲୋକେ କହି ଯାଇଛନ୍ତି ଯେ ଯିଏ ପୁଣ୍ୟ ଅର୍ଜନ କରିଥାଏ ତେବେ ସେ ଦେଶ ପାଇଁ ନିଶ୍ଚୟ ସହିଦ ହୁଏ। ଯଦି ମୋ ଭାଗ୍ୟରେ ସହିଦ ହେବାକୁ ଥ଼ିବ ତେବେ ମୋ ଭାଗ୍ୟ କେହି ବଦଲେଇ ପାରିବେ ନାହିଁ ଏବଂ ମୁଁ ମୋ ଦେଶ ପାଇଁ ଖୁସିରେ ସହିଦ ହେବାକୁ ରାଜି ଅଛି କିନ୍ତୁ ମୋ ଭାଗ୍ୟରେ ଯଦି ବଞ୍ଚିବା ଲେଖା ଅଛି ନା ତେବେ ଆପଣଙ୍କ ଝିଅର

ସ୍ୱାମୀ ଏବଂ ଆପଣଙ୍କ ପୁତ୍ର ରୂପରେ ସଦା ସର୍ବଦା ଆପଣଙ୍କ ପାଖରେ ଏମିତି ରହିଥିବି। ଆପଣଙ୍କ ମତକୁ ମୁଁ ଅପେକ୍ଷା କରିଛି? ଆପଣ ଯାହା କହିବେ ଏବଂ ଯେମିତି କହିବେ ମୁଁ ସେଥିପାଇଁ ରାଜି ଅଛି କିନ୍ତୁ ଏହି ଚାକିରି ମୁଁ ଛାଡ଼ି ପାରିବି ନାହିଁ। ଏତିକି କଥା ଶୁଣି ରମେଶ ବାବୁ କହିଲେ, ଠିକ୍ କଥା। ଆଉ ତାଙ୍କ ମନରେ ଟିକେ ପରିବର୍ତ୍ତନ ଆସିଲା। ଆଉ କହିଲେ ହଉ ବାବୁ ତମ କଥା ଶୁଣି ମନକୁ ଟିକେ ଶାନ୍ତି ମିଳିଲା। ଏତିକି ବେଳେ ସୁରଭି ଜଳଖିଆ ନେଇ ପହଞ୍ଚିଲା। ରମେଶ ବାବୁଙ୍କର କିଛି ସ୍କୁଲ୍ କାମ ଯୋଗୁଁ ସେ ସ୍କୁଲ୍ ପାଇଁ ବାହାରିଗଲେ। ସୋମେଶକୁ କହିଲେ ତମେ କଥା ହେଉଥାଅ, ମୁଁ ସ୍କୁଲ୍ ରୁ ଆସୁଛି। ତା'ପରେ ସୁରଭିର ମା' ଆସି ପହଁଚିଲେ। ସେ ସୋମେଶକୁ ଘର ଲୋକ ବିଷୟରେ ପଚାରିଲେ। ସମସ୍ତେ ଠିକ୍ ଅଛନ୍ତି ବୋଲି ସୋମେଶ କହିଲା। ନୀତା ଦେବୀ ପଚାରିଲେ କେତେ ଦିନ ଛୁଟିରେ ଆସିଛ ସୋମେଶ? ସୋମେଶ କହିଲା, ଗୋଟିଏ ମାସ ଛୁଟିରେ ଆସିଛି। ନୀତା ଦେବୀ କହିଲେ ତମେ ଦୁଇ ଜଣ କଥା ହେଉଥାଅ ମୁଁ ରୋଷେଇ କରୁଛି।

ସୁରଭି : ବାବା ତମକୁ କ'ଣ ପଚାରୁଥିଲେ?

ସୋମେଶ : ବାବା ଆର୍ମି ଜୋଇଁ ପୁଅ କରିବା ପାଇଁ ଡରୁଛନ୍ତି। ମୋତେ କହିଲେ ସୁରଭି ଚାକିରୀ କରିବ ଆଉ ତମେ ଚାକିରୀ ଛାଡିବା ପାଇଁ।

ସୁରଭି : ତମେ କ'ଣ କହିଲ?

ସୋମେଶ : ମୁଁ ମନା କରିଲି ଏବଂ ଚାକିରୀ ଛାଡି ପାରିବିନି ବୋଲି କହିଲି।

ସୁରଭି : ମୁଁ ମଧ ଏହା ଚାହେଁ କି ତମେ ଚାକିରୀ ଛାଡ଼ ନାହିଁ। ଆଉ ଜାଣିଛ ବାବା ଆମ ଭବିଷ୍ୟତ ବିଷୟରେ ଚିନ୍ତା କରି କରି ତାଙ୍କର ଦେହ ଖରାପ ହୋଇଯାଇଥିଲା। ଭଲ ହେଲା ନିର୍ବନ୍ଧ ସେ ସମୟରେ ହୋଇନି। ତମେ ଆସିଲନି ବୋଲି ଶୁଣି ମୁଁ ପୁରା ଚିନ୍ତାରେ ପଡ଼ି ଯାଇଥିଲି। ସେଥିପାଇଁ ଟେଲିଗ୍ରାମ କରିଥିଲି।

ସୋମେଶ : ଚିନ୍ତା କରନି ମୋର କିଛି ହେବନି।

ସୁରଭି : ଏତେ ଦିନ ହେଲା ମୁଁ କେବଳ ତୁମ କଥା ହିଁ ଚିନ୍ତା କରୁଥିଲି।

ସୋମେଶ : ତମେ ଚିଠି ଲେଖ୍ ପାରିଥାନ୍ତ!!

ସୁରଭି : ହଉ ଛାଡ ସେ କଥା, ତମେ ଆଉ ଜମ୍ମୁ କାଶ୍ମୀର ଯିବ ନାହିଁ ନା?

ସୋମେଶ : ଆରେ ମୋତେ ଯଦି ପଠେଇବେ ମୁଁ କ'ଣ ମନା କରିପାରିବି କି? ଖାଲି ମୁଁ ନୁହଁ ସମସ୍ତେ ଯାଆନ୍ତି।

ସୁରଭି : ହଉ, ଠିକ୍ ଅଛି (ଟିକେ ଦୁଃଖ ମନରେ)।

ସୋମେଶ : କାଲି ବାବା ଆସିବେ, ଏବେ ସେଦିନ ନିର୍ବନ୍ଧ ଦିନ ସ୍ଥିର କରିବା ପାଇଁ କିନ୍ତୁ ତୁମ ବାବାଙ୍କର କଥା ଶୁଣି ମୁଁ ଟିକେ ଦୁଃଖୀ ହୋଇଗଲି।

ସୁରଭି : ବାବା ସେମିତି ଭାବୁଥିଲେ କିନ୍ତୁ ଆମ ଘରର ଜୋଇଁ ପୁଅ କେବଳ ତମକୁ ହିଁ କରିବେ। ଆଉ ମୁଁ ମଧ ଚାହେଁ କି ତମେ ମୋର ସ୍ୱାମୀ ହୁଅ। ସୋମେଶ ମୁହଁରେ ହସ ଆସିଗଲା।

ସୋମେଶ : ଯାହା ହେଉ ତମେ ମଧ ମୋତେ ସ୍ୱାମୀ ବୋଲି ଭାବି ନେଲଣି। ସୁରଭି ଟିକେ ଲାଜେଇ ଗଲା।

ସୋମେଶ : ସୁରଭି, ଗୋଟିଏ କାମ କର। ଆଖ୍ ବନ୍ଦ କର!! ସୁରଭି ଆଶ୍ଚର୍ଯ୍ୟ ହୋଇ ଚାହିଁ ରହିଲା। ସୁରଭି କହିଲା, ନା... ମା' ଆସିଯିବେ।

ସୋମେଶ : ମା' ଆସନ୍ତୁ ମୁଁ ତ ମୋ ସ୍ତ୍ରୀ ସାଙ୍ଗରେ କଥା ହେଉଛି ସେ କିଛି କହିବେନି।

ରାଜକୁମାର

ସୁରଭି : ତମେ ଚାଲାକ କେବେଠୁ ହେଲଣି ?

ସୋମେଶ : ତମକୁ ଯେବେଠୁ ଦେଖିଲି ସେଇ ଦିନଠୁ।

ସୁରଭି : ପ୍ରଥମେ କୁହ କଣ କରିବ?

ସୋମେଶ : ଆରେ ୟାର କିଛି କରିବିନି।

ସୁରଭି : ପକ୍କା ନା?

ସୋମେଶ : ହଁ ବାବା ପକ୍କା।

ସୁରଭି ଆଖି ବନ୍ଦ କରି ସୋମେଶ ଆଗରେ ଛିଡା ହୋଇଛି ହଠାତ, ସୁରଭିଙ୍କ ମା' ଡାକିବାକୁ ଲାଗିଲେ, ସୁରଭି ଟିକେ ଶୁଣିଲୁ?

ସୁରଭି : ହଁ ମା' ଆସୁଛି।

ସୋମେଶ : ଦେଖ ସୁରଭି, ଶାଶୁ ମା' ଆମ ମଝିରେ ଷଣ୍ଢ ପୁରୋଉଛନ୍ତି, ଭଲ ହେବନି (ଟିକେ ହସି)।

ସୁରଭି : ତମେ ମା ବିଷୟରେ କିଛି କୁହନି,

ସୋମେଶ : ମଜା କରୁଥିଲି, ଏବେ ଆଖି ବନ୍ଦ କରା

ସୁରଭି : ୨ ମିନଟ ରୁହ, ମୁଁ ଅଜ୍ଜ ଶୁଣି କି ଆସୁଛି।

ସୋମେଶ : (ବିଚଳିତ ଅବସ୍ଥାରେ) ହଉ ଯାଆ। ସୁରଭି ଯାଇ ପୁଣି ଫେରି
ଆସି, କହିଲା ଏବେ କୁହ।

ସୋମେଶ : ତମେ ମୁଡ଼ ଅଫ କରି ଦେଉଛ।

ସୁରଭି : ମା' ଡାକିଲେ କଣ କରିବି କୁହ। ହଉ ଭୁଲ୍ ହୋଇଗଲା 'ସରି'
(କାନ ଧରି)।

ସୋମେଶ : କହିଲା, 'ଘୁସୁରୀ'।

ସୁରଭି : ଆଁ (ମୁହଁ ଖୋଲି)।

ସୋମେଶ : ହଁ, ୟା' ପରଠୁ, ତମେ ଯେବେ ' ସରି ' କହିବ ତେବେ ତମେ
ଘୁସୁରୀ ଶୁଣିବାକୁ ପାଇବ।

ସୁରଭି : ହଉ ଆଉ କେବେ କହିବିନି।

ସୋମେଶ : ଗୁଡ଼ ଗାର୍ଲ୍।

ସୋମେଶ : ଆଖି ବନ୍ଦ କର ଜଲ୍ଦି।

ସୁରଭି : ଆଖି ବନ୍ଦ କରିବା ପରେ। ସୋମେଶ ସୁରଭିର ମୁହଁ ପାର୍ଶ୍ୱରେ
ଥିବା ଛୋଟ ଛୋଟ ଚୁଟିକୁ କାନ ପାଖରେ ଖୁଞ୍ଜିବାକୁ ଲାଗିଲା। ସୁରଭି ପୁଣି
ଆଖି ଖୋଲି ଦେଲା।

ସୁରଭି : ମୋତେ ଲାଗୁଛି ତମେ କିଛି ବଦମାସି କରିବ ବୋଧେ?

ସୋମେଶ : ଚୁପ... ଆଖି ବନ୍ଦ କର।

ସୁରଭି : ସେମିତି କିଛି କରନି ପ୍ଲିଜ୍ ମୋତେ ଡର ଲାଗୁଛି।

ସୋମେଶ : ପାଟି ଚୁପ୍ (ଆଙ୍ଗୁଠି ରେ ସୁରଭିର ପାଟିକୁ ବନ୍ଦ କରିବାକୁ
ଲାଗିଲା ସୋମେଶ)।

ସୋମେଶ : ତମେ ଗୋଟିଏ ମିନିଟ ସେମିତି ରୁହ, ମୁଁ ତମକୁ ଭଲ କରି ଦେଖିବାକୁ ଚାହେଁ।

ସୁରଭି : ଯାହା କରିବାର ଅଛି ଜଲ୍ଦି କର, ମା ଆସିଯିବେ।

ସୋମେଶ : ଆଚ୍ଛା, ଯାହା କରିବାର ଅଛି ମାନେ କ'ଣ? ଆରେ ମୁଁ କିଛି କରିବିନି!!

ସୁରଭି : ମାନେ ସେମିତି ନୁହଁ, ଯାହା କହିବାର ଅଛି କୁହ। ତା'ପରେ ସୋମେଶ ଗୋଟିଏ ସୁନ୍ଦର ହଳଦିଆ ରଙ୍ଗର ଶାଢ଼ୀ ବାହାର କରି ସୁରଭିର କାନ୍ଧ ଉପରେ ରଖି କହିଲା, ଏବେ ଆଖି ଖୋଲ। ସୁରଭି ଆଖି ଖୋଲି ଦେଖିଲା ଏବଂ ବହୁତ ଖୁସି ହୋଇ ସୋମେଶକୁ କୁଣ୍ଢେଇ ପକେଇଲା।

ସୋମେଶ : ଆଶ୍ଚର୍ଯ୍ୟ, ମୁଁ ତ ଆଶା କରିନଥିଲି, ତମେ ହଗ୍ କରିବ ବୋଲି, ମତେ ଆପେ ଆପେ ମିଳିଗଲା। ସୁରଭି (ଲାଜେଇ) ମୁଁ କ'ଣ କଲି, ମୁଁ ଜାଣିପାରିଲିନି (ଖୁସିରେ ହଗ୍ କରିଦେଲି)।

ସୋମେଶ : ଯାହା ହେଉ ତମର ହଗ୍ ଟା ବହୁତ ଭଲ ଲାଗିଲା ।

ସୁରଭି : ତମେ ଜାଣିଛ ? ମୋତେ ନା , ହଳଦିଆ ରଙ୍ଗର ଶାଢ଼ୀ ପିନ୍ଧିବାକୁ ବହୁତ ଇଚ୍ଛା ଥିଲା କିନ୍ତୁ ଘରେ କେବେ କହି ନଥିଲି। ଆଉ ତମେ ମୋ ମନ ବୁଝି, ମୋ ପସନ୍ଦର ଶାଢ଼ୀ ଆଣି ଦେଇଛ। ସେଥିପାଇଁ ମୁଁ ଖୁସିରେ ଏମିତି କରିଦେଲି ।

ସୋମେଶ : ତାହା ହେଲେ ତମେ ଖୁସିରେ ଆଉ କ'ଣ କରି ପାରୁଛ ?

ସୁରଭି : ଆଉ କିଛି ନାହିଁ (ତମେ ଭାରି ବଦମାସ ହେଲଣି)।

ସୋମେଶ : ଆଉ ଥରେ ଆଖି ବନ୍ଦ କର?, ଆଉ କ'ଣ ସରପ୍ରାଇଜ୍ ଅଛି କି? (ସୁରଭି ପଚାରିଲା)।

ସୋମେଶ : ତମେ କ'ଣ ଓକିଲ? ବେଶି ପ୍ରଶ୍ନ କରୁଛ?

ସୁରଭି : ହଉ ବାବା, ଆଖି ବନ୍ଦ କରୁଛି।

ସୋମେଶ ଗୋଟିଏ ଛୋଟ ରାଜକୁମାରୀର ଗିଫ୍ଟ ବାହାର କରି ସୁରଭି ଆଖି ଆଗରେ ରଖି ଆଖି ଖୋଲିବାକୁ କହିଲା।

ସୁରଭି : ଏଇଟା କ'ଣ?

ସୋମେଶ : ଯେ ହେଉଛି ତମେ। ଏଇ ରାଜକୁମାରୀ ଯେମିତି ସୁନ୍ଦର, ଆଉ ତମେ ମଧ୍ୟ ସେତିକି ସୁନ୍ଦର।

ଏତିକି ବେଳେ ମା' କହିଲେ, ତମ ଦୁଇ ଜଣଙ୍କର କଥା ସରିଲାଣି ଯଦି ଖାଇବା ପାଇଁ ଆସ।

ସୋମେଶ : କହିଲା, ବୋଉ ଆଉ ୫ ମିନିଟ୍ ସୁରଭି ସାଙ୍ଗରେ କଥା ହେବାକୁ ଦିଅ। ସୁରଭିର ମା' କହିଲେ ହଉ କଥା ହୋଇ ଜଲ୍ଦି ଆସ।

ସୋମେଶ : ଏବେ ବସ ଆଉ କୁହ। ସୁରଭି କହିଲା, ଗୋଟେ କଥା କହିବି, ମୋତେ ଲାଗୁଛି, ମୋର ଆଗକୁ ଯେମିତି ଭିସ୍ ଅଛି। ମୋତେ ଖୋଜିବା ପୂର୍ବରୁ ସବୁ ମିଳିଯିବ ବୋଧେ। ଆଉ ସତ କଥା ହେଲା ତମକୁ ଦେଖିବା ପର ଠାରୁ ମୁଁ ଠିକ୍ ସେ ପଢ଼ି ପାରୁନି ଆଉ ୨ ମାସ ପରେ ପରୀକ୍ଷା ଅଛି, ରିଜଲ୍ଟ ଭଲ ହେବ କି ନାହିଁ ଜାଣିନି।

ସୋମେଶ : ତା' ହେଲେ, ଏଥିପାଇଁ ମୋର ଦୋଷ ନା?

ସୁରଭି : ନା ନା, ଏହି ବର୍ଷ ଯାକ କେମିତି କେଜାଣି ବହୁତ ସମୟ ବିତିଗଲା ଜଣା ପଡ଼ିଲାନି। ଏଥିରେ ତମର ଦୋଷ କେମିତି ହେଲା? କିନ୍ତୁ ତମକୁ ବହୁତ ମିସ୍ କରୁଛି।

ସୋମେଶ : ମୋର ସ୍ତ୍ରୀ ଆଗ ଯେମିତି ସବୁ କ୍ଲାସ୍ ରେ ପ୍ରଥମ ରହୁ ଥିଲା ସେମିତି ପ୍ରଥମ ନମ୍ବର୍ ରେ ରହିବ ବୋଲି ମୋର ବିଶ୍ୱାସ ଏବଂ ଏହି ବିଶ୍ୱାସକୁ ତମେ ବଜାୟ ରଖିବ।

ସୁରଭି : ହଉ ଚେଷ୍ଟା କରିବି ।

ସୋମେଶ : ତାହା ହେଲେ ଏଙ୍ଗେଜମେଣ୍ଟ ର ତାରିଖ, ୦୨ ମାସ ପରେ କରିଲେ ଚଲିବ?

ସୁରଭି : କହିଲା ନା ନା? ଏବେ କରିଦିଅ। ଏବେ ତମେ ଛୁଟିରେ ଅଛ ପୁଣି କେବେ ଆସିବ ମୁଁ ଜାଣିନି।

ସୋମେଶ : ଠିକ କଥା। ହଉ ତାହା ହେଲେ ବାବାଙ୍କୁ କହି ମୋର ଛୁଟି ଭିତରେ କୋଉ ଦିନ ଦେଖି କରି ଏଙ୍ଗେଜମେଣ୍ଟ କରିଦେବା ।

ସୋମେଶ ସୁରଭିକୁ କୁଣ୍ଢେଇ ନେଲା, ଏତିକି ବେଳେ ସୁରଭି ଆଖିରୁ ଲୁହ ବାହାରିଗଲା ।

ସୋମେଶ : ତମେ କାନ୍ଦୁଛ ?

ସୁରଭି : ନା ନା, ଖୁସିରେ ବାହାରିଗଲା ।

ସୁରଭି : ତମକୁ ବହୁତ ମିସ୍ କରୁଛି, ସେ ସମୟରେ ତମେ ସୀମାକୁ ଯିବା କଥା ଶୁଣିଲି ୧୦-୧୫ ଦିନ ପର୍ଯ୍ୟନ୍ତ ମୋତେ ରାତିରେ ଠିକ୍ ସେ ନିଦ ହୋଇନଥିଲା। ସେ କଥା ଭାବି ଟିକେ ଦୁଃଖ ଲାଗିଲା କିନ୍ତୁ ଏବେ ଖୁସି ଲାଗୁଛି ।

ସୋମେଶ : ମୁଁ ମଧ ବହୁତ ମିସ୍ କରିଲି, ଯେବେ ସୀମାରେ ଥିଲି କେବଳ ତମ କଥା ହିଁ ମନେ ପଡୁଥିଲା। ବହୁତ ଥର ଚିଠି ଲେଖିବାକୁ ଚେଷ୍ଟା କରିଛି ପୁଣି ଅଧାରେ ରଖି ଦେଉଥିଲି। ହଉ ଏବେ କୁହ ତମେ +୩ ତୃତୀୟ ବର୍ଷ ପରେ ବିବାହ କରିବ ନା ଏ ଭିତରେ ହେଲେ ଚଲିବ?

ସୁରଭି : ଆଉ ବିଳମ୍ବ କରିନି ।

ସୋମେଶ : ହଉ ଆଗାମୀ ବର୍ଷ ପକ୍ଷା। ଏତିକି କହି ସୋମେଶ ସୁରଭିର ମଥାକୁ ଗୋଟେ   କିସ୍ କରିଲା। ସୋମେଶ ପଚାରିଲା   ଆଉ ମୋତେ

ମିଳିବନି କ?

ସୁରଭି : ହଁ ମିଳିବ, ମୁଣ୍ଡକୁ ଟିକେ ତଳକୁ କର। ସୋମେଶ ହସି ହସି। ମୁଁ ଜାଣିନି।

ସୁରଭି : ତାହା ହେଲେ ବେଞ୍ଚ ଆଣିବାକୁ ପଡିବ ତମକୁ କିସ୍‌ କରିବାକୁ ହେଲେ। ଗୋଟେ ସିକ୍ରେଟ୍‌ କହିବି? ତମେ ମୋତେ ସେଦିନ ସାହାଯ୍ୟ କରିଲ ଆଉ ମୋ ହାତ ଧରି ଟାଣି ମୋତେ ବାଇକ୍‌ ରେ ବସିବାକୁ କହିଲ ସେତେବେଲେ ମୁଁ ଟିକେ ସମୟ ପାଇଁ ରାଗିଗଲି କିନ୍ତୁ ତମେ ସାହାଯ୍ୟ କରିଛ ବୋଲି ଭାବିଲି ଯେତେବେଲେ ପୁଣି ରାଗ ଶାନ୍ତ ହୋଇଗଲା। ଆଉ ତମର ଉଚତା ଆଉ ତମର ଚୁଟି କଟା ଷ୍ଟାଇଲ ଦେଖ୍ୟ ମୋତେ ସେଦିନ ପସନ୍ଦ ଆସିଯାଇଥିଲା। ଆଉ ମନରେ ଗୋଟିଏ ଇଚ୍ଛା ଜାଗ୍ରତ ହୋଇଗଲା ଯେ ମୋ ପାଇଁ ଏମିତିକା ପୁଅଟେ ମୋ ରାଜକୁମାର ହୋଇ ମୋ ଜୀବନରେ ଆସିଥାନ୍ତା କି ? ଆଉ ସତ ସତିକା ତମେ ରାଜକୁମାର ହୋଇ ମୋ ଜୀବନରେ ଆସିଗଲ। ସେଥିପାଇଁ କହିଲି ଯେ ମୋ ଔସ୍ ହିସାବରେ ମୋତେ ସବୁ କିଛି ମିଳିଯାଉଛି।

ଆଜି ମୋତେ ବହୁତ ଖୁସି ଅନୁଭବ ହେଉଛି। ସୁରଭି ସୋମେଶକୁ କହିବାକୁ ଯାଉଥିଲା ରହିଗଲା। ତା'ପରେ ସୋମେଶ ମୁଣ୍ଡ ତଳକୁ କରିଲା ଏବଂ ସୁରଭି ସୋମେଶର ମଥାରେ ଗୋଟିଏ କିସ୍‌ କରିଲା। ସୁରଭି ପଚାରିଲା ପୁଣି କେବେ ଆସିବ? ସୋମେଶ କହିଲା ଆଉ ଏବେ ଆସିବିନି, ଏବେ ସିଧା ତମ ଘରକୁ ଏଙ୍ଗେଜମେଣ୍ଟ ଦିନ ଆସିବି। ଏବେ ପୁଣି ଥରେ ମା'ଙ୍କର ଡାକ ଶୁଣିବାକୁ ମିଳିଲା। ଆରେ ତମ ଦୁଇଜଣଙ୍କ କଥା ବାର୍ତ୍ତା ସରିଲା ନା ନାହିଁ? ସୁରଭି କହିଲା, ଛାଡ଼ ଜଲ୍ଦି, ମା' ଡାକିଲେଣି।

ସରପ୍ରାଇଜ୍

ସୋମେଶ : ମା' ଠାରୁ, ତମକୁ ବେଶୀ ତରବର ଲାଗିଛି ନା?   ତା'ପରେ ସୁରଭି କହିଲା, ଚାଲ। ମା' ପୁଣି ଆସିଯିବେ।

ସୋମେଶ : ହଉ ଯାଆ।

ସୁରଭି : ଚାଲ ଖାଇବା।

ସୋମେଶ : ମୁଁ ଜଲଖିଆ ଖାଇଲି ଆଉ କୋଲ୍ଡ ଡ୍ରିଙ୍କସ୍ ପିଇଲି ଆଉ ପେଟରେ ଜାଗା ନାହିଁ ଏମିତି ରେ ଘରୁ ଜଲଖୁଆ ଖାଇ ଆସିଥିଲି।

ସୁରଭି : ଆଉ କିଛି ସମୟ ରୁହ। ବାବା ଶୀଘ୍ର ଆସିଯିବେ। ସେ ସ୍କୁଲ୍ ରେ ଫାଇଲ୍ ଦେଇକି ଆସିବେ ବୋଲି କହୁଥିଲେ। ତାଙ୍କ ସହ ଅଳ୍ପ ଖାଇ ନେବା।

ସୋମେଶ : ନାଇଁ ସୁରଭି, ସତରେ ଭୋକ ନାହିଁ। ଆଉ ତମକୁ ଦେଖି ମୋର ପେଟ ପୁରି ଗଲା। ଏତିକି ବେଳେ ସୁରଭିର ମା ଆସି ପହଞ୍ଚି ଗଲେ। ସୁରଭି କହିବାକୁ ଲାଗିଲା, ମା' ଦେଖ ସେ ଖାଇବେନି ବୋଲି କହୁଛନ୍ତି। ସୁରଭିର ମା' କହିଲେ ତମେ ଏବେ ଆମ ଘରର ପୁଅ! ତମେ ଆଜି ଖାଇକରି ଯିବ। କିଛି ସମୟ ଭିତରେ ବାବା ଆସିଯିବେ।

ସୋମେଶ : ମା', ମୁଁ ମୋ ସାଙ୍ଗ ଘରକୁ ଯିବାକୁ ପଡିବ। ଆଉ ଆପଣଙ୍କ

ଘରେ ବହୁତ ସମୟ ହୋଇଗଲାଣି। ବାବାଙ୍କୁ ଦେଖିବାକୁ ଆସିଥିଲି। ତାଙ୍କର ଦେହ ଠିକ୍ ଅଛି ତାଙ୍କୁ ଦେଖି ଖୁସି ଲାଗିଲା। ଏବେ ମୁଁ ଆସୁଛି ମା', କହି ସୋମେଶ ବାହାରି ବାକୁ ଲାଗିଲା। ମା' କହିଲେ ଏବେ ପର୍ଯ୍ୟନ୍ତ ସୁରଭି ମଧ୍ୟ ଖାଇନି। ତମେ ଖାଇଲେ ସୁରଭିକୁ ମଧ୍ୟ ଭଲ ଲାଗିବ। ସୁରଭି ମଧ୍ୟ ହଁ ଭରିଲା।

ସୁରଭି : ପ୍ଲିଜ୍ ଅଳ୍ପ ଖାଇ ଦିଅ ମୋତେ ମଧ୍ୟ ଭଲ ଲାଗିବ।

ସୋମେଶ : ଆପଣ ମାନେ ଏତେ ବାଧ୍ୟ କରୁଛନ୍ତି ଯଦି ତେବେ ଆପଣ ସୁରଭିକୁ ଖାଇବାକୁ ଦିଅ, ତାଙ୍କ ଥାଲିରେ ମୁଁ ମଧ୍ୟ ଅଳ୍ପ ଖାଇଦେବି। ତା'ପରେ ମା' ରୋଷେଇ ଘରୁ ଗୋଟେ ଥାଲିରେ ଖାଇବା ନେଇ ଆସିଲେ ଆଉ ବସିବାକୁ କହିଲେ। ସୁରଭି ଆଉ ସୋମେଶ ଖାଇବାକୁ ବସିଲେ।

ସୁରଭି : ତମେ ଅଇଁଠା ହୁଅ ନାହିଁ। ମୁଁ ତମକୁ ଖୁଆଇ ଦେଉଛି।

ସୋମେଶ : ନା, ତମେ ଅଇଁଠା ହୁଅନି, ମୁଁ ତମକୁ ଖୁଆଇ ଦେଉଛି। ଏମିତି ଦେଖି ମା' ଖୁସି ହେଲେ। ମା' କହିଲେ, ରୁହ ମୁଁ ଖୁଆଇ ଦେବି। ତା' ପରେ ମା' ଆସି ସୁରଭି ଆଉ ସୋମେଶକୁ ଖୁଆଇ ଦେଲେ।

ସୋମେଶ : ମା', ମୋତେ ତ ସୁରଭିକୁ ଖୁଆଇବାକୁ ଦିଅ। ତା'ପରେ ମା' ଉଠିଗଲେ ଆଉ କହିଲେ, ତମେ ଖାଅ (ଅଳ୍ପ ହସି)। ତାପରେ ସୋମେଶ ସୁରଭିକୁ ଖୁଆଇ ଦେଲା ଏବଂ ସୁରଭି ସୋମେଶକୁ ଖୁଆଇଦେଲା। ୨ ଥର ଖାଇ ସୋମେଶ କହିଲା, ସୁରଭି ବାକି ତମେ ଖାଇନିଅ ମୋର ପେଟ ଫୁଲ ହୋଇଗଲା। ସୁରଭି କହିଲା, ହେଇ!! ତମେ ଯଦି ଖାଇବନି ତେବେ ମୁଁ ମଧ୍ୟ ଖାଇବିନି। ସୋମେଶ ମା'ଙ୍କୁ କହିଲେ, ମା' ତମ ଝିଅକୁ ଟିକେ ବୁଝାଅ। ମୁଁ ଜଳଖିଆ ମଧ୍ୟ ଖାଇଛି ଏବଂ ମୋର ପେଟ ଫୁଲ ଅଛି ଖାଲି ଆପଣ ବାଧ୍ୟ କରିଲେ ବୋଲି ମୁଁ ଖାଇଲି, ଆଉ ଖାଇ ହେବନି। ମା' କହିଲେ, ହଉ ସୁରଭି ତୁ ଖାଇ ନେ। ସୋମେଶକୁ ଉଠିବାକୁ ଦୋ ସୁରଭି ମାନିଗଲା।

କିଛି ସମୟ ପରେ ରମେଶ ବାବୁ ପହଞ୍ଚିଲେ। ଦେଖିଲେ ସୁରଭି ଖାଇ ବସିଛି ଆଉ ସୋମେଶ ଏମିତି ବସିଛି। ରମେଶ ବାବୁ ନିତାକୁ କହିଲେ। ସୋମେଶକୁ

ମଧ ଖାଇବାକୁ ଦେଇଥାଅ ନା?

ସୋମେଶ : ଆପଣ ଆସିବା ପୂର୍ବରୁ ମୁଁ ଖାଇସାରିଲିଣି। ମା' ହସିଲେ ଆଉ କହିଲେ ସୁରଭି ପାଇଁ ଆଣିଥିଲି ସେଥିରେ ସୋମେଶ ମଧ ଟିକେ ଖାଇଛନ୍ତି। ସୁରଭି କହି ଉଠିଲା, ନାହିଁ ବାବା ସେ କେବଳ ଦୁଇ ଗୁଣ୍ଠା ଖାଇ ଉଠିଗଲେ। (ସମସ୍ତେ ହସିଲେ) ତା'ପରେ କିଛି କଥା ହେଲେ ଏବଂ ସୋମେଶ ଘରକୁ ଯିବା ପାଇଁ ବାହାରିଲା। ସୁରଭି ବାରଣ୍ଡାକୁ ଆସି ପଚାରିଲା ପୁଣି କେବେ ଆସିବ କୁହନା? ସୋମେଶ କହିଲା, ମୁଁ ବାରମ୍ବାର ଆସିଲେ ତମର ପଢ଼ା ପଢ଼ିରେ ସମସ୍ୟା ହେବ। କଲେଜ୍ ଯାଉଛ ତ?

ସୁରଭି : ହଁ ଆଜି ତ ଯାଇଥାନ୍ତି କିନ୍ତୁ ତମେ ଆସିଲ, ସେଥିପାଇଁ ଗଲି ନାହିଁ। ଓକେ ଏବେ ଆସୁଛି, ସବୁବେଳେ କଲେଜ୍ ଯାଉଥିବ। ହଉ ଠିକ୍ ଅଛି। ରହୁଛି ନମସ୍କାର କହି ସୁରଭି ଘର ଭିତରକୁ ଗଲା ।

ତା' ପର ଦିନ କଲେଜ୍ ଯିବା ବାଟରେ, ମାନେ ଯୋଉ ଜାଗାରେ ସୁରଭି ପଡ଼ିଥିଲା ସେ ଜାଗାରେ ଗୋଟିଏ ବାଇକ୍ ରଖା ଯାଇଛି। ଦୂରରୁ ସୁରଭିକୁ ଚିହ୍ନା ଚିହ୍ନା ଲାଗୁଥିଲା ଏବଂ ପାଖକୁ ଆସି ଦେଖିଲା ବେଲକୁ, ସେ ବାଇକ୍ ସୋମେଶର। ସେ ସେଠି ଓଲ୍ହାଇ ଦେଖିଲା। କେହି ଆଖ ପାଖରେ ନାହାନ୍ତି ହଠାତ୍ ଗୋଟିଏ ଶବ୍ଦ ଶୁଣା ଗଲା, ସୁରଭି..... (ସୁରଭି ଖୁସି ହୋଇ ପଛକୁ ବୁଲି ଦେଖିଲା) ଯେଉଁ ଗଛ ତଲେ ସୁରଭିକୁ ପାଣି ଛିଞ୍ଚିବା ପରେ ଚେତା ଫେରି ଆସିଥିଲା। ସେଇ ଗଛର ପଛ ପଟୁ ସୋମେଶ ମୁରୁକି ହସ ଦେଇ ଆସିଲା। ହାତରେ କିଛି ଲୁଚେଇବାକୁ ପ୍ରୟାସ କରୁଥିଲା। ସୁରଭି ଖୁସି ହୋଇ, ତମେ ଏଠି? ସୋମେଶ କହିଲା ତମ ପାଇଁ ଗୋଟିଏ ସରପ୍ରାଇଜ୍ ?

ସରପ୍ରାଇଜ୍ କ'ଣ? ତମେ ତ ନିଜେ ମୋ ପାଇଁ ସରପ୍ରାଇଜ୍ (ସୁରଭି କହିଲା)।

ସୋମେଶ : ବେଶି ସମୟ ନେବି ନାହିଁ ତମର କଲେଜ୍ ପାଇଁ ଲେଟ୍ ହୋଇଯିବ!! ଆଉ ତା' ପୁଣି ରାସ୍ତା ଉପରେ କିଏ କାଳେ ଆସିଯିବ। ଶୀଘ୍ର ଆଖ ବନ୍ଦ କର?

ସୁରଭି : ଏଇ ରୋଡ଼ ଉପରେ?

ସୋମେଶ : ପୁଣି ପ୍ରଶ୍ନ?

ସୁରଭି : ହଉ ବାବା, ଠିକ୍ ଅଛି। ଜଲ୍ଦି କର କାଲେ କିଏ ଆସିଯିବ। ଆଖ୍ ବନ୍ଦ ପରେ ସୋମେଶ କହିଲା, ଏବେ ଆଖ୍ ଖୋଲ? ସୁରଭି ଦେଖିଲା, ହାତରେ ଗୋଲାପ ପାଖୁଡ଼ା ଆଉ ତା' ସାମନାରେ ଆଣ୍ଠୁ ଭରା ଦେଇ ଅଧା ବସି ରହିଛି ତା' ହିରୋ (ପ୍ରପୋଜ୍ ଷ୍ଟାଇଲରେ)।

ସୋମେଶ : "ଆଇ ଲଭ୍ ୟୁ... ସୁରଭି"। ଏତିକି ଶୁଣି ସୁରଭି ଖୁସି ହୋଇଗଲା, ତା' ଦେହରେ ଯେମିତି ଗୋଟିଏ ଶିହରଣ ଖେଳିଗଲା। ଆଉ ଗୋଲାପ ପାଖୁଡ଼ାକୁ ହାତରେ ଧରି "ଆଇ ଲଭ୍ ୟୁ ଟୁ ମାଇଁ ଆର୍ମି ମେନ୍" କହି ଉତ୍ତର ଦେଲା। ଭାଗ୍ୟ କେମିତିକା ଦେଖ, ରାସ୍ତା ପୁରା ସୁନ୍ ସାନ୍ ଏବଂ କିଛି ସମୟ ପୂର୍ବରୁ ଟିକିଏ ଖରା ଥିଲା କିନ୍ତୁ ଏହି ଅନ୍ତରାଳ ଭିତରେ ହଠାତ୍ ଝିପି ଝିପି ବର୍ଷା ଆରମ୍ଭ ହୋଇଗଲା। ଆଉ ସେଇ ବର୍ଷାରେ ଦୁହେଁ ଭିଜିବାକୁ ନ ଚାହିଁଲେ ମଧ ଭିଜିଲେ। କାରଣ ଦୁହଁଙ୍କ ପାଇଁ ଗୋଟିଏ ଖୁସିର ମୁହୂର୍ତ ଥିଲା। ପ୍ରୋପୋଜ୍ ପରେ ସୁରଭି ସୋମେଶକୁ ହଗ୍ କରିଲା। ସୋମେଶ କହିଲା, ଆରେ କିଏ ଦେଖିବ? ସୁରଭି କହିଲା ଯିଏ ଦେଖୁଛି ଦେଖୁ।

ସତେ ଯେମିତିକା ସେଦିନ ବର୍ଷା ସେ ଦୁହିଁଙ୍କ ପାଇଁ ଆଉ ଏକ ସରପ୍ରାଇଜ୍ ନେଇ ଆସିଥିଲା। ୫ ମିନିଟ୍ ର ହଗ୍ ପରେ ସୋମେଶ ପଚାରିଲା, ଆଜି ମୋତେ ଛାଡ଼ିବ?

ସୁରଭି : ମୋତେ ଆଜି ମନ ଭରି ହଗ୍ କରିବାକୁ ଦିଆ। ପର ମୁହୂର୍ତରେ ସୋମେଶ ସୁରଭିକୁ କିସ୍ ଦେଲା ଏବଂ ବଦଲରେ ସୁରଭି ମଧ କିସ୍ ଦେଲା। ସୋମେଶ ସୁରଭିକୁ ପଚାରିଲା ତମେ କଲେଜ୍ ଯିବ ପରା? ଦୁହେଁ ହସିଲୋ ସୁରଭି କହିଲା, ମୋ ପାଇଁ ଆଜିର ଦିନଟି ଏକ ଅଭୁଲା ସ୍ମୃତି ହୋଇ ରହିଯିବ। ତାହା ପୁଣି ଖୋଲା ଆକାଶ ତଲେ ତୁମର ପ୍ରପୋଜ୍ ବହୁତ ସ୍ପେଶଲ୍। ଆଉ ମୁଁ ଖୁସିରେ କ'ଣ କହିବି ବୁଝିପାରୁନି। ମୁଁ କେବେ ସ୍ୱପ୍ନରେ ଭାବିନଥିଲି ମୋ ସହିତ ଏମିତି ହେବ ବୋଲି। ସତରେ ମୁଁ ବହୁତ ଲକି, ଆଇ ଲଭ୍ ୟୁ ମାଇଁ ସ୍ୱିଟହାର୍ଟ।

ସୋମେଶ : ଆଇ ଲଭ୍ ୟୁ ସୋ ମଚ୍।

ସୁରଭି : ମୁଁ ଆଉ କଲେଜ୍ ଯିବି ନାହିଁ। ଏବେ ତମ ସାଙ୍ଗରେ ଆଉ କିଛି ସମୟ ବିତେଇବାକୁ ଇଚ୍ଛା ହେଉଛି।

ସୋମେଶ : ଗଛ ତଳକୁ ଚାଲ ବେଶୀ ଭିଜିବା ତେବେ ଜ୍ୱର ହୋଇଯିବ।

ସୁରଭି : ଜ୍ୱର ହେଉ କି ଯାହା ହେଉ ତମ ସାଙ୍ଗରେ ଆଉ କିଛି ସମୟ ଭିଜିବି।

ବର୍ଷା

ସୋମେଶ : ଭିଜିବା ପାଇଁ ମୋର ମଧ ବହୁତ୍ ଇଚ୍ଛା କିନ୍ତୁ ବେଶୀ ନୁହେଁ। ତମକୁ ଯଦି ଜ୍ୱର ଥଣ୍ଡା ହେଲା ତେବେ ମୋତେ ଦୁଃଖ ଲାଗିବ। ସୋମେଶ ସୁରଭିର ହାତକୁ ଟାଣି ଗଛ ତଳକୁ ନେଇଗଲା କିନ୍ତୁ ଗଛ ତଳେ ମଧ ପାଣି ପଡିବା ଯୋଗୁଁ ସୋମେଶ କହିଲା ଚାଲ ପାଖରେ ଥିବା ଘର ବାରଣ୍ଡାକୁ ଯିବା। ତାପରେ ଦୁହେଁ ସେଠୁ ୫୦ ମିଟର ପରେ ଗୋଟିଏ ଘର ବାରଣ୍ଡାକୁ ଗଲୋ। ସେହି ଘରର ବାରଣ୍ଡାରେ ଠିଆ ହୋଇ ଥିବା ବେଳେ। ଘର ଭିତରୁ ଗୋଟିଏ ସ୍ତ୍ରୀ ଲୋକ ଆସି କହିଲା ପୁଅ ଘର ଭିତରକୁ ଆସ, ବାରଣ୍ଡାରେ ମଧ ପାଣି ଛିଟା ଆସୁଥିଲା। ଦୁହେଁ ଘର ଭିତରକୁ ଗଲୋ। ବର୍ଷାରେ ଭିଜୁଥିବା ସମୟରେ ଠିକ୍ ଥିଲେ କିନ୍ତୁ ଯେତେବେଳେ ଘର ଭିତରେ ୫ ମିନିଟ୍ ବସିବା ପରେ ଦୁହେଁ ଥରିବାକୁ ଲାଗିଲୋ। କାରଣ ଦୁହେଁ ପୁରା ପୁରୀ ଓଦା ହୋଇ ଯାଇଥିଲୋ। କିଛି ସମୟ ପରେ ବର୍ଷା କମ୍ ହେବାକୁ ଲାଗିଲା। ଦୁହେଁ ଯିବାକୁ ବାହାରିଲୋ। ବାଇକ୍ ପାଖକୁ ଆସି ସୋମେଶ ସୁରଭିକୁ କହିଲା ଯାଇ ପାରିବ ତ? ସୁରଭି କହିଲା, ହଁ ଯାଇପାରିବି। (ଦୁହେଁ ଖୁସି ଥିଲେ । ସୁରଭି ମନ ଯେମିତି ଖୁସିରେ ନାଚି ଉଠୁଥିଲା) କିନ୍ତୁ ଆଜିର ଦିନଟା ବହୁତ ସ୍ପେଶଲ ହୋଇଗଲା। ଆଗରୁ କଲେଜ୍ ରୁ ବହୁତ ଥର ଭିଜି ଭିଜି ଆସିବାର ଅଭ୍ୟାସ ଅଛି। ଗୋଟିଏ କଥା ପଚାରିବି?

ସୋମେଶ : ହଁ ପଚାର? ତମ ସାଙ୍ଗରେ ବାଇକ୍ ରେ ବୁଲି ବୁଲି ଭିଜିବାକୁ ଇଚ୍ଛା ଥିଲା କିନ୍ତୁ ବର୍ଷା ଛାଡି ଆସିଲାଣି। ଲାଗୁଛି ଆଉ କେତେ ମିନିଟ ପରେ ବର୍ଷା ଛାଡିଯିବ।

ସୋମେଶ : ତମକୁ ବାଇକ୍ ରେ ଛାଡ଼ିଦେବି କି? ତମ ବାଇକ୍ ରେ ଯିବାକୁ ତ ବହୁତ ଇଚ୍ଛା କିନ୍ତୁ ସାଇକେଲକୁ କେମିତି ନେଇକି ଯିବି।

ସୋମେଶ : ସାଇକେଲକୁ ଏଇ ଘରେ ରଖ୍ଦେବା ଆଉ ଆମେ ବାଇକ୍ ରେ ଚାଲିଯିବା।

ସୁରଭି : କାଲି କେମିତି ଆସିବି ପୁଣି?

ସୋମେଶ : ମୋ ପାଖରେ ଗୋଟିଏ ଉପାୟ ଅଛି। ସୋମେଶ ସାଇକେଲକୁ ନେଇ ସେ ଘର ପାଖରେ ରଖ୍ ଆସିଲା ଆଉ କହିଲା ଏବଂ ଚାଲ ମୋ ବାଇକ୍ ରେ।

ସୁରଭି : ମୋ ସାଇକେଲ?

ସୋମେଶ : ସାଇକେଲ ତମ ଘରେ ପହଞ୍ଚି ଯିବ ତମେ ଚିନ୍ତା କରନି। ସୋମେଶ ଆଉ ସୁରଭି ବାଇକ୍ ରେ ବସି ଚାଲିଲେ। ବାଇକ୍ ସୁରଭିର ଗାଁ ଆଡେ ନ ଯାଇ ବିପରୀତ ଦିଗରେ ଚାଲିଲା।

ସୁରଭି : କୁଆଡେ ଯାଉଛ?

ସୋମେଶ : ଓକିଲ ରାଣୀ ତମର ବେଶୀ ପ୍ରଶ୍ନ? ଚୁପ୍ କରି ବସ। ପ୍ରାୟ ୫ କିମି ପରେ, ରାସ୍ତା କଡରେ ଗୋଟିଏ ବିଶ୍ରାମଗାର ଆସିଲା, ସୋମେଶ କହିଲା ୨ ମିନିଟ ଏହି ବିଶ୍ରାମଗାରରେ ରହିବ ମୁଁ ଗାଁ ଭିତରକୁ ଯାଇ ତୁରନ୍ତ ଫେରି ଆସିବି।

ସୁରଭି : ନା ନା ମୋତେ ଡର ଲାଗିବ।

ସୋମେଶ : ଚିନ୍ତା କରନି ଏଇଟା ହେଉଛି ମୋ ସାଙ୍ଗର ଏରିଆ। ଏଠି ମୋତେ ଆଉ ତମ ବିଷୟରେ ସମସ୍ତେ ଜାଣିଛନ୍ତି। କୋଉ ଟୋକା ତମକୁ ଆଖ୍ ଉଠେଇ ଦେଖ୍ବେନି, ଚିନ୍ତା କର ନାହିଁ। ତାପରେ ସୁରଭିକୁ ସୋମେଶ ସେଠୀ

ଛାଡ଼ି ଗାଁ ଭିତରକୁ ଗଲା। ସୋମେଶ ଗାଁ ଭିତରକୁ ଯାଇ ଫେରି ଆସିଲା ଆଉ ସାଙ୍ଗରେ ଆଉ ଗୋଟେ ବାଇକ୍ ରେ ଦୁଇ ଜଣ ସାଙ୍ଗ ଆସିଲେ, ସୋମେଶ ତାଙ୍କ ସାଙ୍ଗରେ ହାତ ମିଳାଇ ଯିବାକୁ କହିଲା ।

ସୁରଭି : ସେମାନେ କୁଆଡେ ଗଲେ?

ସୋମେଶ : ସେମାନେ ତମ ସାଇକେଲକୁ ଗୋଟିଏ ଘଣ୍ଟା ପରେ ପହଞ୍ଚେଇ ଦେବେ। ଆଉ ଆମେ ଗୋଟିଏ ଘଣ୍ଟା ବାଇକ୍ ରେ ବୁଲିବା। ସୁରଭି ଖୁସି ହୋଇଗଲା କିନ୍ତୁ ପଚାରିଲେ ସେମାନେ ତ ଏବେ ଗଲେ, ଜଲ୍ଦି ପହଞ୍ଚି ଯିବେ ଆମ ଘରେ।

ସୋମେଶ : ତମ ଘରେ ଠିକ୍ ଗୋଟିଏ ଘଣ୍ଟା ପରେ ସାଇକେଲ ପହଞ୍ଚିବ। ମୋ ଓକିଲ୍ ରାଣୀ। ଏବେ ବସ ଆମେ ଗୋଟିଏ ଜାଗାକୁ ଯିବା। ଠିକ୍ ୨୦ ମିନିଟ୍ ପରେ ଗୋଟିଏ ପାହାଡିଆ ରାସ୍ତାରେ ଗଲେ ଆଉ କିଛି ଦୂର ଚାଲି ଚାଲି ପାହାଡ଼ ଉପରକୁ ଗଲେ। ସେତେବେଳେ ପାହାଡ଼ ଉପରେ ଅଳ୍ପ ବର୍ଷା ହେଉଥିଲା। ପାହାଡ଼ ଉପରକୁ ପହଞ୍ଚିଲା ପରେ ସୁରଭି ଅନୁଭବ କରିବାକୁ ଲାଗିଲା ମେଘ ଗୁଡାକ ଯେମିତି ତାକୁ ସ୍ୱର୍ଶ କରି ଭାସି ଯାଉଛନ୍ତି। ସୁରଭି ଖୁସି ହୋଇ କହିଲା, ତମେ ମୋ ମନ କଥା ସବୁ କେମିତି ଜାଣି ପାରୁଛ। ମୋର ଆଗରୁ ଏମିତି ଇଚ୍ଛା ଥିଲା। ଆଜି ସବୁ ଇଚ୍ଛା ପୁରା ହୋଇଗଲା।

ସୁରଭି : ମୁଁ ତ ଆଜି ତମକୁ କିଛି ଦେଇ ପାରିବିନି କିନ୍ତୁ ଗୋଟିଏ କାମ କରିବି କାଲେ ତମକୁ ଭଲ ଲାଗିବ ।

ସୋମେଶ : କ'ଣ?

ସୁରଭି : ଗୋଟିଏ ପଥର ଉପରେ ଠିଆ ହୋଇ ବଡ଼ ପାଟି କରି "ଆଇ ଲଭ୍ ୟୁ ସୋମେଶ" ବୋଲି କହିଲା। ଆଉ ତା'ର ଉତ୍ତରରେ ସୋମେଶ ମଧ୍ୟ ପାଟି କରି "ଆଇ ଲଭ୍ ୟୁ ସୁରଭି" ବୋଲି କହିଲୋ ଆଉ ଦୁହେଁ ବହୁତ ମଜା କରିଲୋ। ଓଦା ଦେହରେ ଦୁହେଁ ଥଣ୍ଡା ଅନୁଭବ କରୁଥିଲେ ମଧ୍ୟ ଦୁହିଁଙ୍କ ଇଚ୍ଛା ଥାଏ ଯେ ଏହି ସମୟକୁ ସେମାନେ ହାତ ଛଡ଼ା ନ କରିବା ପାଇଁ। ଏହି

ସମୟ ଭିତରେ ହଠାତ ବର୍ଷା। ଟିକେ ବିଂଛିଦେଇ ଗଲା ସୁରଭି ଆଉ ସୋମେଶ ଉପରେ। ସେହି ବର୍ଷାର ଥଣ୍ଡା ଅନୁଭୂତିରେ ଦୁହେଁ ଆଲିଙ୍ଗନ କରି ନିଜ ଦେହକୁ ଉଷ୍ଣତା ପ୍ରଦାନ କରୁଥିଲେ କିନ୍ତୁ ବେଶୀ ସମୟ ଭିଜିଲେ ଆଗାମୀ କାଲି ଡାକ୍ତର ଖାନାର ଦର୍ଶନ କରିବାକୁ ହେବ। ସେଥିପାଇଁ କିଛି ସମୟ ବ୍ୟତୀତ ପରେ ସେ ଫେରିବାକୁ ବାଧ୍ୟ ହେଲେ। ଆଉ ରାସ୍ତା ସାରା ସୋମେଶ ମଜା ମଜା କଥା କହି ସୁରଭିକୁ ହସେଇଲା। ଠିକ୍ ସମୟରେ ସେମାନେ ସୁରଭିର ଗାଁ ପାଖରେ ପହଞ୍ଚିଲେ। ସୁରଭିର ଘରର ୨୦୦ ମିଟର ପୂର୍ବରୁ ସୁରଭିକୁ ସାଇକେଲ ଦେଇ ସୋମେଶର ସାଙ୍ଗମାନେ ଫେରିବାକୁ ଲାଗିଲା। ଏତିକିବେଳେ ସୁରଭି କହିଲା ଜାଣିଛ ମୁଁ ରାସ୍ତା ସାରା ମୋ ସାଇକେଲ ଆଉ ଘର କଥା ଭାବି ଭାବି ଆସୁଥିଲି କିନ୍ତୁ ତମର ଉପାୟ ଆଉ ଯୋଜନାକୁ ମାନିବାକୁ ପଡିବ। ତମେ ସବୁ ଆଗୁଆ ପ୍ଲାନ୍ କରି ରଖିଛ। ମୋତେ ବହୁତ ଭଲ ଲାଗିଲା ।

ସୁରଭି : ଚାଲ ଘରକୁ ଯିବା।

ସୋମେଶ : ଆମର ବାହାଘର ହୋଇନି ଆଉ ବାରମ୍ବାର ଶଶୁର ଘରକୁ ଯିବା ଠିକ କଥା ନୁହେଁ (ହସି ହସି)।

ସୋମେଶ : ଏବେ ତମେ ଯାଆ। ଆମର ଡ୍ରେସ୍ ମଧ ସୁଖୀ ଆସିଲାଣି।

ସୁରଭି : ଥେଙ୍କ୍ ୟୁ !! ଆଜିର ସ୍ପେସଲ ଦିନ ପାଇଁ

ସୋମେଶ : ଏବେ ତମେ ଘରକୁ ଯାଆ।

ସୁରଭି : ପୁଣି କେବେ ଦେଖା କରିବା।

ସୋମେଶ : କହିବିନି !! ସରପ୍ରାଇଜ୍ !!

ସୁରଭି : କୁହନା?

ସୋମେଶ : ତମେ ଯାଅ ଏବେ ବେଶୀ ସମୟ ରହିଲେ ମୋ ସାଙ୍ଗ ମାନେ

ମୋତେ ଚିଢେଇବେ।

ସୁରଭି : ଓକେ ଲଭ୍ ୟୁ...। ଏତିକି କହି ସୁରଭି ନିଜ ଘରକୁ ଫେରି ଗଲା।

ଜ୍ୱର

ତା' ପର ଦିନ ସୋମେଶ ସେହି ଯାଗାରେ ସୁରଭିକୁ ଅପେକ୍ଷା କରିଲା କିନ୍ତୁ ସେଦିନ ସୁରଭି କଲେଜ ଆସିଲା ନାହିଁ। ସୋମେଶ ମନ ଦୁଃଖରେ ଘରକୁ ଆସିଲା। ତା'ପରେ ତାର କୋଉ କାମରେ ମନ ଲାଗୁ ନଥିଲା।

ଶାନ୍ତି ଦେବୀ : କ'ଣ କିରେ ତୋତେ ଆଜି ସକାଳୁ ଦେଖୁଛି ତୁ ସାଙ୍ଗ ଘରକୁ ଯାଇ ସଙ୍ଗେ ସଙ୍ଗେ ଫେରି ଆସିଲୁ ଏବଂ ସେଠୁ ଆସି ଖାଇଲୁ ନାହିଁ। କ'ଣ ହୋଇଛି ତୋର?

ସୋମେଶ : ମା' ସତ କଥାଟା ହେଲା। ଗତ କାଲି ମୁଁ ସୁରଭିକୁ କଲେଜ୍ ରାସ୍ତାରେ ଦେଖା କରିଥିଲି ଆଉ ସେ ବର୍ଷାରେ ଭିଜିଥିଲା।

ଶାନ୍ତି ଦେବୀ : ତୁ ମଧ୍ୟ ସେଠୁ ଓଦା ହୋଇ ଆସିଥିଲୁ ନା? ସୋମେଶ : ହଁ ମା'। ମାତ୍ର ମୋ ମନ କିଛି ଭଲ ଲାଗୁନି, କାଳେ ତାକୁ ଜ୍ୱର ହୋଇଯାଇଥିବ?

ଶାନ୍ତି ଦେବୀ : ସେ ଘରକୁ ଆସିନି ତା' ପାଇଁ ଏବେ ଠାରୁ ଏତେ ଚିନ୍ତା କଲୁଣି (ଟିକିଏ ହସି)।

ସୋମେଶ : ମା' ତମେ ମଜା କରୁଛ।

ଶାନ୍ତି ଦେବୀ : ଚିନ୍ତା କରେ ନାହିଁ ଧନ, କାଲି ତୋ ବାପା ସୁରଭି ଘରକୁ

ଯିବେ ନିର୍ବନ୍ଧ ତାରିଖ କହିବା ପାଇଁ।

ସୋମେଶ : ବାପା ଏକା ଯିବେ ନା ଆଉ କିଏ ସାଙ୍ଗରେ ଯିବେ।

ଶାନ୍ତି ଦେବୀ : ମୁଁ ଆଉ ତୋ ବାପା ଯିବୁ।

ସୋମେଶ : ମୁଁ ମଧ୍ୟ ଯିବି।

ଶାନ୍ତି ଦେବୀ : (ହସି ହସି) ମୋ ଧନ, ମୁଁ ଜାଣିଥିଲି ତୁ ଯିବା ପାଇଁ କହିବୁ ସେଥିପାଇଁ ପଚାରୁଥିଲି। ତୋ ବାପା ଆଗରୁ କହି ସାରିଲେଣି। ତୁ ଆଉ ତୋ ବାପା ଯିବେ।

ସୋମେଶ : (ହସି ହସି) ହଉ ଭଲ ହେଲା।

ତା' ପର ଦିନ ସୋମେଶ ସକାଳୁ ଉଠି ସଜ ହୋଇ ବାପାକୁ ପଚାରିଲା। ବାପା କେତେବେଳେ ଯିବା?

ରାଧା ବାବୁ : ରହ ୧୦ଟା ହେଉ ଯିବା।

ସୋମେଶ : ହଉ ଠିକ୍ ଅଛି (ଟିକେ ଦୁଃଖୀ ହୋଇ)।

ରାଧା ବାବୁ : କ'ଣ ହେଲା ସୋମେଶ? ଏତେ ଦୁଃଖ କ'ଣ ପାଇଁ। ଶୀଘ୍ର ଡ୍ରେସ୍ ପିନ୍ଧେ ୧୦ଟା ପୂର୍ବରୁ ପହଞ୍ଚିବା। ମୋ ଝିଅକୁ ମଧ୍ୟ ମୁଁ ଟିକେ ଦେଖିବି।

ସୋମେଶ : (ଖୁସି ହୋଇ) ଚାଲ ଯିବା। କିଛି ସମୟ ପରେ ଦୁହେଁ ବାହାରିଲେ।

ସୁରଭି ଘରେ ପହଞ୍ଚି ଦେଖିଲା ବେଳକୁ ରମେଶ ବାବୁ ବଜାର ଯାଇଛନ୍ତି। ସୁରଭିର ମା' ଆସି ତାଙ୍କୁ ପାଣି ଦେଇ ବସିବାକୁ କହିଲେ ଏବଂ ଜଳଖିଆ ନେଇ ଆସିଲେ କିନ୍ତୁ ସୁରଭିର ଦେଖା ନାହିଁ।

ସୋମେଶ : ମା' ସୁରଭି କାହିଁ?

ନିତା ଦେବି : ସୁରଭିକୁ ଜ୍ୱର ହୋଇଯାଇଛି ।

ସୋମେଶ : (ଚିନ୍ତିତ ଅବସ୍ଥାରେ) ବେଶୀ ଜ୍ୱର ହୋଇଛି କି? ଏତିକି କହିବା ସମୟରେ ସୁରଭି ଆସି ପହଞ୍ଚିଲା । ବାପା ଆଉ ସୋମେଶକୁ ମୁଠିଆ ମାରିଲା ।

ରାଧା ବାବୁ : "ମା ତୋର ଦେହ ଠିକ୍ ଅଛି ତ?"

ସୁରଭି : ହଁ ବାପା, କାଲି ଅଧିକା ଜ୍ୱର ହୋଇଥିଲା ଆଜି ଠିକ୍ ହୋଇଗଲାଣି । ଟିକେ ମୁଣ୍ଡ ବ୍ୟଥା ଅଛି କିନ୍ତୁ ଆପଣମାନଙ୍କୁ ଦେଖିଲା ପରେ ମୋର ଦେହ ପୁରା ଭଲ ହୋଇଗଲା । ସୋମେଶ ମୁଣ୍ଡ ତଳକୁ କରି ବସିଥାଏ ଏବଂ ନିଜକୁ ଖରାପ ମନେ କରୁଥିଲା ।

ନିତା ମା' : ସୋମେଶ ତୁମ ଦେହ ଭଲ ନାହିଁ କି?

ସୋମେଶ : ନାହିଁ, ମା' ମୋର ଦେହ ଠିକ୍ ଅଛି । ସୁରଭିକୁ ସୋମେଶ ଅଳ୍ପ ଚାହିଁ ମୁରୁକି ହସ ଦେଲା କିନ୍ତୁ ଖୁସି ନଥିଲା । ତା' ପରେ ସୋମେଶ ସେଠୁ ଉଠି ଆସିଲା । ସୁରଭି ଚାହୁଁଥିଲା ସୋମେଶ ତା' ସାଙ୍ଗରେ କଥା ହୁଅନ୍ତୁ । କିଛି ସମୟ ପରେ ରମେଶ ବାବୁ ବଜାରରୁ ଫେରି ଆସିଲେ । ରାଧା ବାବୁ ଆଉ ରମେଶ ବାବୁ କଥା ହେଲା ସମୟରେ । ସୁରଭି ଛାତ ଉପରକୁ କପଡ଼ା ଉଠେଇବାକୁ ଗଲା । ଗଲା ସମୟରେ ସୋମେଶକୁ ଛାତ ଉପରକୁ ଯିବାକୁ ଡାକିଲା । ସୋମେଶ ଛାତ ଉପରେ ପହଞ୍ଚି ସୁରଭିକୁ କହିଲା, ସବୁ ଭୂଲ୍ ମୋରା ତମକୁ ମୋ ପାଇଁ ବର୍ଷାରେ ଭିଜିବାକୁ ପଡ଼ିଲା । ମୁଁ କାଲି ଠାରୁ ଚିନ୍ତାରେ ଥିଲି । କାରଣ ତମେ ଘରକୁ ଆସିଲା ପର୍ଯ୍ୟନ୍ତ ଥରୁଥିଲା । ମୋତେ ସନ୍ଦେହ ଥିଲା । କାଳେ ତମକୁ ଜ୍ୱର ହୋଇନି ତ? ଆଉ ତାହା ହିଁ ହେଲା ।

ସୁରଭି : ମୋ ଗେଲୁ, ତମ ଯୋଗୁଁ ତ ମୁଁ ବହୁତ ଖୁସି ହେଲି ଆଉ ସେହି ଖୁସିରେ ରାତି ସାରା ନିଦ ନାହିଁ ଆଉ ପାହନ୍ତା ୪ଟାରେ ବହୁତ ଜ୍ୱର ଆସିଲା । କାହାକୁ କହିଲିନି ସକାଳେ ମା' ଉଠେଇବାକୁ ଆସିଲା ବେଳକୁ ଦେଖିଲେ ମୋତେ

ପ୍ରବଳ ଜ୍ୱର। କାଲି ମେଡିସିନ୍ ଖାଇଲା ପରେ ଠିକ୍ ଲାଗିଲା କିନ୍ତୁ କଲେଜ ଯାଇ ନଥିଲି। ମୁଁ ଭାବୁଥିଲି ତମେ ମୋତେ ରାସ୍ତାରେ ଅପେକ୍ଷା କରିଥିବ।

ସୋମେଶ : ତମେ କେମିତି ଜାଣିଲ କି ମୁଁ ରାସ୍ତାରେ ଅପେକ୍ଷା କରିଥିବି ବୋଲି।

ସୁରଭି : ତାହା ହେଲେ ତମେ ଆସିଥିଲ? ସେହି ଜାଗାକୁ।

ସୋମେଶ : ହଁ, ଆସିଥିଲି କିନ୍ତୁ ତମେ ନ ଆସିବାରୁ ବହୁତ ଚିନ୍ତାରେ ପଡ଼ିଗଲି। ସୁରଭି ସୋମେଶକୁ ଭିଡ଼ି ଧରି କହିଲା, ମୋ ଗେଲୁ ତମେ ଦୁଃଖୀ ହୁଅନି। ତମେ ଏମିତି ମୁହଁ ଶୁଖେଇବ ତେବେ ମୁଁ କାନ୍ଦି ପକେଇବି। ଏତିକି କହୁ କହୁ ସୁରଭି ଆଖିରୁ ଲୁହ ବାହାରିଗଲା।

ସୋମେଶ : ଆରେ ପାଗଳି ତମେ କାନ୍ଦୁଛ? ମୁଁ ମଜା କରୁଥିଲି। ଆଉ ତମେ ସତରେ କାନ୍ଦି ପକେଇଲ।

ସୁରଭି : ତମେ ଦୁଃଖୀ ହେଲ ବୋଲି ମୋତେ ଭଲ ଲାଗିଲାନି। ଚାଲ ତଳକୁ ଯିବା ମା' ପୁଣି ଆସିଯିବେ ଉପରକୁ। ତା'ପରେ ଦୁଇ ଜଣ ତଳକୁ ଆସିଲେ।

ରାଧା ବାବୁ : ସୋମେଶ, ଏବେ ଯିବା? ସୋମେଶ ସୁରଭି ମୁହଁକୁ ଚାହିଁଲା କିନ୍ତୁ ସୁରଭି ଇଶାରାରେ କହୁଥାଏ ଆଉ ଟିକେ ରହିଯାଅ ପରେ ଯିବା।

ସୋମେଶ : ହଁ ବାପା ଯିବା (ଇଚ୍ଛା ନଥାଇ)।

ରାଧା ବାବୁ : ତୋର ଛୁଟି ୧୦ ତାରିଖରେ ସରିଯିବ ନା? ଆଉ ନିର୍ବନ୍ଧଟା ୫ ତାରିଖରେ ଭଲ ଦିନ ଅଛି ବ୍ରାହ୍ମଣ କହୁଥିଲେ ଠିକ୍ କରିଦେବା। ଏବେ ୧୦ ଦିନ ହାତରେ ଅଛି, କିଣା କିଣି କରିବା। ଏତିକି କହି ରାଧା ବାବୁ ଉଠି କହିଲେ, ଏବେ ଆମେ ଆସୁଛୁ। ସୋମେଶର ଇଚ୍ଛା ଥାଏ ବାପା ଆଉ ଟିକିଏ ବସିଥାନ୍ତେ ତେବେ ଭଲ ହୁଅନ୍ତା। ରମେଶ ବାବୁ କହିଲେ, ଆଉ କିଛି ସମୟ ବସ କଥା ହେବା, ପରେ ଗଲେ ହେବନି? ଏତିକି ଶୁଣି (ସୋମେଶ ଆଉ ସୁରଭି ଖୁସି ହୋଇଗଲେ)।

ରାଧା ବାବୁ : ମୋତେ ତରବର ନାହିଁ ଯେ ସୋମେଶ ତା' ସାଙ୍ଗ ଘରକୁ ଯିବା ପାଇଁ କହୁଥିଲା ତ? ସେଥିପାଇଁ ମୁଁ ଯିବା ପାଇଁ ବାହାରିଲି।

ସୋମେଶ : କହିଲା ବାପା ଆଜି ସାଙ୍ଗ ଘରକୁ ଯିବି ନାହିଁ ଆଉ ଟିକେ ପରେ ଯିବା। ତା'ପରେ ନିତା ଦେବି ସୋମେଶକୁ ଡାକିଲେ କହିଲେ ବାବୁ ଆସ ଏପଟେ ଆମେ କଥା ହେବା।

ଏହି ବାହାନାରେ ମା' ସୋମେଶକୁ ସୁରଭିର ପଢା ଘରକୁ ଯିବା ପାଇଁ କହିଲେ। ପୂର୍ବରୁ ସେଠୀ ସୁରଭି ବସିଥାଏ।

ସୁରଭି : ମା' କ'ଣ କହି ଡାକିଲେ?

ସୋମେଶ : ମା' ଡାକିଲେ କଥା ହେବା ପାଇଁ ଏବଂ ଏଠି ଡାକି କହିଲେ ତା' ପଢା ରୁମ୍ କୁ ଯାଅ, କହି ସେ ଅନ୍ୟ ରୁମକୁ ଚାଲିଗଲେ।

ସୁରଭି : ମୋର ଦେହ ଭଲ ନାହିଁ ବୋଲି ତମକୁ ଡାକିଥିବେ। ହଉ ଶୁଣ ତମ ପାଇଁ ଗୋଟିଏ ସରପ୍ରାଇଜ୍ ଅଛି। ଆଖ୍ ବନ୍ଦ କର!! ସୋମେଶ ଆଖ୍ ବନ୍ଦ ପରେ ସୁରଭି ଆଖ୍ ଖୋଲିବାକୁ କହିଲା। ଠିକ୍ ସୋମେଶ ଭଳି ଗୋଟିଏ ଚିତ୍ର ସୁରଭି ବନେଇଛି। କାରଣ ସୁରଭି ଭଲ ଚିତ୍ର ଆଙ୍କେ। ସେ ଚିତ୍ରକୁ ଦେଖ୍ ସୋମେଶ ଖୁସି ହୋଇଗଲା ଆଉ କହିଲା ତମେ ତ ପୁରା ଚିତ୍ର କାର। ସୁରଭି ହଁ ସ୍କୁଲ୍ ସମୟଠୁ କେବେ ଚିତ୍ର କରି ନଥିଲି। କାଲି ତମ ପାଖରୁ ଆସିଲା ପରେ ତମକୁ ମନେ ପକେଇ ଚିତ୍ର କରିଲି। କେମିତି ହୋଇଛି କୁହ?

ସୋମେଶ : ଆରେ ତମେ ତ ପୁରା ମୋତେ ଆଙ୍କି ଦେଇଛ। ସତରେ ମୋ ସ୍ତ୍ରୀ ପଢାରେ ଯେମିତି ଫାଷ୍ଟ ସେମିତି ଚିତ୍ରକାର ରେ ମଧ ନମ୍ବର୍ ଖାନ୍। ତମେ ସତରେ ବହୁତ୍ ଜିନିଅସ୍।

ସୁରଭି : ଥେଙ୍କ ୟୁ।

ସୋମେଶ : ଆଉ କ'ଣ କ'ଣ ତମକୁ ଆସେ?

ଅପେକ୍ଷା

ସୁରଭି : ମତେ ଆଉ କିଛି ଆସୁନି ।

ସୋମେଶ : ରୋଷେଇରେ କ'ଣ କ'ଣ ଆସେ?

ସୁରଭି : ସବୁ ଆସେ, କ'ଣ ଖାଇବ କହୁନ?

ସୋମେଶ : ମୋତେ କେବଳ ରୋଟି ଦି' ପଟ ଆଉ ଆଳୁ ଭଜା ଟିକେ କରିଦେଲେ ମୁଁ ପୁରା ଖୁସି ।

ସୁରଭି : ହଉ ଠିକ୍ ଅଛି, ରୋଟି ଆଳୁ ଭଜା କ'ଣ, ମୋ ହିରୋ ପାଇଁ ସବୁ ରୋଷେଇ କରି ଖୁଆଇବି ।

ସୋମେଶ : ଥେଙ୍କ୍ ୟୁ, ହଉ ଶୁଣ ତମେ ଏବେ କଲେଜ ଯାଅନି । ଯେତେବେଳେ ପୁରା ଠିକ୍ ହୋଇଯିବ ସେଦିନ ଯିବ ।

ସୁରଭି : ଆଜି ଭଲ ଲାଗୁଛି । ଅଳ୍ପ ମୁଣ୍ଡ ବ୍ୟଥା ଅଛି । ନିତା ଦେବି ଆସି ପହଞ୍ଚି ଗଲେ କହିଲେ ଚାଲ ପୁଅ ଅଳ୍ପ ଖାଇନେବା ।

ସୋମେଶ : ନାହିଁ ମା', ଆମେ ଘରେ ଜଳଖିଆ କରି ଆସିଛୁ, ଏବେ ଭୋକ ନାହିଁ ।

ରାଧା ବାବୁ ଡାକିଲେ, ସୋମେଶ ଯିବା?

ସୋମେଶ : ହଁ ବାପା ଯିବା। ତାପରେ ଦୁହେଁ ନିଜ ଗ୍ରାମ ଅଭିମୁଖେ ବାହାରି ଗଲେ।

ତା'ପରେ ନିର୍ବନ୍ଧ ପାଇଁ କିଣା କିଣି ଆରମ୍ଭ ହେଲା। ନିର୍ବନ୍ଧ ହେବା ପାଇଁ ତିନି ଦିନ ବାକି ଥିଲା। ସେଦିନ ସନ୍ଧ୍ୟା ୭ଟାରେ ସୋମେଶ ଆସି ସୁରଭିର ଘର ପାଖରେ ଠିଆ ହୋଇଛି। ଅନ୍ଧାର ରାତି ବାହାରେ ଆଲୁଅ ନଥିବା ଯୋଗୁଁ ମୁହଁକୁ ମୁହଁ ଜଣା ପଡୁନଥିଲା। ସୋମେଶ ପ୍ରାୟ ଦେଢ଼ ଘଣ୍ଟା ଅପେକ୍ଷା ପରେ ସୁରଭି କିଛି କାମ ପାଇଁ ବାରଣ୍ଡାକୁ ଆସିଛି, ହଠାତ୍ ସୋମେଶ ଡାକିବାର ଶବ୍ଦ ଶୁଣିବାକୁ ପାଇଲା। ସୁରଭି ସଙ୍ଗେ ସଙ୍ଗେ ରାସ୍ତା ପାର୍ଶ୍ୱରେ ଥିବା ବିଜୁଳି ଖୁଣ୍ଟ ପାଖରେ ଗୋଟିଏ ବ୍ୟକ୍ତି ଠିଆ ହୋଇ ରହିବାର ଦେଖିଲା। ସୁରଭି କିଛି ସମୟ ଠିଆ ହୋଇ ରହିଲା। ତା'ପରେ ସୋମେଶ ଧୀରେ ଧୀରେ ସୁରଭି ପାଖକୁ ଆସିଲା। ପାଖକୁ ଆସି ଦେଖିଲା ବେଳକୁ ସୋମେଶ। ସୁରଭି ଆଶ୍ଚର୍ଯ୍ୟ ଅବସ୍ଥାରେ।

ସୁରଭି : ତମେ ଏଠି, କେତେବେଳେ ଆସିଲ ଆଉ ଘରକୁ ଆସୁନ କ'ଣ ପାଇଁ?

ସୋମେଶ : ମୁଁ ତମକୁ ଦେଖିବାକୁ ଆସିଥିଲି। ୭ ରୁ ୮ ଦିନ ହେଲାଣି ତମକୁ ଦେଖିନଥିଲି। କାମ ବ୍ୟସ୍ତରେ ସମୟ ହେଉ ନଥିଲା। ସେଥିପାଇଁ ଦେଖିବାକୁ ଆସିଗଲି। ଦୁଇ ତିନି ଦିନ କଲେଜ ଯିବା ରାସ୍ତାରେ ଅପେକ୍ଷା କରିଲି କିନ୍ତୁ ତମକୁ ଦେଖିପାରୁ ନଥିଲି। ଦୁଃଖରେ ଘରକୁ ଫେରୁଥିଲି।

ସୁରଭି : ମୁଁ ତ କଲେଜ ଯାଏ କିନ୍ତୁ କୋଉ କୋଉ ଦିନ କିଣା କିଣି ପାଇଁ ବଜାର ଯିବାକୁ ପଡୁଥିଲା। ସେଥିପାଇଁ କଲେଜ ଯାଇ ପାରୁନଥିଲି। ଚାଲ ତମେ ଘରକୁ ଆସ।

ସୋମେଶ : ନା ନା ମୁଁ ଏବେ ଆସୁଛି ପ୍ରାୟ ଦେଢ଼ ଘଣ୍ଟା ହେଲା ଅପେକ୍ଷା ପରେ ଏବେ ତମକୁ ଦେଖିଲି, ଖୁସି ଲାଗିଲା। ଆଉ ଘରକୁ ଯିବିନି। ଠିକ୍ ସେତିକି ବେଳେ ଘର ଭିତରୁ ସୁରଭିର ମା' ସୁରଭିକୁ ଡାକିଲେ।

ସୁରଭି : ହଁ ମା ଆସୁଛି।

ସୋମେଶ : ମୁଁ ଏବେ ଘରକୁ ଗଲେ ବାପା ମା' ଖରାପ ଭାବି ପାରନ୍ତି ଆଉ ଅନ୍ୟ ଲୋକ କିଏ ଦେଖିବେ ସେଥିପାଇଁ ଆଉ ୫ ମିନିଟ୍ ଏଠି ରୁହ, ତାପରେ ମୁଁ ଚାଲିଯିବି।

ସୁରଭି : ଗୋଟେ କାମ କର, ତମେ ଛାତ ଉପରକୁ ଯାଆ। ମୁଁ ଅଳ୍ପ ସମୟରେ ଉପରକୁ ଆସୁଛି।

ସୋମେଶ : ଛାତ ଉପରକୁ କେମିତି ଯିବି?

ସୁରଭି : ଓଃ! ମୁଁ କହିବା ଭୁଲି ଯାଇଛି। ଆମ ପଡିଶା ଘରର ମାଉସୀଙ୍କର ନିଶୁଣି ଆମ ଛାତକୁ ପଡ଼ିଥିବ। ସେ ବେଲେବେଲେ ଆମ ଛାତକୁ ଧାନ ଆଉ ଗହମ ଶୁଖେଇବାକୁ ଯାଆନ୍ତି, ସେ ନିଶୁଣି ରେ ଉପରକୁ ଯିବ।

ସୋମେଶ : ସେ ଯଦି ଦେଖି ଦେବେ।

ସୁରଭି : ତାଙ୍କର ୭ଟାରୁ ଖାଇକି ଶୋଇ ଯାଆନ୍ତି। ତମେ ଶୀଘ୍ର ଯାଆ, ମୁଁ ଛାତକୁ ଆସୁଛି ଏତିକି କହି ସୁରଭି ଘର ଭିତରକୁ ଚାଲିଗଲା। ଛାତକୁ ଯିବା ପାଇଁ ଘର ଭିତର ପଟୁ ରାସ୍ତା ଥିଲା।

ସୋମେଶ : ଛାତ ଉପରେ ପହଞ୍ଚି ୧୫ ମିନିଟ୍ ଅପେକ୍ଷା କରିବା ପରେ ସୁରଭି ଆସିଲା।

ସୋମେଶ : (ରାଗରେ) ଏତେ ସମୟ କ'ଣ କରୁଥିଲ?

ସୁରଭି : ହୋଇଟି ତମେ ଯଦି ଏମିତି କହିବ ମୁଁ ପୁଣି ଫେରି ଯିବି।

ସୋମେଶ : ହଉ ଛାଡ଼ ସେ କଥା।

ସୁରଭି : ତମେ ମୋ ପାଇଁ ଦେଢ଼ ଘଣ୍ଟା ହେଲା ଅପେକ୍ଷା କରିଥିଲ, କେହି

ଦେଖିଲ ନି ତ?

ସୋମେଶ : ନା ନା ମୋ ସାଙ୍ଗ ଆଉ ମୁଁ ସେଠି ଠିଆ ହୋଇ କଥା ହେଉଥିଲୁ ତମ ଗାଁ ଲୋକ ଜାଣିପାରି ନଥିବେ।

ସୁରଭି : କିଏ ଆସିଛି?

ସୋମେଶ : ବସନ୍ତ ଆସିଛି ସେ ସେପଟେ ବାଇକ୍ ପାଖରେ ଛିଡ଼ା ହୋଇଛି। ତମକୁ ଏତେ ଦିନ ହେଲା ଦେଖିନଥିଲି ଯେ ମୁଁ ପୁରା ପାଗଳ ହୋଇ ଯାଇଥିଲି, ସେଥିପାଇଁ ଦେଖିବାକୁ ଆସିଗଲି।

ସୁରଭି : ମୁଁ ମଧ୍ୟ ତମକୁ ବହୁତ ଖୋଜୁଥିଲି, ଯୋଉଦିନ କଲେଜ ଯାଏ ମୁଁ ସେହି ସ୍ଥାନକୁ ବାରମ୍ବାର ଦେଖେ କିନ୍ତୁ ତମକୁ ଖୋଜି ପାଏ ନାହିଁ। ଆଜି ସନ୍ଧ୍ୟା ବେଳେ ବହୁତ ମନେ ପଡ଼ିଲା ଆଉ ତମକୁ ଦେଖି ପ୍ରଥମେ ବିଶ୍ୱାସ ହେଲାନି।

ସୋମେଶ : ତମର ଆସିବାରେ ଏତେ ବିଳମ୍ବ ହେଲା କାହିଁକି କୁହ?

ସୁରଭି : ବାପା ଖାଇ ବସିଥିଲେ। ମା'ର ଦେହ ଭଲ ନାହିଁ ତାଙ୍କର ମୁଣ୍ଡ ବ୍ୟଥା ଯୋଗୁଁ ସେ ଅଳ୍ପ ଖାଇ ଶୋଇ ପଡିଲେଣି ଆଉ ବାପା ଖବର କାଗଜ ପଢିବାକୁ ବସିଲେ। ମୁଁ ପଢା ଘରକୁ ଗଲି ଆଉ କିଛି ସମୟ ପରେ ବାପା ବାରିପଟେ ମୁହଁ କରି ପଢୁଥିଲେ। ମୁଁ ପାଦ ଚାପି ଚାପି ଧୀରେ ଧୀରେ ଲୁଚି ଆସିଲି। ଆଉ ତମେ ଯେ ରାଗୁଛ।

ସୋମେଶ : ହଉ ହଉ ଶାନ୍ତ ହୁଅ, ବାପା ଯଦି ତମକୁ ଡାକିବେ?

ସୁରଭି : ବାପା ଡାକିବେନି କାରଣ ମୁଁ ପଢିବାକୁ ବସିଲେ ସେ ମୋତେ ଡାକନ୍ତି ନାହିଁ।

ସୋମେଶ : ମୁଁ ତ ମୋ ଗେଲି ଉପରେ ବେକାରରେ ରାଗୁଥିଲି!! ମୁଁ ଟିକେ ମଜା କରୁଥିଲି। ସୁରଭି, ସୋମେଶକୁ କୁଣ୍ଢେଇ ପକେଇ ତମେ ଆଉ ଯାଅ ନାହିଁ

ସୋମେଶ : ହସ ହସ, ଆରେ ପାଗଳୀ ମୁଁ ଯଦି ତମ ପାଖରେ ରହିବି। ତେବେ ମୋ ଘରେ ମୋତେ ଖୋଜିବେ, ଆଉ ସେ ଚିନ୍ତାରେ ରହିବେ। ସୋମେଶ ସୁରଭି କୁ କହିଲା ଆଖି ବନ୍ଦ କର?

ସୁରଭି : ଆଜି ମଧ ସରପ୍ରାଇଜ୍!

ସୋମେଶ : ଆଖି ବନ୍ଦ କର କହିଲି ନା? ସୁରଭି ଆଖି ବନ୍ଦ କରିବା ପରେ ସୋମେଶ ଆଖି ଖୋଲିବାକୁ କହିଲା। ସୋମେଶ ହାତରେ ଗୋଟିଏ ରିଙ୍ଗ ଥିଲା।

ସୁରଭି : ଏ କ'ଣ?

ସୋମେଶ : ହାତ ଦେଖାଅ ଆଉ ସୁରଭିକୁ ପିନ୍ଧେଇ ଦେଲା।

ସୁରଭି : ମନେ ମନେ ବହୁତ ଖୁସି ହେଲା। ସୋମେଶ କହିଲା ଏ ହେଉଛି ମୋ ତରଫରୁ ସ୍ପେଶାଲ ରିଙ୍ଗ ଆମ ନିର୍ବନ୍ଧ ପୂର୍ବରୁ।

ସୁରଭି : କାହିଁକି ତମେ ସେଦିନ ଆସିବନି କି ?

ସୋମେଶ : ଆମ ଗାଁରେ, ସମାଜ ସମିତି ଲୋକମାନେ କହୁଛନ୍ତି ଯେ ଜୋଇଁ ପୁଅ ଗଲେ ହେବନି କିନ୍ତୁ ମୁଁ ତାଙ୍କ କଥାରେ ପ୍ରତିବାଦ କରିଲି ସେଥିପାଇଁ ବାପା ମନ ଦୁଃଖ କଲେ ଆଉ ଗାଁ ଲୋକ କହିଲେ ଆଜି ପର୍ଯ୍ୟନ୍ତ ନିର୍ବନ୍ଧରେ ଜୋଇଁ ପୁଅ ଯାଇ ନାହାନ୍ତି ଆଉ ତମେ ମଧ ଯିବ ନାହିଁ। ବାପା ମତେ ବୁଝାଇବାକୁ ଚେଷ୍ଟା କରିଲେ କିନ୍ତୁ ମୋର ମନ ଭାରୀ ଦୁଃଖ ହେଲା। ଆଉ ମନେ ମନେ ଭାବିଲି କ'ଣ କରିବି ତମ ପାଇଁ ଏହି ରିଙ୍ଗଟା ଦିଲ୍ଲୀରୁ ଆଣିଥିଲି, ଭାବିଥିଲି ନିର୍ବନ୍ଧ ଦିନ ତମ ହାତରେ ପିନ୍ଧେଇବି କିନ୍ତୁ ପରେ ଭାବିଲି ଯଦି ମତେ ମନା କରନ୍ତି ତେବେ ମୋର ସ୍ୱପ୍ନ ଅଧୁରା ରହି ଯିବ। ସେଥିପାଇଁ ଚାଲି ଆସିଲି ତମକୁ ଦେଖା କରି ରିଙ୍ଗ ପିନ୍ଧେଇ ଆସିବି।

ଏତିକି ଶୁଣି ସୁରଭି ଆଖିରେ ଲୁହ ଆସିଗଲା। କହିଲା ମୁଁ ବହୁତ ସ୍ୱପ୍ନ ଭାବିଥିଲି କି ତମେ ଆସିବ ବୋଲି କିନ୍ତୁ ତମ କଥା ଶୁଣି ମୋର ମନ ଦୁଃଖ

ହୋଇଗଲା। ପ୍ଲିଜ୍ ତମେ ଆସିବ। ନହେଲେ ମୋତେ ଭାରି ଦୁଃଖ ହେବ। ପ୍ଲିଜ୍ ତମେ ଆସିବ ନା?, ପ୍ଲିଜ୍....

ସୋମେଶ : ଆଜି ସନ୍ଧ୍ୟାରେ ସଭା ବସିବ ବାପା ସେଠୀ ଅନୁରୋଧ କରିବେ ମୁଁ ନିର୍ବନ୍ଧକୁ ଆସିବା ପାଇଁ। ମୁଁ ସେଠୀ ନ ରହି ତମକୁ ଦେଖା କରିବା ପାଇଁ ଆସିଗଲି।

ନିର୍ବନ୍ଧ

ସୋମେଶ : ହଉ ଏବେ ମୁଁ ଆସୁଛି। ତମେ ମଧ ଯାଅ ବହୁତ ରାତି ହେଲାଣି। ସେପଟେ ବସନ୍ତ ମଧ ବହୁତ ସମୟ ହେଲା ଅପେକ୍ଷା କରିଛି।

ସୁରଭି : ମୋତେ ପ୍ରଥମେ ପ୍ରମିସ୍ କର କି ତମେ ସେଦିନ ଆସିବ ବୋଲି।

ସୋମେଶ : ଚେଷ୍ଟା କରିବି।

ସୁରଭି : ଚେଷ୍ଟା ନାହିଁ, ସତରେ ତମେ ଯଦି ନ ଆସିବ ତେବେ ମୋତେ ବହୁତ ଦୁଃଖ ହେବ ଆଉ ତମେ ଚାହୁଁଛ କି ମୋତେ ଦୁଃଖ ହେଉ ବୋଲି?

ସୋମେଶ : ଆଚ୍ଛା ଇମୋସନାଲ ବ୍ଲାକ ମେଲ୍?

ସୁରଭି : ମୁଁ ଜାଣିନି, ତମେ କ'ଣ କରୁଛ କର, ତମେ କେମିତି ହେଲେ ଆସିବ।

ସୋମେଶ : ହଉ ମୁଁ ଆସିବି। ଯଦି ଆମ ଗ୍ରାମ ଲୋକେ ମୋତେ ଆସିବାକୁ ମନା କରନ୍ତି ତେବେ ମୁଁ ତା' ବଦଳରେ କିଛି ପ୍ଲାନ୍ ଭାବିକି ରଖିଛି।

ସୁରଭି : ତମେ କୋଉ ପ୍ଲାନ୍ କରୁଛ କର କିନ୍ତୁ ତମେ ଆସିବ।

ସୋମେଶ : ହଉ ବାବା ମୁଁ ଆସିବି, ଏବେ ତମେ ଯାଅ।

ସୋମେଶ : ଆରେ ଶୁଣ ଶୁଣ, ପ୍ଲାନ୍ ଟା ଶୁଣି କି ଯାଅ, ଯଦି ମୁଁ ସେଦିନ ଆସି ପାରିଲିନି କିମ୍ବା ମୋତେ ଅନୁମତି ଦେଲେ ନାହିଁ ତେବେ ସେଦିନର ନିର୍ବନ୍ଧ କାମ ସରିଲା ପରେ ରାତିରେ ତମେ ଛାତ ଉପରକୁ ଆସିଯିବ। ମୁଁ ସେଠୀ ଅପେକ୍ଷା କରିଥିବି।

ସୁରଭି : ହଉ, ଠିକ୍ ଅଛି। ମୋତେ କେମିତି ହେଲେ ଦେଖା କରିବ ମାତ୍ର।

ସୋମେଶ : ହଉ ଏବେ ତମେ ଯାଅ। ସୁରଭି ଗଲା ସମୟରେ ସୋମେଶକୁ ଗୋଟିଏ କିସ୍ କରି ଚାଲିଗଲା। ସୋମେଶ ମଧ୍ୟ ଛାତରୁ ଓହ୍ଲାଇ ନିଜ ଗାଁକୁ ଫେରିଗଲା ।

ନିର୍ବନ୍ଧର ସନ୍ଧ୍ୟା, ସୋମେଶଙ୍କ ବାପା ସହିତ ଗାଁର ଲୋକେ ମିଠା ଏବଂ ଅନ୍ୟ ସାମାନ ଆଣି ଠିକ୍ ସମୟରେ ପହଞ୍ଚିଲେ। ବ୍ରାହ୍ମଣ ତିଥ୍ ଆଉ ସମୟ ଅନୁସାରେ ମନ୍ତ୍ର ପଢ଼ିବା ଆରମ୍ଭ କରି ସାରିଲେଣି। ସେପଟେ ସୁରଭି ଗୋଟିଏ ସବୁଜ ଆଉ ଲାଲ ରଙ୍ଗର ଶାଢ଼ୀରେ ପରି ଭଳି ଲାଗୁଥିଲା। ତା'ର ମାତ୍ର ଗୋଟିଏ ଚିନ୍ତା ଯେ ସୋମେଶ ଆସିଥାନ୍ତ। ଭଗବାନଙ୍କୁ ମଧ୍ୟ ଡାକୁଥାଏ। କିଛି ସମୟ ପରେ ସୁରଭି ତା'ର ଗୋଟିଏ ସାଙ୍ଗକୁ ପଠେଇଲା କି ତୁ ସମସ୍ତଙ୍କୁ ଜଳଖିଆ ଦେବା ବାହାନାରେ ଦେଖ୍ ଆସିବୁ କି ସୋମେଶ ଆସିଛନ୍ତି କି? ସୁରଭିର ସାଙ୍ଗ ଆସି ଦେଖିଲା ଏବଂ ସୁରଭିକୁ ଯାଇ କହିଲା, ସମସ୍ତଙ୍କୁ ଦେଖିଲି କିନ୍ତୁ ସୋମେଶ ଭାଇଙ୍କୁ ଦେଖ୍ ପାରିଲିନି। ଏକଥା ଶୁଣି ତା' ସାଙ୍ଗକୁ କହିଲା, ମୋ ପାଇଁ ଆଉ ଗୋଟେ କାମ କରିବୁ କିନ୍ତୁ କାହାକୁ କହିବୁନି। ତା' ସାଙ୍ଗ କହିଲା କ'ଣ କରିବି କହ?

ସୁରଭି : ତୁ କାହାକୁ ନ କହି ଚୁପ୍ ଚାପ୍ ଛାତ ଉପରକୁ ଯିବୁ ସେଠୀ ଦେଖିବୁ ଯଦି ସୋମେଶ ଆଉ ତାଙ୍କ ସାଙ୍ଗ ଥିବେ ତେବେ ମୋତେ ଆସି କହିବୁ। ସୁରଭି କହିବା ଅନୁସାରେ ତା' ସାଙ୍ଗ ଛାତ ଉପରକୁ ଯାଇ ଦେଖିଲା କିନ୍ତୁ ଉପରେ କିଏ ନଥିଲେ ଏବଂ ଆସି କହିଲା, ଛାତ ଉପରେ ମଧ୍ୟ କିଏ ନାହାନ୍ତି। ସୁରଭି ଚିନ୍ତାରେ ଥିବା ସମୟରେ। ହଠାତ୍ ଗୋଟିଏ ସ୍ତ୍ରୀ ଲୋକ ଆସି ସୁରଭିକୁ ଦେଖି କହିଲା,

ସ୍ତ୍ରୀ ଲୋକ : ତୋ ବିଷୟରେ ସୋମେଶ ଠାରୁ ବହୁତ୍ ଶୁଣିଥିଲି, ଏବେ

ଦେଖିଲି ସତରେ ସୋମେଶର ପସନ୍ଦ ମାନିବାକୁ ପଡ଼ିବ, ଜାଣିଛୁ? ସୋମେଶ ତୋ ପାଇଁ ଗୋଟିଏ ଜିନିଷ ଦେଇଛି। ତାପରେ ସେ ସ୍ତ୍ରୀ ଲୋକ ଗୋଟିଏ ଗଜରା ଫୁଲ ମାଳ ସୁରଭିର ଖୋସାରେ ଲଗେଇଦେଲେ ଏବଂ କହିଲେ ତମ ପାଇଁ ଆଉ ଗୋଟିଏ ସରପ୍ରାଇଜ୍ ଅଛି ଅପେକ୍ଷା କର?

ସୁରଭି ସରପ୍ରାଇଜ୍ ଶବ୍ଦଟା ଶୁଣି ଖୁସି ହୋଇଗଲା। ଆଉ ମନେ ମନେ ଭାବିଲା କି ସୋମେଶ ନିଶ୍ଚୟ ଆସିଛନ୍ତି। ମନେ ମନେ ବହୁତ ଖୋଜୁଥିଲା। ସେ ସ୍ତ୍ରୀ ଲୋକ ଜଣକ କହିଲେ କ'ଣ ଭାବୁଛୁ ସୁରଭି?

ସୁରଭି : ନା କିଛି ନାହିଁ, ତୁ କ'ଣ ଚିନ୍ତା କରୁଛୁ ସେଇଟା ମୁଁ ଜାଣେ (ସେ ସ୍ତ୍ରୀ ଜଣଙ୍କ କହିଲେ)। ମୁଁ ହେଉଛି ସୋମେଶର ଖୁଡ଼ି ସେ ଆସିଛି ନା ନାହିଁ ଭାବୁଛୁ ତ? ସେ ଆସିବା ପାଇଁ କହୁଥିଲେ କିନ୍ତୁ ଗାଁ ଲୋକ ମନା କଲେ ବୋଲି ସେ ଆସି ନାହିଁ। ସେ ମୋତେ କହିଛି ତୋ ସାଙ୍ଗରେ ଦେଖା କରି ଏହି ଗଜରା ମାଳ ତୋତେ ପିନ୍ଧେଇବା ପାଇଁ। ସୁରଭି ଖୁଡ଼ିଙ୍କୁ ମୁଣ୍ଠିଆ ମାରିଲା। ଆଉ ଟିକେ ମୁରୁକି ହସ ଦେଇ ଚୁପ୍ ରହିଲା। ଟିକିଏ ପରେ ବ୍ରାହ୍ମଣ ସୁରଭିକୁ ଡାକ ଦେଲେ ପୂଜାରେ ବସିବା ପାଇଁ କିନ୍ତୁ ସୁରଭି ମନ ଦୁଃଖରେ ସେଠି ଗଲା। ଟିକିଏ ମନ୍ତ୍ର ପାଠ ପରେ ବ୍ରାହ୍ମଣ ସୋମେଶକୁ ଡାକିଲେ। ସୁରଭି ଆଶ୍ଚର୍ଯ୍ୟ ଭାବେ ଚାହିଁଲା ବେଳକୁ ସୋମେଶ ଆସି ହାଜର। ସୁରଭିର ଖୁସି ୧୦୦ ଗୁଣ ହୋଇଗଲା। ସେ ମନେ ମନେ ବହୁତ୍ ଖୁସି ହେଲା। ତାର ଇଚ୍ଛା ପୂରଣ ହୋଇଛି। ସୋମେଶ ଆସି ସୁରଭି ପାଖେ ବସିଲା। ସେ କଣେଇ କଣେଇ ସୋମେଶକୁ ଚାହୁଁଥାଏ। ସୋମେଶ ମଧ୍ୟ ମଝିରେ ମଝିରେ ସୁରଭିକୁ ଚାହିଁ ମୁରୁକି ହସ ଦେଉଥାଏ।

ସୁରଭି : (ମନ ଭିତରେ ଏବଂ ଇଶାରାରେ) ତମେ ବହୁତ୍ ଚାଲୁ ନା, ଗଜରା ହାର ଯଦି ପିନ୍ଧେଇବାର ଥିଲା ତେବେ ନିଜେ ଆସି ପିନ୍ଧେଇଲନି?

ସୋମେଶ : (ମନ ଭିତରେ ଏବଂ ଇଶାରାରେ) ଯଦି ସେମିତି କରିଥାନ୍ତି ତେବେ ଏହି ସରପ୍ରାଇଜ୍ ଟା ମୂଲ୍ୟ ହୀନ ହୋଇ ଯାଇଥାନ୍ତା।

ଠିକ୍ ଏତିକି ବେଳେ ବ୍ରାହ୍ମଣ ଡାକିଦେଲେ ଏବଂ ପୂଜା ବିଧି ଏବଂ ମନ୍ତ୍ର ପାଠ ସରିଲା। ଗ୍ରାମର ଲୋକ ମାନେ ତଥା ସୋମେଶର ସାଙ୍ଗ ମାନେ ଭୋଜି

ଖାଇବାକୁ ଗଲା ପରେ ସୋମେଶର ଖୁଡ଼ି ସୋମେଶକୁ ଟାଣି ନେଇ ସୁରଭିର ପଢ଼ା ଘରକୁ ନେଇଗଲେ।

ସେଠୀ ସୁରଭି ଆଉ ତା' ସାଙ୍ଗ ମାନେ ଥିଲେ। ସୁରଭି ସୋମେଶକୁ ଦେଖି ଖୁସି ତ ହେଉଥିଲା ମାତ୍ର କିଛି କହି ପାରୁନଥିଲା। ଆଉ ସେହି ସମୟରେ ସୋମେଶର ଖୁଡ଼ି କହିଲେ ଲାଜ କ'ଣ? ତମେ ଏବେ କଥା ହୋଇପାର। ସୁରଭି ତା' ସାଙ୍ଗ ମାନଙ୍କୁ ଇଶାରାରେ ବାହାର ଯିବାକୁ କହିଲା ଏବଂ ବାହାରେ କାହାକୁ କିଛି କହିବ ନାହିଁ ବୋଲି କହିଲା । ବର୍ତ୍ତମାନ ରହିଲେ ଖୁଡ଼ି ଆଉ ସୋମେଶ। ଖୁଡ଼ି କହିଲେ ମୁଁ ଯିବିନି ତମେ ଯାହା କଥା ହେବ ମୁଁ ଶୁଣିବି ଆଉ ଅଳ୍ପ ସମୟ କଥା ହେବ ନହେଲେ ସୋମେଶର ମା', ମୋ ଉପରେ ରାଗିବେ।

ସୋମେଶ : ଖୁଡ଼ି ତମେ ଏମିତି ପାଖରେ ବସିଲେ ଆମେ କେମିତି କଥା ହେବୁ ଯେ?

ଖୁଡ଼ି : ଆଉ କ'ଣ ତମକୁ ବାହାରୁ ଲକ୍ କରି ଲାଇଟ ବନ୍ଦ କରିଦେବି କି? (ମଜାରେ)

ସୋମେଶ : ପ୍ଲିଜ୍ ଖୁଡ଼ି ଏତିକି କରିଲ ଆଉ ଟିକେ ସାହାଯ୍ୟ କର।

ଖୁଡ଼ି : କହିଲେ ହଉ ତମେ କଥା ହୁଅ ମୁଁ କବାଟ ପାଖରେ ରହି ବାହାରକୁ ଦେଖୁଛି କିନ୍ତୁ କିଛି ଦୁଷ୍ଟାମୀ କରିବ ନାହିଁ।

ସୋମେଶ : ହଉ ଖୁଡ଼ି! ମୋ ସରପ୍ରାଇଜ୍ ଟା କେମିତି ଲାଗିଲା ?(ସୁରଭିକୁ ପଚାରିଲା)

ସୁରଭି : ବହୁତ୍ ବଢ଼ିଆ ମାତ୍ର ମୁଁ ତମକୁ ଖୋଜିବାକୁ ମୋ ସାଙ୍ଗକୁ ପଠେଇଥିଲି।

ସୋମେଶ : ତମେ ମନେ ମନେ କାହିଁକି ଗାଳି ଦେଉଥିଲ?

ସୁରଭି : ନା, ଗାଳି ନାହିଁ ତମକୁ ମାଡ ଦରକାର, ଖୁଡି ହାତରେ କରେଇଲା, ତମେ କରିଥାନ୍ତ ତେବେ ମୋତେ ବହୁତ୍ ଖୁସି ଲାଗି ଥାନ୍ତା ନା?

ସୋମେଶ : ଆଖ୍ ବନ୍ଦ କର।

ସୁରଭି : ଦୁଷ୍ଟାମୀ କରିବ ନାହିଁ!!

ସୋମେଶ : ସବୁବେଳେ ସେହି କଥା, ଆଖ୍ ବନ୍ଦ କର।

ସୁରଭି ଆଖ୍ ବନ୍ଦ କରିଲା ପରେ ସୋମେଶ ସୁରଭି ମଥାରେ ଗୋଟିଏ କିସ୍ କରି ଆଖ୍ ଖୋଲିବାକୁ କହିଲା।

ସୁରଭି : ବାସ୍ ଏତିକି।

ସୋମେଶ : ଆଉ କିଛି ଚାହୁଁଥିଲ କି?

ସୁରଭି : ନା, ତମେ ବହୁତ୍ ଭଲ, ମୁଁ ତ ବେକାରରେ ତମ ବିଷୟରେ ଏଣେତେଣେ ଭାବୁଛି।

ସୋମେଶ : ନିଜ ପକେଟ୍ ରୁ ଗୋଟିଏ ବଡ ଚକୋଲେଟ୍ ସହିତ ଗୋଟିଏ ଗୋଲାପ ଫୁଲ ଦେଲା। ସୁରଭି ଗ୍ରହଣ କରି ପଚାରିଲା, ଗୋଲାପଟା କୋଉ ଖୁସିରେ।

ସୋମେଶ : ଯେ ହେଉଛି ସରପ୍ରାଇଜ୍ ର ଗୋଟିଏ ଅଂଶ।

ସୁରଭି : ବାଓ, ସତରେ ମୋ ଗେଲୁ , ମୋ ମନ କଥା ପୁରା ବୁଝି ଯାଆନ୍ତି ଜାଣିଛ, ମୋତେ ଚକୋଲେଟ୍ ମଧ ବହୁତ୍ ପସନ୍ଦ।

ଏତିକି କହି ସୁରଭି ସୋମେଶଙ୍କୁ କୁଣ୍ଢେଇ ପକେଇଲା। ସେତେବେଳେ ଖୁଡି ବାହାରକୁ ଦେଖୁଥିଲେ।

ସୋମେଶ : ଜାଣିଛ? ବହୁତ୍‌ କଳି କଜିଆ ପରେ ଗାଁ ଲୋକ ମାନିଲେ ଆଉ ବ୍ରାହ୍ମଣକୁ ଯାଇ କହିଲି, ସେ ହଁ କରିବା ପରେ ମୋତେ ଆସିବାକୁ ଅନୁମତି ମିଳିଲା। ଏତିକି କଥା ହେଉ ହେଉ ଖୁଡ଼ି କହିଲେ ଚାଲ ଆଉ କଥା ହୁଅ ନାହିଁ, ବେଶୀ ରାତି ହେଲାଣି। ସେପଟେ ପୁଣି ସମସ୍ତେ ଖୋଜିବେ, ଚାଲ ଖାଇବା କହି ସୋମେଶକୁ ଖୁଡ଼ି ଟାଣି ନେଇଗଲେ। ଖାଇବା ସରିଲା ସୋମେଶ ଚାହୁଁଥିଲା ସୁରଭି ସହିତ ଟିକେ ଦେଖା କରିଥାନ୍ତା କିନ୍ତୁ ଖୁଡ଼ି ମନା କରିଲେ, କହିଲେ ତୋ ମା', ମୋ ଉପରେ ରାଗିବେ। ସେତିକି କଥା ହୋଇଥା ବାକି ବାହାଘର ପରେ କଥା ହେବୁ। ଚାଲ ଏବେ ଗାଁକୁ ଯିବା। ତାପରେ ସୋମେଶ ଆଉ ସୁରଭିର ଦେଖା ହେଲା ନାହିଁ ଏବଂ ସୋମେଶ ନିଜ ଗାଁକୁ ଫେରିଗଲା। ସୁରଭିର ମଧ୍ୟ ବହୁତ ଇଚ୍ଛା ଥିଲା ସୋମେଶ ସାଙ୍ଗରେ ଦେଖା କରିବାକୁ କିନ୍ତୁ ତାହା ମଧ୍ୟ ଅସଫଳ ହେଲା।

ସୁବର୍ଣ୍ଣ ସୁଯୋଗ

କିଛି ଦିନ ପରେ ସୋମେଶର ଛୁଟି ସରିବାକୁ ଆସିଲା, ଏପଟେ ସୁରଭି ସୋମେଶ ସହିତ ଦେଖା କରିବାକୁ ଚାହୁଁଥାଏ ମାତ୍ର ଘର କାମ ଯୋଗୁଁ କଲେଜ ଯାଇ ପାରୁନଥିଲା। ଛୁଟି ସରିବାର ଗୋଟିଏ ଦିନ ପୂର୍ବରୁ। ସୋମେଶ ଆସି ପହଞ୍ଚିଲା ସୁରଭି ଘରୋ। ସୁରଭି ସହିତ ଦେଖା କରିବା ବାହାନାରେ ସମସ୍ତଙ୍କୁ ଦେଖା କରିବାକୁ ଆସିଲା। ସେଦିନ ଘରେ କେବଳ ସୁରଭି ଥିଲା। ସୋମେଶ ଆସି ପହଁଚିଲା, ସୁରଭି କବାଟ ଖୋଲି ସୋମେଶକୁ ଦେଖି ଆଶ୍ଚର୍ଯ୍ୟ ଭାବେ ଘରକୁ ଟାଣି ନେଇଗଲା ଏବଂ କୁଣ୍ଢେଇ ପକେଇ କାନ୍ଦିବାକୁ ଲାଗିଲା। କାନ୍ଦି କାନ୍ଦି କହିଲା, ତମକୁ ବହୁତ ମନେ ପଡୁଥିଲା। କିନ୍ତୁ ଘର କାମ ଯୋଗୁଁ କଲେଜ ଯାଇପାରୁନି।

ସୁରଭି : ତମେ ଏତେ ଦିନ ହେଲା କଣ ପାଇଁ ଆସୁନଥିଲ? ଆଉ କାଲି ତମେ ତମ ୟୁନିଟ୍ କୁ ଫେରିଯିବ ଏବଂ ଆଜି ଆସୁଛ?

ସୋମେଶ : କ'ଣ କରିବି କୁହ? ମୁଁ ମଧ ଦେଖା କରିବାକୁ ଚାହୁଁଥିଲେ ମଧ ତମକୁ କିଏ କିଛି କହିବ ବୋଲି ମୁଁ ଆସୁନଥିଲି।

ସୁରଭି : ତମେ ବାହାନା କରନି? ତମ ପାଖରେ ସବୁ ପ୍ରକାର ରାସ୍ତା ଅଛି, ତମେ ଆସି ପାରିଥାନ୍ତ। ଜାଣିଛ ମୁଁ ତମକୁ କେତେ ଖୋଜୁଛି?

ସୋମେଶ : ମୁଁ ମଧ ସେହି କଲେଜ ରାସ୍ତାରେ ସବୁ ଦିନ ଅପେକ୍ଷା କରେ

କିନ୍ତୁ ତମେ ଆସ ନାହିଁ ମୁଁ ଦୁଃଖୀ ହୋଇ ଫେରୁଥିଲି। ହଉ ଛାଡ଼ ସେ କଥା। ବାପା, ମା' କୁଆଡେ ଗଲେ।

ସୁରଭି : ଘରେ କେହି ନାହାନ୍ତି। ବାପା ଯାଇଛନ୍ତି ସ୍କୁଲ୍ କୁ ଆଉ ମା' ପଡିଶା ଘର ମାଉସୀଙ୍କ ଝିଅ ପାଇଁ ବଢ଼ି ପକା ହେଉଛି ସେଠୀ ତାଙ୍କୁ ସାହାଯ୍ୟ କରିବାକୁ ଯାଇଛନ୍ତି।

ସୋମେଶ : ତା' ହେଲେ ମୋ ପାଇଁ ଏହା ଗୋଟିଏ ସୁବର୍ଣ୍ଣ ସୁଯୋଗ।

ସୁରଭି : ସୁବର୍ଣ୍ଣ ସୁଯୋଗ ନାହିଁ, ମା' ଏବେ ଆସିଯିବେ।

ସୋମେଶ : ଆରେ ମଜା କରୁଥିଲି, ଚିନ୍ତା କରନି!!

ସୁରଭି : ମୁଁ ଜାଣିଛି ତମେ ମଜା କରୁଛ!! କାହିଁକି ତମ ଦ୍ୱାରା କିଛି ହେବନି (ହସି ହସି)।

ସୋମେଶ : ହଁ ମୋ ଦ୍ୱାରା କିଛି ହେବନି? ତାହା ହେଲେ ତମକୁ ଦେଖେଇବାକୁ ପଡ଼ିବ। ଏତିକି କହି ସୁରଭି ଦୌଡ଼ିବାକୁ ଲାଗିଲା, ପଛେ ପଛେ ସୋମେଶ ଯାଇ ସୁରଭିକୁ ଜାବୁଡ଼ି ଧରି ଗୋଟିଏ କିସ୍ କରିଛି ଆଉ ହଠାତ୍ କବାଟର ଠକ୍ ଠକ୍ ଶବ୍ଦ ଶୁଣା ଗଲା। ସୋମେଶ ସୁରଭିକୁ ଛାଡ଼ି ଦେଇ ଚେୟାର ଉପରେ ବସିଗଲା। ସୁରଭି କବାଟ ଖୋଲିଲା ପରେ ଦେଖିଲେ ମା' ଆସିଛନ୍ତି। ସୋମେଶ ଆସି ମା'କୁ ପ୍ରଣାମ କରିଲେ। ମା' କହିଲେ, ପଡିଶା ଘର ମାଉସୀ ତମକୁ ଦେଖିଲେ ବୋଧେ ସେ ମୋତେ ଯାଇ କହିଲେ ତମ ଘରକୁ କେହି ଜଣେ କୁଣିଆ ଆସିଲେଣି। ତା'ପରେ ବାରଣ୍ଡାରେ ତମ ବାଇକ୍ ଦେଖି ଜାଣିଲି ଯେ ତମେ ଆସିଛ ବୋଲି।

ନିତା ଦେବି : ସୁରଭି, ତୁ ଏବେ ପର୍ଯ୍ୟନ୍ତ ସୋମେଶକୁ ପାଣି ଦେଇନୁ?

ସୁରଭି : ଭୁଲ୍ ଯାଇଥିଲି, ଏବେ ଆଣି ଦେଉଛି।

ସୋମେଶ : ଆଉ କେମିତି ଅଛ, ବାପା କୁଆଡ଼େ ଗଲେ?

ନିତା ଦେବି : ସେ ସ୍କୁଲ୍ ଯାଇଛନ୍ତି।

ସୋମେଶ : ସୁରଭି ଆଉ କଲେଜ ଯାଉନି କି?

ନିତା ଦେବି : ସେ ଯାଉଛି ଯେ ରୋଷେଇ ଆଉ ଘର କାମ କରୁ କରୁ ଡେରି ହୋଇ ଯାଉଛି ସେଥିପାଇଁ ତାକୁ ମନା କରୁଛି ଆଉ ଏମିତିରେ ବର୍ଷା ଲାଗି ରହୁଛି। ତମର ଛୁଟି କେତେ ତାରିଖ ପର୍ଯ୍ୟନ୍ତ ଅଛି?

ସୋମେଶ : କାଲି ମୁଁ ୟୁନିଟ୍ କୁ ଫେରିଯିବି, ଭାବିଲି ଆପଣଙ୍କୁ ଦେଖା କରି ଚାଲିଯିବି। ଘରେ ମଧ ପଠେଇଲେ ଯେ ସୁରଭି ଘର ଆଡ଼ୁ ଥରେ ବୁଲି ଆସେ, ସେଥିପାଇଁ ଚାଲି ଆସିଲି।

ନିତା ଦେବି : ଭଲ କରିଲା। ପୁଅ ଆଉ କିଛି ଦିନ ରହିଲେ ହୋଇ ନଥାନ୍ତା।

ସୋମେଶ : ମା' ଆଉ କିଛି ଦିନ ରହିଲେ ମୋତେ ସମସ୍ୟା ହେବ ଆଉ ଦ୍ୱିତୀୟ ଥର ଛୁଟି ମାଗିବି ତେବେ ଆମ ଅଫିସର ଛୁଟି ଦେବ ନାହିଁ। ସୁରଭି ପାଣି ଗ୍ଲାସ୍ ଧରି ଆସି ପାଖ ଚେୟାରରେ ବସିଲା। କିଛି ସମୟ କଥାବାର୍ତ୍ତା ପରେ ସୋମେଶ କହିଲା ମୁଁ ଆସୁଛି। ସାଙ୍ଗ ମାନଙ୍କ ଘର ମଧ ବୁଲି ଆସିବି ମା' କହିଲେ ହଉ ପୁଅ ଦେଖିକରି ଯିବ। (କିନ୍ତୁ ସୋମେଶର ଇଚ୍ଛା ଥାଏ କି ମା' ଯଦି କହିଥାନ୍ତେ ଆଉ କିଛି ସମୟ ରହି ଯାଇଥାନ୍ତି) କିନ୍ତୁ ସାଙ୍ଗ ଘର କଥାଟା କହିବାରୁ ଟିକେ ଅଡ଼ୁଆ ହୋଇଗଲା। ତାପରେ ସୋମେଶର ଇଚ୍ଛା ନଥିବା ସଭ୍ୟେ ସେ ଉଠି ଆସିବାକୁ ବାଧ୍ୟ ହେଲା। ତା'ପରେ ମା' ସୁରଭି ପାଖରେ ଠିଆ ହୋଇ ରହିଲେ ସୋମେଶ ଭାବୁଥାଏ। ମା' ଟିକେ ଯାଇଥାନ୍ତେ ଘର ଭିତରକୁ ମୁଁ ସୁରଭି ସାଙ୍ଗରେ ଭଲ କରି କଥା ହୋଇ ଯାଇଥାନ୍ତି କିନ୍ତୁ ଭାଗ୍ୟର ରୀତିନୀତି। ମା' କହିଲେ ସୁରଭିକୁ ତୁ ସୋମେଶ ସାଙ୍ଗରେ କଥା ହୋଇ ଆସେ ମୁଁ ଘର ଭିତରୁ ଆସୁଛି (ପ୍ରକୃତରେ ମା' ବାହାନା କରି ଯାଇଛନ୍ତି କି ସୋମେଶ ଆଉ ସୁରଭି କିଛି ସମୟ କଥା ହେବେ ବୋଲି)। ସୋମେଶ ସୁରଭିକୁ କହିଲା ମା' ଆମକୁ କଥା ହେବାକୁ ଗୋଟିଏ ମଉକା ଦେଲେ। ବାକି କିଛି ଅଛି ତେବେ

କହିଦିଅ ।

ସୁରଭି : କିଛି କହିବିନି, ତମେ ମୋ ସମ୍ମୁଖରେ ଠିଆ ହୋଇ ରୁହ, ମୁଁ କେବଳ ତମକୁ ଦେଖ୍ ଦେଖ୍ ଏହି ସମୟକୁ ବିତେଇବାକୁ ଚାହେଁ। ତା'ପରେ କିଛି ସମୟ କଥା ହେବା ଭିତରେ ମା ଆସି ପହଁଚିଗଲେ। ଏବେ ସୋମେଶ ଉଠି କହିଲା, ମା' ଏବେ ମୁଁ ଆସୁଛି, କହି ସୋମେଶ ବାହାରିଗଲା। ସୁରଭି ଆଖିରେ ଲୁହ ଆସିଗଲା କିନ୍ତୁ ବାଇକ୍ ରେ ବସିଲା ପରେ ସୋମେଶ ସୁରଭିକୁ ବୁଲି ଚାହିଁ ସୁରଭିକୁ ମନ ଦୁଃଖ କରିବାକୁ ମନା କରିଲା ଆଉ ବାଏ କହି ଫେରିଗଲା। ତା' ପରଦିନ ସୋମେଶ ନିଜ ୟୁନିଟ୍ କୁ ଫେରିଗଲା ।

୩ ମାସ ପରେ ସୁରଭି ପାଖକୁ ଏକ ଚିଠି ଆସିଲା ତାହା ମଧ୍ୟ ବସନ୍ତ ମାଧ୍ୟମରେ। ସୁରଭି କଲେଜ ଯିବା ବାଟରେ ବସନ୍ତ ଆସି ଚିଠିଟିକୁ ଦେଲା। ସେ ଚିଠି କେବଳ ସୁରଭି ପାଇଁ ଥିଲା ସୁରଭିର ପାଠ ପଢ଼ା ଆଉ ଭଲ ପାଇବା ଅନ୍ୟାନ୍ୟ ଲେଖା ଥିଲା। ଚିଠି ପାଇଲା ପରେ ସୁରଭି ମଧ୍ୟ ଗୋଟିଏ ଚିଠି ସୋମେଶ ପାଖକୁ ଲେଖିଲା।

ଭୁଲ୍ ବୁଝାମଣା

ଏହି ଭିତରେ ସୋମେଶର ପୋଷ୍ଟିଙ୍ଗ୍ ପଞ୍ଜାବ ହୋଇଯାଇ ଥିଲା। ସୁରଭିର ଚିଠି ସୋମେଶ ପାଇ ପାରିଲା ନାହିଁ। ବେଳେବେଳେ ସୋମେଶ ଘରକୁ ଚିଠି ଲେଖେ ଏବଂ ସୁରଭିର ହାଲଚାଲ ପଚାରି ବୁଝେ।

ପ୍ରାୟ ୩ ମାସ ପରେ ଦିନେ ରମେଶ ବାବୁ ଆସି ସୋମେଶ ଘରେ ପହଞ୍ଜିଲେ ଏବଂ ବାହାଘର ଏବେ କରିବା ନାହିଁ ବୋଲି କହି ଚାଲିଗଲେ ଏବଂ କହିଲେ ସୁରଭି ଏବେ ପଢୁଛି ଯଦି ହେବ ୨ ବର୍ଷ ପରେ କରିବା ବୋଲି କହିଲେ।

ରାଧା ବାବୁ : କ'ଣ ହେଲା ରମେଶ ବାବୁ ହଠାତ୍ ଆସି ମନା କରୁଛ୍ଛ୍ତି? ଆଉ ୪ ମାସ ପରେ ବାହାଘର ହେବ। ଆଜି କ'ଣ ଏମିତି ଘଟିଲା ଯେ ଆପଣ ମନା କରୁଛ୍ଛ୍ତି।

ରମେଶ ବାବୁ : ଆମର ଏବେ ଟଙ୍କା ଯୋଗାଡ ହୋଇପାରୁନି ଆଉ ସୁରଭି ଆପଣଙ୍କ ଘରକୁ ଯିବ, ଯାହା ହେଲେ ମୋତେ ତ କିଛି ଦେବାକୁ ପଡ଼ିବ ନା?

ରାଧା ବାବୁ : ମୋର ସେମିତି କିଛି ଡିମାଣ୍ଡ ନଥିଲା ଆଉ ଯଦି ଟଙ୍କାର ଅଭାବ ହେଉଛି ତେବେ ମୁଁ ଦେଇ ଦେଉଛି ଆପଣ ବାହାଘର ପ୍ରସ୍ତୁତି ଚାଲୁ ରଖନ୍ତୁ।

ରମେଶ ବାବୁଙ୍କ ଏକା ଜିଦ୍, ଏହି ବର୍ଷ ବାହାଘର ହେବ ନାହିଁ ଏବଂ

ଆପଣଙ୍କୁ ହାତ ଯୋଡ଼ି କହୁଛି ଆପଣ ମୋତେ କ୍ଷମା କରନ୍ତୁ ଏହି ବର୍ଷ ବାହାଘର ହେବା ଅସମ୍ଭବ।

ରାଧା ବାବୁ କିଛି ବୁଝିପାରିଲେ ନାହିଁ ଏହି କଥା ସୋମେଶକୁ ଜଣାଇଲେ। ସୋମେଶ ଚିନ୍ତାରେ ପଡ଼ିଲା ହଠାତ୍ କ'ଣ ମନ ପରିବର୍ତ୍ତନ ହେବାର କାରଣ କିଛି ବୁଝିପାରିଲା ନାହିଁ। ସୋମେଶ ବସନ୍ତ କୁ କହିଲା କିଛି କାରଣ ପାଇଁ ସୁରଭିର ବାପା ଆସି ବାହାଘର ପାଇଁ ମନା କରୁଛନ୍ତି ଆଉ କ'ଣ ପାଇଁ ମନା କରୁଛନ୍ତି ତାହା ମୋତେ ବୁଝି କରି କହ? ବସନ୍ତ କହିଲା ମୋତେ କିଛି ଦିନ ସମୟ ଦେ, ମୁଁ ଖୋଜି ବାହାର କରୁଛି କ'ଣ ହୋଇଛି ଘଟଣା। ବସନ୍ତ ତଥ୍ୟ ବାହାର କରିବା କାମରେ ଲାଗିପଡ଼ିଲା।

ତାର ଠିକ୍ ୩ ଦିନ ପରେ ବସନ୍ତ ସୋମେଶକୁ ଜଣାଇଲା କି ସୁରଭିର ବାହାଘର ଆଉ ଗୋଟିଏ ଗ୍ରାମରେ ଠିକ୍ କରାଯାଇଛି ବୋଲି ଶୁଣିଛି। ସୋମେଶର ପାଦ ତଳୁ ମାଟି ଖସିଗଲା, ଆଉ ସେ ଚିନ୍ତାରେ ପଡ଼ିଗଲା ଏବଂ ସୁରଭି ବିଷୟରେ ଜାଣିବାକୁ ପାଇଲା ଯେ ତାକୁ କଲେଜ ଆସିବା ମନା କରାଯାଇଛି ବୋଧେ ସେଥିପାଇଁ ପ୍ରାୟ ସେ କେତେଦିନ ହେଲା କଲେଜ ଆସିନି। ସୋମେଶର ମୁଣ୍ଡ କିଛି କାମ କରୁନଥିଲା ।

ସୋମେଶ ନିଜ ୟୁନିବ୍ ରୁ କିଛି କାରଣ ଦର୍ଶାଇ ସେ ସଙ୍ଗେ ସଙ୍ଗେ ଛୁଟି ନେଇ ଘରକୁ ଆସିଲା। ଆଉ ସିଧା ସୁରଭି ଘରକୁ ଗଲା। ସେଦିନ ସୁରଭିର ବାପା ସ୍କୁଲ୍ ଯାଇଛନ୍ତି। ସୁରଭିର ମା' ଆସି କବାଟ ଖୋଲିଲେ ଆଉ ସୋମେଶକୁ ଦେଖି ଆଶ୍ଚର୍ଯ୍ୟ ହେଲେ। ଘରକୁ ଡ଼ାକି ବସିବାକୁ କହିଲେ। ସୁରଭିର ମା' ଆସି ପାଣି ଦେଲେ ଆଉ ସୋମେଶକୁ ହାଲଚାଲ ପଚାରିଲେ। ସୋମେଶ କହିଲା ସମସ୍ତେ ଠିକ୍ ଅଛନ୍ତି।

ସୋମେଶ : ମା' ଏହି ବର୍ଷ ବାହାଘର କରିବା ନାହିଁ ବୋଲି ବାପା ମନା କରି ଆସିଲେ, କାରଣ କ'ଣ?

ନିତା ଦେବି : ପୁଅ ଏବେ ଟଙ୍କା ସମସ୍ୟା ଯୋଗୁଁ ଏହି ବର୍ଷ କରିବାକୁ ମନା କରି ଆସିଲେ।

ସୋମେଶ : ମା' ସତ କୁହ, କ'ଣ ହୋଇଛି? କାଲି ପର୍ଯ୍ୟନ୍ତ ଠିକ୍ ଥିଲା ପୁଣି ଆଜି ମନ ପରିବର୍ତ୍ତନ କାହିଁକି? କାରଣ କ'ଣ? ଏତିକି ବେଳେ ସୁରଭି ଅନ୍ୟ ଗୋଟିଏ ରୁମ୍ ରୁ ସୋମେଶକୁ ଦେଖୁଥାଏ ଆଉ ତା'ର ଆଖିରୁ ଲୁହ ବହିଯାଉଥାଏ।

ସୋମେଶ : ମା' ମୋତେ ସୁରଭି ସାଙ୍ଗରେ କଥା ହେବାକୁ ଅନୁମତି ମିଳିବ କି?

ନିତା ଦେବି ପ୍ରଥମେ ତ ସୁରଭି ସହିତ କଥା ହେବାକୁ ମନା କରିଲେ କିନ୍ତୁ ସୋମେଶର ପୁନଃ ଅନୁରୋଧ ପରେ ସେ ମାନିଗଲେ ଏବଂ ଦୁହେଁ କଥା ହେଲେ।

ସୋମେଶ : କ'ଣ ଏ ସବୁ ଚାଲିଛି? ସୁରଭିର କାନ୍ଦ ବନ୍ଦ ହେଉନଥାଏ।

ସୋମେଶ : ମୋତେ ସବୁ କୁହ?

ସୁରଭି : କ'ଣ କହିବି!! ବାପା ମୋର ବାହାଘର ଆଉ ଗୋଟିଏ ଯାଗାରେ ସ୍ଥିର କରିଛନ୍ତି।

ସୋମେଶ : କାରଣ କ'ଣ, ଆଉ ୪ ମାସ ପରେ ଆମର ବାହାଘର ହେବ, ଆଉ ବାପା ବାହାଘର ଆଉ କୋଉଠି ଠିକ୍ କରିଛନ୍ତି ମାନେ ମୁଁ କିଛି ବୁଝିପାରୁନି?

ସୁରଭି : ବାପାଙ୍କର କୋଉ ସାଙ୍ଗଙ୍କ ପୁଅ ଏବେ ଡାକ୍ତର ଭାବରେ ଚାକିରି ପାଇଛନ୍ତି। ଆଉ ତାଙ୍କ ଘର ଲୋକେ ମଧ ମୋତେ ଦେଖିବାକୁ ଆସିଥିଲେ। ମୋତେ ଦେଖି ସେମାନେ ପସନ୍ଦ କରିଛନ୍ତି। ଆଉ ବାପାଙ୍କୁ ବୁଝେଇ ସୁଝେଇ ୨ ବର୍ଷ ପରେ ବାହାଘର କରିବା ବୋଲି କଥା ଦେଇ ଯାଇଛନ୍ତି।

ସୋମେଶ : ଏ କ'ଣ, ଆମର ନିର୍ବନ୍ଧ ସରିଛି। ଆଉ ତମ ବାପା ତାଙ୍କୁ କଥା ଦେଇ ସାରିଲେଣି। ବାପା ମୋତେ ନିଜ ପୁଅ ବୋଲି ଗ୍ରହଣ କରିଥିଲେ। ପୁଣି କ'ଣ ହୋଇଗଲା ଯେ ବାହାଘର ଭାଙ୍ଗି ଦେବାକୁ ବସିଲେଣି।

ସୁରଭି : ମୁଁ ତାଙ୍କୁ ବାହା ହେବି ନାହିଁ, ମୁଁ କେବଳ ତମକୁ ହିଁ ବାହା ହେବି, ପ୍ଲିଜ୍ କିଛି କର? ନହେଲେ ମୁଁ ପାଗଳ ହୋଇଯିବି।

ସୋମେଶ : ହଉ ଠିକ୍ ଅଛି ତମର ଇଚ୍ଛା ନାହିଁ ତ? ମୁଁ ତମ ବାପା ସାଙ୍ଗରେ କଥା ହେବି, ମୁଁ ମଧ୍ୟ କହି ରଖୁଛି ତମର ବାହାଘର ହେବ ତ କେବଳ ମୋ ସାଙ୍ଗରେ ହେବ। ଏତିକି କହି ସୋମେଶ ଘରୁ ବାହାରିବା ସମୟରେ ସୁରଭିର ବାପା ଆସି ପହଁଚିଲେ।   ସେଠୀ ସୋମେଶ ବାପାଙ୍କ ପାଦ ଛୁଇଁ ପ୍ରଣାମ କରିଲେ। ସୋମେଶ ବାପାଙ୍କୁ ହାତ ଯୋଡ଼ି କହିଲେ ବାପା ମୋର କିଛି ଭୁଲ୍ ଅଛି କି? ରମେଶ ବାବୁ ଚୁପ୍ ରହିଲେ।

ସୋମେଶ : ବାପା କିଛି କୁହ।

ରମେଶ ବାବୁ : ନାହିଁ ବାବୁ ଏ ବାହାଘର ହୋଇପାରିବ ନାହିଁ।

ସୋମେଶ : କାରଣ କ'ଣ ବାପା?

ରମେଶ ବାବୁ : ତମ ନିର୍ବନ୍ଧର ସବୁ ସାମାନ ବହୁତ୍ ଶୀଘ୍ର ଫେରାଇ ଦେବୁ।

ସୋମେଶ : ବାପା ତମେ ଏମିତି କ'ଣ କହୁଛ? ବାପା କ'ଣ ହୋଇଛି ମୋତେ କୁହ?

ଖବର

ରମେଶ ବାବୁ : କିଛି ନାହିଁ କଣ ହେବ। ମୁଁ ଏହି ବାହାଘର ପାଇଁ ରାଜି ନାହିଁ। ସୋମେଶ, ରମେଶ ବାବୁଙ୍କ ହାତକୁ ଧରି ଅନୁରୋଧ କରି କହିଲା ବାପା ଆପଣଙ୍କୁ ଏହି ବାହାଘରରେ ଗୋଟିଏ ଟଙ୍କା ଖର୍ଚ୍ଚ କରିବାକୁ ପଡ଼ିବ ନାହିଁ, ସବୁ ଖର୍ଚ୍ଚ ମୁଁ କରିବି। ଆପଣ ଟଙ୍କା ପାଇଁ ଚିନ୍ତା କରନ୍ତୁ ନାହିଁ। ମୁଁ ସବୁ ଟଙ୍କା ବହନ କରିବି କିନ୍ତୁ ଏହି ବାହାଘର ପାଇଁ ମନା କରନ୍ତୁ ନାହିଁ।

ରମେଶ ବାବୁ : ମୋର ମଧ୍ୟ ଇଜ୍ଜତ ଅଛି ନା ନାହିଁ (ରାଗରେ)?

ସୋମେଶ : ବାପା ଆପଣ ଯାହା ଚାହୁଁଛନ୍ତି ମୁଁ ଆପଣଙ୍କ ପାଦ ତଳେ ରଖିଦେବି କିନ୍ତୁ ସୁରଭିର ହାତ କେବଳ ମୋ ହାତରେ ଦେବେ। ରମେଶ ବାବୁ ଚୁପ୍ ରହିଲେ।

ସୋମେଶ : ବାପା ଆପଣ ଚୁପ୍ ରହିଲେ ମୋତେ ଚିନ୍ତା ହେଉଛି, ଦୟାକରି କହିବେ।

ରମେଶ ବାବୁ ପୂର୍ବ ଭଳି ଚୁପ୍ ରହିଲେ। ରମେଶ ବାବୁଙ୍କ ଏମିତି ଅବସ୍ଥା ଦେଖି ସୋମେଶ ସେଠୁ ବିଦାୟ ନେଇ କହିଲା। ବାପା ଆପଣଙ୍କୁ ମୁଁ ବାଧ୍ୟ କରୁନି। ମାତ୍ର ମୁଁ କେମିତି ହେଲେ ସମାଧାନର ରାସ୍ତା ଖୋଜି ଆଣିବି। ଏତିକି କହି ସୋମେଶ ସେଠୁ ଚାଲିଗଲା।

ଠିକ୍ ଦୁଇ ଦିନ ପରେ ସୋମେଶ ଘରେ ବସି ଟିଭି ଦେଖୁଥିବା ବେଳେ ବସନ୍ତ ଆସିଲା, କହିଲା ଚାଲ୍ ସୋମେଶ କିଛି ଜରୁରୀ କଥା ଅଛି।

ବସନ୍ତ : ୨ଟା କଥା ଗୋଟେ ଭଲ ଖବର ଆଉ ଗୋଟିଏ ଖରାପ ଖବର କୋଉଟା ପ୍ରଥମେ ଶୁଣିବୁ କହ।

ସୋମେଶ : ଯାହା କହିବୁ କହ?

ବସନ୍ତ : ପ୍ରଥମେ ଭଲ ଖବରଟା ଶୁଣ ଯେ, ତୋ ସୁରଭିର ରିଜଲ୍ଟ ଆସିଛି ଆଉ ସେ ଫାଷ୍ଟ କ୍ଲାସ୍ ରେ ପାସ କରିଛି।

ସୋମେଶ : (ଅଳ୍ପ ମୁରୁକି ହସ ଦେଇ) ଖରାପ ଖବରଟା କ'ଣ?

ବସନ୍ତ : ତୋର ଆଉ ସୁରଭି ମଝିରେ ଗୋଟିଏ ଭିଲେନ୍ ଏଣ୍ଟ୍ରି କରିଛି। ଜାଣିଛୁ ସେ କିଏ?

ସୋମେଶ : କିଏ?

ବସନ୍ତ : ସେ ହେଉଛି ସଞ୍ଜୟ!

ସୋମେଶ : ସଞ୍ଜୟ! ସେ କ'ଣ କଲା?

ବସନ୍ତ : ସଞ୍ଜୟ ହିଁ ସବୁ କରିଛି ରେ। ଜାଣିଛୁ ସେ ଆଗରୁ କୋଉ ଡକ୍ତର ପାଖରେ ରହି ଶିଖୁଥିଲା ଆଉ ଏବେ, ୨ ମାସ ହେଲା ତାର ରିଜଲ୍ଟ ଆସିଲା ପରେ କୋଉ ସରକାରୀ ମେଡିକାଲ୍ ରେ ଜଏନ କରିଛି।

ସୋମେଶ : ଖୋଲି କି କହ!! ବୁଲେଇ ବଙ୍କେଇ କହ ନାହିଁ।

ବସନ୍ତ : ଶୁଣ, କଲେଜ ସମୟରୁ ସଞ୍ଜୟ ଆମ ବିରୁଦ୍ଧରେ ଇଲେକ୍ସନରେ ଠିଆ ହୋଇଥିଲା ଏବଂ ତୋର ତା'ର କେତେ ଥର ଝିଗଡ଼ା ହୋଇଥିଲା ମନେ ଅଛି ତ?

ସୋମେଶ : ସେ ତ ପୁରୁଣା କଥା ।

ବସନ୍ତ : ପୁରୁଣା କଥା କିନ୍ତୁ ସେ ଏବେ ତା'ର ପ୍ରତିଶୋଧ ନେଉଛି। ଆଗରୁ ସଞ୍ଜୟ ସୁରଭିକୁ ମନେ ମନେ ଭଲ ପାଉଥିଲା କିନ୍ତୁ କହି ପାରୁ ନଥିଲା। ଆଉ ଯେବେ ତୋର ନିର୍ବନ୍ଧ ହେବା ଶୁଣିଲା, ସେ ରାଗି ଗଲା। ଆଉ କ'ଣ କରିବ ବୋଲି ଭାବି ଉପାୟ ଖୋଜୁଥିଲା। ଆଉ ଏବେ ସେ ମେଡିକାଲ୍ ରେ ଜଏନ କଲା ପରେ ସେ ନିଜର ବୁଦ୍ଧି ଖଟେଇବା ଆରମ୍ଭ କରିଛି। ସଞ୍ଜୟ ତା'ର ବାପାକୁ ତୋ ବିଷୟରେ ଖରାପ କଥା କହିଛି ଆଉ ତା' ବାପା ରମେଶ ବାବୁକୁ ସେ ସବୁ କଥା କହିଛନ୍ତି। ତୋ ନାଁରେ ସେ କ'ଣ କ'ଣ କହିଛି ଶୁଣିଲା ପରେ ତୁ ତାକୁ ଜୀବନରେ ମାରିବାକୁ ଭାବିବୁ କିନ୍ତୁ ଧର୍ଯ୍ୟ ଧରି ଶୁଣୋ। ସଞ୍ଜୟ ତୋର ଭଲ ସାଙ୍ଗ ବୋଲି କହିଛି ଆଉ ଭଲ ସାଙ୍ଗ ନାଁରେ ସେ ତୋ ନାଁ ରେ ଭଲ କାହାଣୀ ଟେ ବନେଇ ସବୁ କହିଛି। କାହାଣୀଟା ହେଲା ଯେ ତୁ କଲେଜ ସମୟରେ କୋଉ ଝିଅକୁ ଭଲ ପାଉଥିଲୁ ଆଉ ତା' ସାଙ୍ଗରେ ତୁ ଅନୈତିକ ସମ୍ବନ୍ଧ ରଖି ସେ ଝିଅ ଗର୍ଭବତୀ ହୋଇଥିଲା। ଏହି କଥା ଘରେ ଜାଣିଲା ପରେ ତୋ ବାପା କିଛି ଟଙ୍କା ଦେଇ ସେ କେସ୍ କୁ ସମାଧାନ କରିଛନ୍ତି ବୋଲି କହିଛି। ଆଉ ଏବେ ମଧ୍ୟ ତୁ କୋଉ ଝିଅ ସାଙ୍ଗରେ କଥା ହେଉଛୁ ଏବଂ ତା' ସାଙ୍ଗରେ ତୋର ସମ୍ବନ୍ଧ ଅଛି ବୋଲି କହିଛି। ଆଉ ତୁ ସୁରଭିକୁ କେବଳ ଟଙ୍କା ଲୋଭରେ ବାହା ହେଉଛୁ ବୋଲି କହିଛି। କାରଣ ସୁରଭି ଗୋଟେ ବୋଲି ଝିଅ, ତା'ର ବାପା ସବୁ ସମ୍ପତି ତାଙ୍କ ଝିଅ ନାମରେ କରିଥିବେ ଏବଂ ତୁ ବାହାଘର ପରେ ସୁରଭିକୁ ଜବରଦସ୍ତି କରି ସବୁ ସମ୍ପତି ତୋ ନାଁରେ କରି ତାକୁ ତୁ ମାରିଦେବୁ ବୋଲି ସେ କହିଛି। ଏତିକି ଶୁଣି ସୋମେଶ ରାଗରେ କହିଲା ଚାଲ ବସନ୍ତ, ସଞ୍ଜୟ ଘରକୁ ଯିବା।

ବସନ୍ତ : ପୁରା କଥାଟା ତ ଶୁଣ ତାପରେ ଯାହା କରିବୁ ତୋର ଇଚ୍ଛା।

ସୋମେଶ : କହ?

ବସନ୍ତ : ଆଉ ଶୁଣ, ତୋର ଆଉ ସୁରଭିର ବାହାଘର ଠିକ୍ ହେଲା ପରେ ସେ ତୋ ପଛରେ ଯୋକ ଭଳି ଲାଗି ତୋର ପିଛା କରି ସବୁ କଥା ଆଦାୟ କରିଛି। ଆଉ ସୁରଭିକୁ ପ୍ରାପୋଜ କରିବା, ପାହାଡ ବୁଲେଇ ନେବା ତା' ସହିତ ସୁରଭି ଘରକୁ ଯାଇ, ସୁରଭି ସାଙ୍ଗରେ ଖରାପ ସମ୍ପର୍କ ରଖିଛି ବୋଲି ସେ ରମେଶ ବାବୁକୁ କହିଛି। ଏବେ ତୁ କହ? ଏମିତି କଥା ଯଦି କୋଉ ବାପା ଶୁଣିବ, ତେବେ ସେ କେବେ ଚାହିଁବ ନାହିଁ ତା ଝିଅକୁ ତୋ ସହିତ ବାହାଘର

କରିବା ପାଇଁ। ଏହି ଘଟଣା ପରେ ସୁରଭି ଏବଂ ତାଙ୍କ ମା' ସହିତ ତୋ କଥା ନେଇ ରମେଶ ବାବୁ ବହୁତ୍ ଝଗଡ଼ା କରିଛନ୍ତି। ହଁ ଏହି କଥା କେବଳ ରମେଶ ବାବୁ ହିଁ ଜାଣିଛନ୍ତି ବୋଧେ।

ସୋମେଶ : ବାପା ମୋତେ ଅବିଶ୍ୱାସ କରିଲେ।

ବସନ୍ତ : ଆରେ ଆମେ ତୋତେ ଭଲ ଭାବରେ ଜାଣିଛୁ କିନ୍ତୁ ସଞ୍ଜୟ ରମେଶ ବାବୁଙ୍କ ସରଳତାର ଫାଇଦା ଉଠେଇଛି। ସେଥିପାଇଁ ରମେଶ ବାବୁ ବିଶ୍ୱାସ କରିବାକୁ ବାଧ୍ୟ ହେଲେ।

ସୋମେଶ : ବସନ୍ତ ମୋର ଆଉ ଧର୍ଯ୍ୟ ନାହିଁରେ। ପ୍ରଥମେ ସଞ୍ଜୟକୁ ଦେଖିବା, ତା'ପରେ ଆଉ କିଛି।

ବସନ୍ତ : ଶୁଣ ଏମିତି ତରବର ହୋଇ କିଛି ଭୁଲ୍ କାମ କରେ ନାହିଁ। ଆଉ ମୁଁ ତୋତେ ଭଲ ଭାବରେ ଜାଣିଛି ତୁ ଯଦି ରାଗି ଯାଉ ତେବେ ତୁ କିଛି ନା କିଛି ଭୁଲ୍ କାମ କରିଦେବୁ। ଆଉ ତୁ ଏବେ ଛୁଟିରେ ଅଛୁ। କିଛି ଭୁଲ୍ କରିବୁ ତେବେ ତୋର କେଶ୍ ବଡ଼ ହୋଇଯିବ। ତୁ ଆଜି ଦିନକ ରହିଯାଆ। କାଲି ସେ ମେଡ଼ିକାଲ୍ ଯିବା ସମୟରେ ରାସ୍ତାରେ ସଞ୍ଜୟ ସହିତ କଥା ହେବା।

ସୋମେଶ : ରାସ୍ତାରେ କ'ଣ। ଆରେ ଏବେ ଚାଲ୍ ମୋର ମୁଣ୍ଡ ଗରମ ହେଲାଣି, ତୁ ଚାଲ୍ ନହେଲେ ମୋର ବିପି ବଡ଼ି ଯିବ।

ବସନ୍ତ : ଚାଲ୍ ଘରକୁ ଯିବା, ଆଉ ଘରେ ଏକଥା କିଛି କହିବୁନି। ମୁଁ ଆଜି ତୋ ସାଙ୍ଗରେ ରହିବି ଆଉ ରାତିରେ ସମାଧାନ ବାହାର କରି କାଲି ଯିବା।

ବସନ୍ତ ବାଇକ୍ ଷ୍ଟାର୍ଟ କରି ସୋମେଶକୁ ବସିବାକୁ କହିଲା କିନ୍ତୁ ସୋମେଶ ପୁରା ରାଗରେ ଜଳୁଥିଲା। ତା'ପରେ ବସନ୍ତ ସୋମେଶକୁ ଟାଣି ନେଇ ବାଇକ୍ ରେ ବସେଇ ସୋମେଶ ଘରକୁ ଫେରିଲେ।

ଚେତାବନୀ

ତାପର ଦିନ ସକାଳେ ସଞ୍ଜୟ ମେଡ଼ିକାଲ୍ ଯିବା ରାସ୍ତାରେ ସୋମେଶ ଆଉ ବସନ୍ତ ଅପେକ୍ଷା କରିଥିଲେ। ସଞ୍ଜୟ ଯେତେବେଳେ ଆସିଲା। ବସନ୍ତ ହାତ ମାରିବାରୁ ସଞ୍ଜୟ ଗାଡ଼ି ନ ରଖି ସ୍ପିଡ଼ରେ ଆଗକୁ ଚାଲିଗଲା। ବସନ୍ତ ଆଉ ସୋମେଶ ତାକୁ ଗୋଡ଼ାଇ ତା' ଗାଡ଼ି ଆଗକୁ ନେଇ ରଖିଲା ପରେ ସେ ଗାଡ଼ି ରଖିଲା। ସୋମେଶ ରାଗି ଯାଇ ସଞ୍ଜୟର ଶାର୍ଟ୍ କୁ ଟାଣି ନେଇ ଗାଡ଼ିରୁ ଓହ୍ଲାଇ ରାସ୍ତା ପାଶ୍ୱକୁ ନେଇଗଲେ।

ସୋମେଶ : ତୋତେ ମୁଁ ଯାହା ଯାହା ପଚାରିବି ସବୁ ସତ ସତ କହିବୁ।

ସଞ୍ଜୟ : ମୁଁ କିଛି କରିନି।

ସୋମେଶ : ଏହି କଥାରୁ ଜଣା ପଡ଼ିଗଲା ତୁ ସବୁ କରିଛୁ।

ସଞ୍ଜୟ : ମୋର ଡେରି ହେଉଛି ମୋତେ ମେଡ଼ିକାଲ୍ ଯିବାକୁ ଦେ'।

ସୋମେଶ : ହଁ ମେଡ଼ିକାଲ୍ ତ ନିଶ୍ଚୟ ଯିବୁ। ଗାଡ଼ିରେ ନୁହେଁ ଆମ୍ବୁଲାନ୍ସରେ ଯିବୁ। ଆଉ ଡକ୍ଟର ତୋ ନାଁରେ ମୃତ୍ୟୁ ପ୍ରମାଣପତ୍ର ଜାରି କରିବେ। ଆଉ ଏଗୁଡ଼ିକ ସବୁ ଆଜି ହିଁ ହେବ। ଏବେ ଶୁଣ ମୁଁ ଯାହା ଯାହା ପଚାରୁଛି ସବୁ ସତ ସତ କହ? ଏତିକି କହି ସୋମେଶ ଗୋଟିଏ ଲୁହା ଛଡ଼ ମୋଟର ସାଇକଲରୁ ବାହାର କରି ହାତରେ ଧରିଲା।

ସଞ୍ଜୟ : ତୁ ମୋତେ ଧମକ ଦେଉଛୁ ନା କ'ଣ ?

ସୋମେଶ : ମୁଁ ତତେ ଧମକ ଦେଉଛି ନା ଆଉ କ'ଣ କରୁଛି ଏବେ ତୋତେ ଜଣା ପଡ଼ିଯିବ। ତୁ ମୋତେ କଲେଜ ସମୟରୁ ଜାଣିଛୁ ମୁଁ କାହା ସାଙ୍ଗରେ ଲାଗେନା ଆଉ ମୋ ସାଙ୍ଗରେ ଯିଏ ଲାଗେ ତାକୁ ଛାଡ଼େନା।

(ସେ ସମୟରେ ରାସ୍ତାରେ ବହୁତ୍ ଲୋକ ଯିବା ଆସିବା କରୁଥିଲେ ମଧ କେହି ଏମାନଙ୍କୁ ଧାନ ଦେଉ ନଥିଲେ।)

ସୋମେଶ : କହ ମୋର କୋଉ ଝିଅ ସାଙ୍ଗରେ ଖରାପ ସମ୍ପର୍କ ଅଛି ଏବଂ ମୁଁ କାହାକୁ ମୁଁ ଗର୍ଭବତୀ କରିଛି?

ସଞ୍ଜୟ : ମୁଁ ଜାଣିନି।

ସୋମେଶ : ଓଃ! ମୁଁ ରମେଶ ବାବୁଙ୍କ ଝିଅକୁ ଜୀବନରୁ ମାରି ସବୁ ସମ୍ପତି ମୋ ନାଁରେ କରିବାକୁ ଚାହୁଁଚି ନା?

ସଞ୍ଜୟ : ତୁ କ'ଣ କହୁଛୁ ମୁଁ କିଛି ଜାଣିନି।

ଏତିକିବେଳେ ବସନ୍ତ ଗୋଟିଏ ଶକ୍ତ ଚାପୁଡ଼ା ସଞ୍ଜୟକୁ ଦେଲା ଆଉ ତାପରେ ଆଉ ଗୋଟେ ଚାପୁଡ଼ା ଦେଲା।

ବସନ୍ତ : ଏବେ ମନେ ପଡ଼ିବ ତ?

ସଞ୍ଜୟ : ମୋତେ ଧମକ ଦେଲେ କ'ଣ ମୁଁ କହିଦେବି ନା କ'ଣ ? ତା'ପରେ ସୋମେଶ ସାଙ୍ଗରେ ଆଣିଥିବା ଲୁହା ଛଡ଼କୁ ଆଣି ସଞ୍ଜୟକୁ ପିଟିବାକୁ ଗଲା ବେଳେ ବସନ୍ତ ଧରି ନେଲା।

ବସନ୍ତ : ଦେଖ୍ ସଞ୍ଜୟ ସୋମେଶର ମୁଣ୍ଡ ଗରମ୍ ଅଛି ଆଉ ସେ କିଛି ଶୁଣିବନି ତୋତେ ଜୀବନରେ ମାରି ଦେବ। ତୁ ସତ ସତ କହିଦେ, କ'ଣ ପାଇଁ ଏସବୁ କରିଲୁ ଆଉ କାହିଁକି।

ସଞ୍ଜୟ : ମୋତେ ଯଦି ମାରିଦେବ ତେବେ ତମେ ଦୁଇ ଜ'ଣ ମଧ ଜେଲ୍ ଯିବ ।

ସୋମେଶ : ଆରେ ଜେଲ୍ ତ ଯିବୁ ନା, ଠିକ୍ ଅଛି ତୋତେ ମାରିକି ହିଁ ଜେଲ୍ ଯିବୁ । ଏତିକି କହି ସୋମେଶ ସଞ୍ଜୟର ଶାର୍ଟ କୁ ଟାଣି ନେଇ ଆଉ ଗୋଟିଏ ଚାପୁଡ଼ା ମାରିଲା । ଆଉ ପ୍ୟାଣ୍ଟ ପକେଟ୍ ରେ ଥିବା ଗୋଟିଏ ବଡ଼ ଚାକୁ ବାହାର କରି ହାତରେ ଧରିଲା ।

ବସନ୍ତ : ଆରେ ସୋମେଶ ତାକୁ ଭିତରେ ରଖ ମୁଁ କଥା ହେଉଛି ନା?

ସୋମେଶ : ନା ଆଜି ୟା'କୁ ମାରିଲେ ହିଁ ମୋ ମନ ଶାନ୍ତି ହେବ । ତୁ ଛାଡ଼ ବସନ୍ତ!! ସୋମେଶ ସଂଜୟ କୁ ଟାଣି ନେଉଥିବା ସମୟରେ ବସନ୍ତ ତା' ଆଗରେ ଆସି ରହିଗଲା । ରହ ସୋମେଶ ତୁ ନିଜକୁ ଧର୍ଯ୍ୟ ରଖେ । ମୁଁ କଥା ହେଉଛି ଆଉ ଯଦି ସେ ନ ମାନିଲା ତେବେ ତୁ ତାକୁ ମାରିବୁ ୟା' ଛାଡ଼ିବୁ ତୋ ହାତରେ ।

ସୋମେଶ : ଆଜି ୟାକୁ ଛାଡ଼ିବାର ପ୍ରଶ୍ନ ଉଠୁନି, ଏ ଆଜି ନିଶ୍ଚୟ ମୋ ହାତରୁ ମରିବ । ସୋମେଶ ର ରାଗ ଆଉ ତା କଥା ଶୁଣି ସଞ୍ଜୟ ମନରେ ଭୟ ସୃଷ୍ଟି ହେଲା ।

ସଞ୍ଜୟ : ମୋତେ ମାରିବ ଯଦି ମାର, ମାତ୍ର ମୁଁ ଯାହା କରିଛି ସବୁ ଠିକ୍ କରିଛି। କାରଣ ସୁରଭି ଯଦି ମୋର ହୋଇ ପାରିବନି ତେବେ ତୋର ମଧ ହେବାକୁ ଦେବିନି। କାରଣ ମୁଁ ସୁରଭିକୁ ଭଲ ପାଉଥିଲି। ତୋର ବାହାଘର ହେବା ଦେଖ୍ ମୁଁ ରାଗିଲି। ଆଉ ସେଥିପାଇଁ ମୋ ବାପାଙ୍କୁ କହିବା ପରେ ମୋ ବାପା ସୁରଭି ଘରକୁ ପ୍ରସ୍ତାବ ନେଇ ଯାଇଥିଲୋ। ଆଉ ବାକି କୋଉ ଝିଅ କଥା ମୁଁ କିଛି ଜାଣିନି।

ସୋମେଶ : ତୁ ଭଲ ଭାବରେ ଜାଣିଛୁ। ଆଉ ଅଳ୍ପ ଦିନ'ପରେ ଆମର ବାହାଘର ହେବ। ତୁ ସବୁ ଜାଣିଛୁ ଆଉ ତୋ ବାପା ମୋ ବିଷୟରେ ଏତେ କଥା କେମିତି ଜାଣିଲେ?

ସଞ୍ଜୟ : ମୁଁ ଜାଣିନି। ବସନ୍ତ ଆଉ ଗୋଟିଏ ଶକ୍ତ ଚାପୁଡ଼ା ଦେଲା।

ସଞ୍ଜୟ : ମୁଁ ମରିଯିବି ପଛେ ତୋତେ ସୁରଭି ସାଙ୍ଗରେ ବାହା ହେବାକୁ ଦେବିନି।

ସୋମେଶ : ତୋ ଘରକୁ ଆଜି ତୋର ପୋଷ୍ଟମର୍ଟମ୍ ଶବ ଯିବ। ତୁ ବଞ୍ଚିଥିଲେ ତ କ'ଣ କହିବୁ।

ସୋମେଶ : ସତ ସତ ମାନି ଯାଆ।

ସଞ୍ଜୟ : ହଁ, ମୁଁ ମୋ ବାପାଙ୍କୁ ସବୁ କଥା କହିଛି ତୋର ଜୀବନ ନଷ୍ଟ କରିବାକୁ ଏମିତି ସବୁ କରିଛି। ଆଉ ଭଲ ହେଲା ତୋର ବାହାଘର ଭାଙ୍ଗିଯାଇଛି।

ସୋମେଶ : ଆଚ୍ଛା, ମୁଁ ତ ସୁରଭି ସାଙ୍ଗରେ ଖରାପ ସମ୍ପର୍କ ଅଛି ତୁ ତାକୁ କେମିତି ଗ୍ରହଣ କରିବୁ?

ସଞ୍ଜୟ : ତୋର ସବୁ ଖବର ମୋ ପାଖରେ ଅଛି, ତୁ ତାକୁ କିଛି କରିନୁ। ଆଉ ସୁରଭି ମୋର ହିଁ ହେବ। ସୁରଭିର ବାପା ମଧ୍ୟ ହଁ କରି ଦେଲେଣି ଆଉ ତୋ ବିଷୟରେ ଯାହା ସବୁ କହିଛି ସେ ତୋ ସାଙ୍ଗରେ ସୁରଭିର ବାହାଘର କେବେ କରେଇ ଦେବେନି।

ସୋମେଶ : ଶୁଣ ତୁ ଆଉ ଗୋଟିଏ କାମ କରିବୁ, ଏହି ସତ କଥା ରମେଶ ବାବୁଙ୍କ ସାମ୍ନାରେ କହିବୁ। ଆଉ ଭାବିନେ ଏଇଟା ତୋ ପାଇଁ ଶେଷ ଚେତାବନୀ। ଯଦି ନ କହିବୁ ତେବେ ମୋର ଅନ୍ୟ ଏକ ରୂପ ଦେଖିବୁ।

ସଞ୍ଜୟ : ରମେଶ ବାବୁଙ୍କ ଆଗରେ ତ ବିଲକୁଲ୍ କହିବିନି। ସୋମେଶର ରାଗ ଏତେ ବଢ଼ିଗଲା ଯେ ତାର ହାତ ସିଧା ସଞ୍ଜୟର ମୁହଁରେ ବାଜିଲା ଆଉ ଫଳସ୍ୱରୂପ ସଞ୍ଜୟର ଦୁଇଟି ଦାନ୍ତ ଭାଙ୍ଗି ରକ୍ତ ବାହାରିବାକୁ ଲାଗିଲା। ସଞ୍ଜୟ ଭାବିଲା ଯଦି ମୁଁ ମାନିବିନି ଏମାନେ ତୋତେ ଛାଡ଼ିବେ ନାହିଁ

ସଞ୍ଜୟ : ହଉ ଭାଇ କହିବି ଚାଲ। ଦୟାକରି ମୋତେ ଆଉ ମାର ନାହିଁ।

ତାପରେ ସେମାନେ ସଞ୍ଜୟକୁ ରମେଶ ବାବୁଙ୍କ ଘରକୁ ନେଇ ଆସିଲେ। ରମେଶ ବାବୁ ମଧ୍ୟ ଉପସ୍ଥିତ ଥିଲେ।

ବୁଝାମଣା

ସଞ୍ଜୟ ଯେତେବେଳେ ରମେଶ ବାବୁଙ୍କୁ ଦେଖିଲା ସେ ପ୍ରଥମେ ଚୁପ୍ ରହିଲା କିନ୍ତୁ ବସନ୍ତ ପୁଣି ଗୋଟିଏ ଚାପୁଡ଼ା ଦେଲା, ସଞ୍ଜୟ ସବୁ ସତ କଥା ରମେଶ ବାବୁ ଆଗରେ କହିଲା। ଆଉ ସେ କହିଲା ଯେ ସୋମେଶ ଉପରେ ରାଗି ମୁଁ ଏମିତି ସବୁ କରିଛି ।

ରମେଶ ବାବୁ ସବୁ ସତ କଥା ଶୁଣିଲା ପରେ ସେ ନିଜକୁ ବହୁତ ଖରାପ ମନେ କଲେ ଆଉ ସୋମେଶ ଆଗରେ ହାତ ଯୋଡ଼ି କହିଲେ ବାବୁ ମୋତେ କ୍ଷମା କରିବ, ମୁଁ ଅନ୍ୟ କଥାରେ ପଡ଼ି ତମକୁ ଆଉ ତମ ବାପାଙ୍କୁ ମଧ ଭୁଲ୍ ଭାବିଥିଲି। ସୋମେଶ, ରମେଶ ବାବୁଙ୍କ ହାତକୁ ଧରି 'ନାହିଁ ବାପା ଏମିତି କର ନାହିଁ, ନିଜ ପୁଅକୁ ଭୁଲ୍ ମାଗିବା ଠିକ୍ ନୁହଁ। ମୋତେ ଖରାପ ଲାଗୁଛି ଏବଂ ଅପମାନ ଭଳି ଲାଗୁଛି। ବାପା ଆପଣଙ୍କର କିଛି ଭୁଲ୍ ନାହିଁ, ଭୁଲ୍ ତ ଏ ସଞ୍ଜୟର !! ତାପରେ ସୋମେଶ ସଞ୍ଜୟକୁ ନେଇ ମେଡିକାଲ୍ ଗଲେ ସେଠୀ ତାକୁ ପ୍ରାଥମିକ ଚିକିସା ପରେ ସଞ୍ଜୟର ଘରକୁ ଗଲେ।

ବସନ୍ତ : ସଞ୍ଜୟର ବାପାଙ୍କୁ, ମଉସା!! ନିଜ ପୁଅକୁ ଭଲ ବୁଦ୍ଧି ଦିଅନ୍ତୁ ଆଉ ଆପଣ ମଧ ଜାଣି ରଖନ୍ତୁ କାହା ଠାରୁ କିଛି ମନ୍ଦ କଥା ଶୁଣିଲା ପରେ ତାକୁ ଆଖି ବନ୍ଦ କରି ବିଶ୍ୱାସ କରିବା ଭୁଲ୍। ଆଉ ଲାଳସାରେ କାହା ଘର ଭାଙ୍ଗିବା ଠିକ୍ କଥା ନୁହଁ। ଏହି କାମ କରିବା ଯୋଗୁଁ ତମ ପୁଅ ଭଲ ଭାବରେ ବୁଢ଼ି ଗଲା ଆଉ ଆପଣ ଯଦି ଜାଣିବାକୁ ଚାହୁଁଛନ୍ତି ତେବେ ନିଜ ପୁଅକୁ ପଚାରି ଦେବେ। ସଞ୍ଜୟର ବାପା ଚୁପ୍ ରହିଲେ। ସଞ୍ଜୟ ଘରକୁ ଗଲା।

ସୋମେଶ ଘରକୁ ଆସିଲା। ସୋମେଶ ଆସିବାର ୩୦ ମିନିଟ୍ ପରେ ରମେଶ ବାବୁ ସୋମେଶ ଘରେ ପହଁଚିଗଲେ। ରାଧା ବାବୁ ତାଙ୍କୁ ସମ୍ମାନ ଦେଇ ଘରକୁ ନେଲେ, ରମେଶ ବାବୁଙ୍କ ମୁଣ୍ଡ ତଳକୁ ଥିଲା। ରାଧା ବାବୁ କହିଲେ ମୁଁ ସୋମେଶ ଠାରୁ ସବୁ ଶୁଣିଲି। ଆପଣ ପ୍ରକୃତ କଥାଟି ନ ଜାଣି ଥିବାରୁ ଏମିତି ହେଲା। ସେ କଥାକୁ ଭୁଲ୍ ଯାଆନ୍ତୁ। ଏବେ ଆପଣ କାହିଁକି ମନ ଦୁଃଖ କରୁଛନ୍ତି।

ରମେଶ ବାବୁ : ମୁଁ ଅନ୍ୟ ଲୋକଙ୍କ କଥାରେ ପଡି ଆପଣ ଏବଂ ଆପଣଙ୍କ ପୁଅକୁ ଭୁଲ୍ ବୁଝିଥିଲି ସେଥିପାଇଁ ମୁଁ ନିଜକୁ ବହୁତ୍ ଖରାପ ଅନୁଭବ କରିଲି। ମୋର କହିଥିବା କଥାକୁ ଭୁଲ୍ ମୋତେ କ୍ଷମା କରନ୍ତୁ (ହାତ ଯୋଡି)।

ରାଧା ବାବୁ : ଆପଣ ଚିନ୍ତା କରନ୍ତୁ ନାହିଁ। ମୁଁ ଗତ ରାତିରେ ବସନ୍ତ ଆଉ ସୋମେଶ କଥା ହେବା ସମୟରେ ମୁଁ ସବୁ ଶୁଣିଛି ଆଉ ସେମାନଙ୍କୁ ଉପାୟ କହିଲି ତେବେ ସେମାନେ ସଞ୍ଜୟର ମୁହଁରୁ କଥା ଆଦାୟ କରି ଆପଣଙ୍କ ପାଖକୁ ନେଇ ଯାଇଥିଲେ। ଏଥିପାଇଁ ମୁଁ ଟିଲେ ମାତ୍ର ଦୁଃଖ କରିନି। ଶାନ୍ତି ଦେବୀ ଜଳଖିଆ ନେଇ ପହଞ୍ଚିଲେ ଆଉ ସମସ୍ତେ ବସି କଥା ହେଲେ। ରମେଶ ବାବୁ କହିଲେ ମୋ ପୁଅ ଯେମିତି ସାହସୀ ସେମିତି ବୁଦ୍ଧିମାନ ମଧ ଏବଂ ସୋମେଶକୁ ମୁଁ ସନ୍ଦେହ କରି ମୋତେ ଖରାପ ଲାଗୁଥିଲା କିନ୍ତୁ ଏବେ ଖୁସି ଲାଗୁଛି।

ରାଧା ବାବୁ : (ହସି ହସି) ଯେତେ ହେଲେ ସେ ମୋ ପୁଅ । ତେବେ ବାହାଘର ପ୍ରସ୍ତୁତି ଚାଲୁ ରଖିବା ନା ବାହାଘର ଦିନ ପରିବର୍ତ୍ତନ କରିବା।

ରମେଶ ବାବୁ : ନା ନା ଧାର୍ଯ୍ୟ ଦିନ ଅନୁସାରେ ହିଁ ବାହାଘର କରିବା। ତାପରେ ସମସ୍ତେ କଥା ହୋଇ ରମେଶ ବାବୁ ଘରକୁ ଫେରିବା ସମୟରେ ସୋମେଶକୁ ପଚାରିଲେ ପୁଅ ତମେ ବାହାଘର ପର୍ଯ୍ୟନ୍ତ ରହିବ?

ସୋମେଶ : ନାହିଁ ବାପା ମୋର ଛୁଟି ୨ ଦିନ ପରେ ସରିଯିବ। ରମେଶ ବାବୁ କହିଲେ ପୁଅ ଘରକୁ ଆସି ବୁଲିକରି ଯିବ। ସୋମେଶ ତ ଚାହୁଁଥିଲା କିଛି ବାହାନା ମିଲୁ ମୁଁ ସୁରଭିକୁ ଦେଖା କରି ଆସିବି। ତା'ପରେ ରମେଶ ବାବୁ ବିଦାୟ ନେଲେ।

ତା'ପର ଦିନ ସକାଳୁ ସକାଳୁ ସୁରଭି ଘରକୁ ଯିବା ପାଇଁ ସୋମେଶ ତରବର ହେଲା ବେଳେ ଶାନ୍ତି ଦେବୀ ପଚାରିଲେ, ସୋମେଶ କୁଆଡେ ଯିବୁ କି ଏତେ ତରବର ହେଉଛୁ ଯେ ?

ସୋମେଶ : ମା' ବସନ୍ତ ପାଖକୁ ଯିବି!!

ଶାନ୍ତି ଦେବୀ : ବସନ୍ତ ନା ବାସନ୍ତୀ ପାଖକୁ?

ସୋମେଶ : ତମେ ଥଟ୍ଟା କରୁଛ ! ମା', ତମେ ତ ଜାଣିଛ ପୁଣି ପଚାରୁଛ କାହିଁକି?

ଶାନ୍ତି ଦେବୀ : ମୁଁ ଦେଖୁଥିଲି ତୁ ସତ କହୁଛୁ ନା ମିଛ କହୁଛୁ? ତତେ ପରୀକ୍ଷା କରୁଥିଲି। ଆଉ ଶୁଣ? ବାପା ମଧ୍ୟ ଯିବାକୁ କହୁଥିଲେ।

ସୋମେଶ : ନା ନା ବାପାଙ୍କୁ କହି ଦେ, ସେ ଆଉ କୋଉ ଦିନ ଯିବେ।

ଶାନ୍ତି ଦେବୀ : ଆରେ ତୁ ଏକା ହିଁ ଯିବୁ!! ମୁଁ ତ ଆଉ ଟିକେ ଥଟ୍ଟା କରୁଥିଲି। ଆଉ ସୁରଭିକୁ ମୋ ତରଫରୁ ମଧ୍ୟ କହିବୁ ଯେ ମୁଁ ମନେ ପକାଉଥିଲି ବୋଲି।

ସୋମେଶ : ହଁ ମା', ମୁଁ ଏବେ ଆସୁଛି କହି ବାହାରିଗଲା। ସୋମେଶ ସୁରଭି ଘରେ ପହଞ୍ଚିଲା, ସେଦିନ ରମେଶ ବାବୁ ବାରଣ୍ଡାକୁ ଆସି ସୋମେଶକୁ ପାଖୋଟି ନେଲେ ଆଉ ଖୁସିରେ କହିଲେ ଆସ ପୁଅ। ସୋମେଶକୁ ସେଦିନ ଉଚ୍ଚ କୋଟିର ସମ୍ମାନ ମିଳିବା ସହିତ ଭଲ ଭଲ ରୋଷେଇ ହୋଇଥିଲା। ସୋମେଶ ସମସ୍ତଙ୍କ ସାଙ୍ଗରେ କଥା ହେଲେ ଆଉ କିଛି ସମୟ ପରେ ସମସ୍ତେ ଖାଇଲେ। ଖାଇବା ପରେ ପଢା ଘରେ ସୋମେଶ ଆଉ ସୁରଭି କଥା ହେବାକୁ ବସିଲେ ଆଉ ସେପଟେ ଘରେ ରମେଶ ବାବୁ କିଛି ସ୍କୁଲ୍ କାଗଜ ପତ୍ର କାମରେ ଲାଗିପଡିଲେ ।

ସୁରଭି : ଏହି ଦୁଇ ମାସ ଭିତରେ ଏତେ କିଛି ଘଟିଗଲା ମୁଁ ଯେମିତି ପାଗଳ ହୋଇଗଲି। ପ୍ରତିଦିନ ଘରେ ତମକୁ ନେଇ ଝେଡ଼ା, ମୋତେ ଗାଳି ତାପରେ

ସେ ସଞ୍ଜୟ ପ୍ରତିଦିନ ଆସି ବାପା ସାଙ୍ଗରେ କଥା ହେବେ। ବାପା ମୋତେ ବାଧ୍ୟ କରିଲେ ଯେ ତୁ ସଞ୍ଜୟ ସହିତ ବିବାହ କରିବୁ କିନ୍ତୁ ମୁଁ ବାପାଙ୍କୁ କିଛି ଉତ୍ତର ଦେଉନଥିଲି। ଆଜିଠୁ ପ୍ରାୟ ୨ ମାସ ହେବ ମୋତେ ରାତିରେ ନିଦ ନାହିଁ। ତମକୁ ଏହି ଖବରଟା ପଠେଇବି ବୋଲି ଭାବୁଥିଲି କିନ୍ତୁ ମୋତେ କଲେଜ ଯିବାକୁ ଦେଉ ନଥିଲେ ସେଥିପାଇଁ କହିପାରିଲିନି। ପ୍ରକୃତ ଘଟଣା କ'ଣ ବାପାଙ୍କୁ ପଚାରିଲେ ସେ ରାଗି କରି ମୋତେ ପାଟି କରିବେ, କିଛି କହିବେନି। ମା' ମଧ୍ୟ କିଛି ଜାଣି ପାରୁନଥିଲେ। ପ୍ରକୃତରେ କ'ଣ ହୋଇଛି, ଏବେ ପର୍ଯ୍ୟନ୍ତ ମୁଁ ଜାଣିନି କ'ଣ ହୋଇଥିଲା କୁହ?

ସୋମେଶ : ସବୁ କହିବି କିନ୍ତୁ ମୋତେ ମୋ ସ୍ତ୍ରୀକୁ ଟିକେ ଦେଖିବାକୁ ତ ଦିଆଯାଉ ଓକିଲ ମହାଶୟ।

ସୁରଭି : ମୁଁ ଚିନ୍ତାରେ ଅଛି ଆଉ ତମକୁ କିଛି ଫରକ୍ ପଡୁନି।

ସୋମେଶ : ଆଉ କ'ଣ ଚିନ୍ତା? ସବୁ ତ ସମାଧାନ ହେଲା।

ସୁରଭି : ପ୍ରଥମେ ମୋତେ ସବୁ କଥା କୁହ।

ସୋମେଶ : ସବୁ କହିବି, ପ୍ରଥମେ ମୋତେ ମୋ ସ୍ତ୍ରୀ ସାଙ୍ଗରେ ଗେଲ ହେବାକୁ ଦିଅ।

ସୁରଭି : କୁହନା?

ସୋମେଶ : ହଉ ଶୁଣ ନହେଲେ ତମେ ମାନିବନି। ଦେଖ ସଞ୍ଜୟ ହେଉଛି ମୋର କଲେଜ ସାଙ୍ଗ, ସେ ସବୁବେଳେ ମୋ ସାଙ୍ଗରେ ପ୍ରତିଦ୍ୱନ୍ଦୀ କରେ କିନ୍ତୁ କେବେ ଜିତେ ନାହିଁ। ଆଉ ଗୋଟିଏ କଥା ହେଲା ମୋ ସୁରଭିକୁ ମାନେ ତମକୁ ସେ ଏକ ତରଫା ଭଲ ପାଉଥିଲା। ଯେତେବେଳେ ଆମର ବାହାଘର ଠିକ୍ ହୋଇଗଲା ସେ ପ୍ରତିଶୋଧ ନେବା ପାଇଁ ତମ ବାପାଙ୍କୁ ମୋ ବିଷୟରେ ଖରାପ କହି ବାହାଘର ଭାଙ୍ଗି ତମ ସାଙ୍ଗରେ ବିବାହ କରିବାକୁ ଚାହୁଁଥିଲା।

ସୁରଭି : ସେ ମାଙ୍କଡ଼ ମୁହାଁର ଏତେ ସାହସ ? ଯଦି ବାପା ତା' ସାଙ୍ଗରେ ବାହାଘର କରିବାକୁ କହିଥାନ୍ତି ତେବେ ତାକୁ କେବେ ହେଲେ ବିବାହ କରିନଥାନ୍ତି। ହଉ ଛାଡ଼ ସେ କଥା, ତମେ କାଲି ତମ ୟୁନିଟ୍ କୁ ଫେରିଯିବ, ଆଉ ବାହାଘର ବେଳେ ଛୁଟି ମିଳିବ ତ?

ସୋମେଶ : ହଁ ମିଳିବ ! ମୋର ଗୋଟିଏ ଅନୁରୋଧ ଯେ ତମେ ବାହାଘର ପର୍ଯ୍ୟନ୍ତ କଲେଜ ଯିବ ନାହିଁ। ଯଦି କିଛି ଅସୁବିଧା ଅଛି ତେବେ କୁହ ?

ସୁରଭି : କିଛି ଅସୁବିଧା ନାହିଁ ଗତ ବର୍ଷ ମୋର ଏମିତି କଟିଗଲା, ପ୍ରାୟ ସମୟ ଘରେ ପଢ଼ିଛି। ହେଲେ କାରଣ କ'ଣ ?

ସୋମେଶ : କାରଣ ସଞ୍ଜୟ କୁ ଟିକେ ଡର। ସେ କିଛି କରିବନି କିନ୍ତୁ ମନରେ ଗୋଟିଏ ଭୟ ହେଉଛି ।

ସୁରଭି : ମୋର କିଛି ହେବନି ଆଉ ତମ ଅନୁରୋଧ ମୁଁ ରଖୁଛି, ବାହାଘରକୁ ଆଉ ରହିଲା ୪ ମାସ, ଏହି ଭିତରେ ଘର କାମରେ ମୋତେ ସାହାଯ୍ୟ କରିବାକୁ ପଡ଼ିବ ଆଉ କଲେଜ ଯାଇ ପାରିବିନି। ଆଉ ତମର ବାହାଘର ପ୍ରସ୍ତୁତି କେମିତି ଚାଲିଛି?

ସୋମେଶ : ଆମର ସବୁ ପ୍ରସ୍ତୁତି ସରିଲାଣି, ଖାଲି ରହିଲା ତମ ଘର କଥା, ତମେ ଯଦି କହିବ କାଲି ବାହାଘର କରିବ ତେବେ ମଧ ମୁଁ ରାଜି। ତା'ପରେ ଦୁହେଁ ହସିଲୋ। କିଛି ସମୟ କଥାବାର୍ତ୍ତା ପରେ ମା' ଆସିଲୋ। ସୋମେଶ ଉଠି କହିଲା, ମୁଁ ଏବେ ଆସୁଛି। (ମଜାରେ କହିଲା) ମୋ ସ୍ତ୍ରୀର ଧ୍ୟାନ ରଖ୍ଵବ ମା'? ମା' ହସିଲେ ତା' ପରେ ସୋମେଶ ନିଜ ଗ୍ରାମକୁ ଫେରିଗଲା।

ମଦ

ବାହାଘରର କିଛି ଦିନ ପୂର୍ବରୁ ସୋମେଶ ଛୁଟି ନେଇ ଘରେ ପହଞ୍ଚିଲା। ବାହାଘର ପାଇଁ ସବୁ ପ୍ରସ୍ତୁତି ସରିଥିଲେ ମଧ୍ୟ କିଛି କିଛି କାମ ସୋମେଶ ପାଇଁ ବାକି ରହିଥିଲା। କିନ୍ତୁ ସୋମେଶର ସାଙ୍ଗ ମାନେ ବାହାଘର ରେ ବହୁତ୍ ସାହାଯ୍ୟ କରିଲେ। ଖାସ୍ କରି ବସନ୍ତ ସବୁ ସ୍ଥିତି ରେ ସୋମେଶର ପାଖା ପାଖି ରହୁଥାଏ। ବାହାଘର ହେବାର ୫ ଦିନ ପୂର୍ବରୁ ସବୁ ସାଙ୍ଗ ଆଉ ସବୁ ସମ୍ପର୍କୀୟ ଘରକୁ ଗୁଆ ଆଉ ନିମନ୍ତ୍ରଣ ପତ୍ର ଦିଆ ସରିଥିଲା କିନ୍ତୁ ଛୋଟିଆ ଅଘଟଣ ଯୋଗୁଁ ସବୁ ସାଙ୍ଗ ମାନେ ଦୁଃଖୀ ହୋଇଗଲେ ।

ସେଦିନ ସନ୍ଧ୍ୟାରେ ହାଲୁକା ଥଣ୍ଡା ଅନୁଭବ ହେଉଥିଲା। ସନ୍ଧ୍ୟା ୬ଟାରେ ସୋମେଶର ସାଙ୍ଗ ଚିନୁ ଆଉ ସତ୍ୟ ବସନ୍ତ ଘରେ ପହଞ୍ଚିଲେ। ବସନ୍ତକୁ ବାକି ନିମନ୍ତ୍ରଣ କାର୍ଡ ଫେରେଇ କହିଲେ ଭାଇ ଆଜି ସବୁ ଘରେ ନିମନ୍ତ୍ରଣ କାର୍ଡ ପହଞ୍ଚିଗଲା। ଚିନୁ ବସନ୍ତକୁ କହିଲା, ଭାଇ ଆଜି ଟିକିଏ ହେଉ? ବସନ୍ତ ବୁଝି ପାରିଲାନି। କହିଲା କ'ଣ ବେ? ଠିକ୍ ସେ କହୁନ, କଣ ହେବ? ଚିନୁ ଆରେ ୟାର, ତୁ ହେଲେ ବେଶୀ ନାଟକ କରୁଛୁ। ସୋମେଶ ମାଲ୍ ଆଣିଛି ନା? ସେଥିରୁ ଗୋଟିଏ ଆଣିବାକୁ କହ।

ବସନ୍ତ : ଶୁଣ ଚିନୁ ସୋମେଶ କହିଥିଲା ବାହାଘର ପରେ ଯେତେ ପିଇବୁ ସେତେ ତୋତେ ସେ ପିଆଇବ କିନ୍ତୁ ଆଜି କହିଲେ ସେ ରାଗି ଯିବ। ଯଦି ପିଇବାର ଇଚ୍ଛା ଅଛି ତେବେ ତୁ ହିଁ କହ ।

ଚିନୁ : ମୁଁ ମାଗିଲେ ସେ ମୋତେ ରଖ୍ୱବନି ଆଉ ମୋତେ କହିବାର ଥିଲେ ମୁଁ ତୋତେ କାହିଁକି କହିଥାନ୍ତି।

ବସନ୍ତ : ମୁଁ ତ ପିଉନି, ତମେ ପିଇବ ଆଉ ନାମ ନେବି ମୁଁ?

ଚିନୁ : ଦେଖ ବସନ୍ତ, ସୋମେଶ ଭଲ ଭାବରେ ଜାଣିଛି ତୁ ପିଉନୁ ବୋଲି। ଆମେ ପୀଇବୁ, ତୁ ତାକୁ ମାଗେ। ଚିନୁ ଆଉ ସତ୍ୟ ବାଧ କରିବା ପରେ ,ବସନ୍ତ ସୋମେଶ ଘରକୁ ଗଲା ।

ବସନ୍ତ : ଆରେ ସୋମେଶ, ନେ ବାକି ନିମନ୍ତ୍ରଣ କାର୍ଡ ଆଉ ଗୁଆ ।

ସୋମେଶ : ଯାହା ହେଉ ସବୁ ସରିଲା ନା? ତୁ ଗୋଟିଏ କାମ କର। ଏବେ କୌଠି କାମ ଅଛି କି ତୋର? ଯଦି ନାହିଁ ତେବେ ମୋତେ ଅଳ୍ପ ସାହାଯ୍ୟ କର, କୁଣିଆ ଘର ଚେକ୍ କରିବାକୁ ପଡ଼ିବ କୌଠି ରହିଲା ଆଉ କୌଠି ନାହିଁ ଏବଂ ଆଜି ରାତିରେ ରହିଯିବୁ, କାଲି ସକାଳେ ଫେରିଯିବୁ! ସେ ସମୟରେ ବସନ୍ତ କେମିତି କହିବ ଭାବୁଥିଲା ।

ସୋମେଶ : ଆଉ ସେମାନେ କୁଆଡେ ଗଲେ ଘରକୁ କାହିଁକି ଆସିଲେନି ।

ବସନ୍ତ : ସେମାନେ ପୋଲ ଉପରେ ବସିଛନ୍ତି। ଆଉ! ଆଉ!

ସୋମେଶ : କ'ଣ ଆଉ ଆଉ ହେଉଛୁ କହୁନୁ କଣ?

ବସନ୍ତ : ଗୋଟେ କଥା କହିବି ରାଗିବୁନି ତ?

ସୋମେଶ : ଆରେ କହ! ତୋ କଥାକୁ ମୁଁ କେବେ ରାଗିଛି? ଓଲଟା ତୁ ରାଗି ଯାଉଛୁ ବୋଲି ମୁଁ ଡରିଯାଏ।

ବସନ୍ତ : ହଉ ଶୁଣ.. ଚିନୁ କହୁଛି ପିଇବ ବୋଲି।

ସୋମେଶ : ଚିନୁକୁ ତ କହିଥିଲି। ବାହାଘର ପରେ ପିଇବାକୁ ଦେବି

ବୋଲି।

ବସନ୍ତ : ଗୋଟେ କାମ କର ତୁ ଚାଲ୍ ସାଙ୍ଗରେ, ତାକୁ ବୁଝେଇବୁ ।

ସୋମେଶ : ହଉ ଟିକେ ଅପେକ୍ଷା କର। ତା'ପରେ ସୋମେଶ ତାର ରୁମ୍ କୁ ଯାଇ ଗୋଟିଏ ହାଣ୍ଡ ବ୍ୟାଗ୍ ଟିଏ ନେଇ ଆସିଲା ଆଉ କହିଲା ଚାଲ୍। ସୋମେଶ ଆଉ ବସନ୍ତ ପହଞ୍ଚିଲେ ଚିନୁ ପାଖରେ। ସୋମେଶ କିଛି କହିବା ପୂର୍ବରୁ, ଚିନୁ କହିଲା ଭାଇ ଆଜି ଟିକିଏ ପିଇବାକୁ ଇଚ୍ଛା ହେଲା ସେଥିପାଇଁ କହିଲି, ରାଗିନୁ ନା?

ସୋମେଶ : ହଉ କିନ୍ତୁ ଗୋଟିଏ ସର୍ତ୍ତରେ। ଅଧିକ ପିଇବ ବେଶୀ ନାହିଁ ଆଉ ବାକି ବାହାଘର ପରେ। ଚିନୁ ଖୁସି ହୋଇଗଲା ଆଉ ସୋମେଶକୁ କୋଲେଇ ନେଇ କହିଲା ଭାଇ ହେବ ତ ଏମିତି।

ଚିନୁ : ସୋମେଶ ଆଜି ତୁ ଟିକିଏ ପିଇବୁ।

ସୋମେଶ : ନାହିଁରେ ଆଗରୁ ପିଇନି ଆଉ ଆଜି ମଧ ନାହିଁ, ଆଉ ମୋତେ ବାଧ କରେ ନାହିଁ। ତମେ ଦୁଇ ଜଣ ପିଅ ଆଉ ଆମେ ଦୁହେଁ ସାଙ୍ଗରେ ରହିବୁ, ସମସ୍ତେ ମାନିଗଲେ।

ସତ୍ୟ : ଆରେ ଆଉ କିଛି ଆଣିଛୁ ଖାଇବା ପାଇଁ।

ସୋମେଶ : ଆରେ ୟାର ତମ ପାଇଁ ଚିକେନ୍ ପକୋଡା ଆଣିବା ଭୁଲିଗଲି ରେ ! ହଉ ଟିକେ ମେନେଜ୍ କରିଦିଅ। (ସମସ୍ତେ ହସିବାକୁ ଲାଗିଲେ)।

ଚିନୁ : ଅଧିକ ଚାଖେଣା ହେଲେ ମଜା ଆସିଥାନ୍ତା।

ହଉ ତମେ ରୁହ ମୁଁ ନେଇ ଆସୁଛି। ଏଇ ପାଖ ଛକରେ କଣ ମିଳିବ ନେଇ ଆସୁଛି ।

ଚିନୁ ଗାଡି ବାହାର କରି ଛକକୁ ଗଲା। ସେଠୁ ଛକ ୨ କିମି ପାଖାପାଖି ହେବ। ଅନ୍ଧାର ହେବାକୁ ଲାଗିଲାଣି କିନ୍ତୁ ଏ କଣ ୧୦ ତୁ ୧୫ ମିନିଟ୍ ହେବାକୁ ଲାଗିଲାଣି, ଚିନୁ ଆସୁନି। ବସନ୍ତ କହିଲା ଆସିଯିବ। ସେ ବାଲୁରା କୋଉଠି ବକ୍ ବକ୍ ହେଉଥିବ। ପୁଣି କିଛି ସମୟ ପରେ ସୋମେଶ କହିଲା ଆବେ ଅଧ ଘଣ୍ଟାଏ ହେବାକୁ ଲାଗିଲାଣି ସେ ଆସୁନି। ସମସ୍ତେ ଭାବିଲେ ହଁ ୟାର। ଚାଲ୍ ଦେଖିବା ତା'ପରେ ତିନି ଜଣ ୟାକ ଗୋଟିଏ ବାଇକ୍ ରେ ବସି ଛକକୁ ଚାଲିଲେ। ଛକ ପର୍ଯ୍ୟନ୍ତ ଗଲେ ଆଉ ଦେଖିଲେ ସେଠି ଚିନୁ ନାହିଁ। ସେଠୀ ଦୋକାନୀ ବାଲାକୁ ପଚାରିଲେ ଭାଇ ଚିନୁ ଆସିଥିଲା କି। ଦୋକାନୀ ବାଲା, ହଁ ସେ ତ ଆସିଥିଲା ଆଉ କିଛି ଛଣା ଆଉ ମରିଚ ନେଇ ତମେ ଯୋଉ ରାସ୍ତାରେ ଆସିଥିଲ ସେ ରାସ୍ତାରେ ସେ ଫେରିଲା ଏବଂ ଅଧ ଘଣ୍ଟାଏ ହୋଇଗଲାଣି। ସମସ୍ତେ ଚିନ୍ତାରେ ପଡିଲେ। ଆରେ ଚିନୁ ଗଲା କୁଆଡେ। ଚିନୁ ଯଦି ନିଜ ଗାଁ କୁ ମଧ ଯାଏ ତେବେ ସେ ଆମକୁ କ୍ରସ୍ କରି ଯାଇଥାନ୍ତା। ସେ ଗାଁକୁ ତ ଯାଇ ନଥିବ। ବସନ୍ତ କହିଲା ସେ ତ କୁଆଡେ ଯିବା ପିଲା ନାହିଁ ତେବେ ଗଲା କୁଆଡେ? ଛକରୁ ଆସିଲା ବେଳେ ରାସ୍ତା ପାର୍ଶ୍ୱରେ ୩ ରୁ ୪ଟି ଘର ଅଛି। ପାଖ ଗାଁରୁ ଉଠି ଆସି ସେଠୀ ରହିଗଲେଣି। ସେତେବେଳେ ସନ୍ଧ୍ୟା ୭ଟା ବାଜିବାକୁ ଲାଗିଲାଣି। ସମସ୍ତେ ଚିନ୍ତାରେ ପଡିଲେ।

ତିନି ଜଣ ୟାକ ଫେରିଲେ ସେ ଘର ପାଖକୁ। ସୋମେଶ ସେଠୀ ଗୋଟିଏ ଘରେ ପଚାରିବାକୁ ଆରମ୍ଭ କଲା। ଗୋଟିଏ ସ୍ତ୍ରୀ ଲୋକ ବାହାରି ଆସିଲୋ ମାଉସୀ ଗୋଟିଏ ପିଲାକୁ ଦେଖିଛନ୍ତି କି, ରଙ୍ଗ ବାଇକ୍ ରେ ଆସିଥିଲା। ଏତିକି କହୁ କହୁ ସେ ସ୍ତ୍ରୀ ଲୋକ କହିଲା। ରଙ୍ଗ ବାଇକ୍ ବାଲା, ହେ ଭଗବାନ କି ରକ୍ତ ତାର। ସେ କ'ଣ ତମ ଭାଇ? ସମସ୍ତଙ୍କ ଚିନ୍ତା ବଢିଲା।

ସୋମେଶ : କଣ ହେଲା ତା'ର? ସେ କାହିଁ? ସେ ସ୍ତ୍ରୀ ଜଣକ ସେଠୁ ୨୦ ମିଟର ଆଗକୁ ଆଙ୍ଗୁଲି ଦେଖେଇ କହିଲେ ସେଠୀ ସେ ବାଇକ୍ ରୁ ପଡିଗଲା "କି ରକ୍ତ ଲୋ ମା" ଦେଖ ସେ ଜାଗା ପୁରା ରକ୍ତରେ ଭିଜି ଯାଇଛି। ଆମେ ସମସ୍ତେ ବାରଣ୍ଡା ରେ ବସିଥିଲୁ। କ'ଣ ହେଲା କେଜାଣି ହଠାତ୍ ଆସି ପଡିଗଲା, ଆମେ ଦଉଡ଼ି ଗଲୁ ଆଉ ତାକୁ ଉଠେଇ ଆଣିଲୁ ।

ବସନ୍ତ : କୋଉ ଗାଡ଼ି ସାଙ୍ଗରେ ଧକ୍କା ହେଲାକି? ନା ନା ସେ ସ୍ୱିଡ଼ ରେ ଆସିଲା ଆଉ ପଡ଼ିଗଲା।

ସୋମେଶ : ସେ କୁଆଡ଼େ ଗଲା। ସେ ସ୍ତ୍ରୀ ଜଣଙ୍କ କହିଲେ ତାକୁ ତା' ବାଇକ୍ ରେ ବସେଇ ମୋ ସ୍ୱାମୀ ଆଉ ତାଙ୍କ ଭାଇ ତାକୁ ମେଡିକାଲ୍ ନେଇ ଯାଇଛନ୍ତି। ତମେ ମଧ ଯାଆ। ସଙ୍ଗେ ସଙ୍ଗେ ବାଇକ୍ ବୁଲେଇ ସମସ୍ତେ ମେଡିକାଲ୍ ରେ ପହଞ୍ଜିଲେ। ମେଡିକାଲ୍ ରେ ପହଞ୍ଜି ଦେଖିଲେ। ଚିନ୍ନୁର ଦେହ ସାରା ରକ୍ତରେ ବୁଡ଼ି ଯାଇଛି ଆଉ ମୁଣ୍ଡର ଉପର ଭାଗ ଆଉ ଡାହାଣ ଆଖିକୁ ପଟି ବନ୍ଧା ସରିଛି। ଡାହାଣ ହାତରେ କପଡ଼ା ବନ୍ଧା ଚାଲିଛି ଆଉ ଆଖି ଫୁଲି ଯାଇଛି, ଗୋଟିଏ ଆଖି ସଂପୂର୍ଣ୍ଣ ବନ୍ଦ ହୋଇଯାଇଛି। କାରଣ ଆଖି ପାଖରେ ଆଉ ମୁଣ୍ଡରେ ବହୁତ୍ ଆଘାତ ଲାଗିଛି। ପାଟିରୁ କିଛି ଶବ୍ଦ ବାହାରି ଯାଉଥିଲା। ଭାଇମାନେ ମୋ ସାଙ୍ଗ ମାନଙ୍କୁ କେହି କହି ଦିଅ। ଏତିକି ବେଳେ ସୋମେଶ ଆସି ଚିନ୍ନୁର ହାତକୁ ଧରି କହିଲା ଭାଇ ଆମେ ଆସିଯାଇଛୁ ତୁ ଏବେ ଚିନ୍ତା କରେ ନାହିଁ। ସମସ୍ତଙ୍କ ଆଖିରେ ଲୁହ। ବସନ୍ତ ଡାକ୍ତରଙ୍କୁ ପଚାରିଲା, ସାର୍ କ'ଣ ହୋଇଛି ମୋ ସାଙ୍ଗର?

ଡାକ୍ତର : ପଚାରିଲେ, ତମେ ତା'ର କ'ଣ ହେବ?

ବସନ୍ତ : ଆମେ ସମସ୍ତେ ସାଙ୍ଗ ! ଡାକ୍ତର ବାବୁ କହିଲେ ତାକୁ ସଙ୍ଗେ ସଙ୍ଗେ ବଡ଼ ମେଡିକାଲ୍ ନେବାକୁ ହେବ। ତା'ର ମୁଣ୍ଡ ଏବଂ ଆଖିରେ ବହୁତ୍ ଆଘାତ ଲାଗି ବହୁତ୍ ରକ୍ତ ବହିଯାଇଛି ଆଉ ତା'ର ଡାହାଣ ହାତ ଭାଙ୍ଗି ଯାଇଛି। ଏଠି ଗାଡ଼ି ନାହିଁ ଆପଣଙ୍କୁ କିଛି ବ୍ୟବସ୍ଥା କରି ମେଡିକାଲ୍ ନେବାକୁ ହେବ। ସତ୍ୟ ଚିନ୍ତା ନ କରି ବାହାରି ଗଲା ନିଜ ଗାଁକୁ ଆଉ ଗୋଟିଏ ଜିପ୍ ନେଇ ଆସିଲା। କିଛି ସମୟ ପରେ ତାକୁ ବଡ଼ ମେଡିକାଲ୍ ନେବା ପାଇଁ ବାହାରିଲେ।

ରାତି ପ୍ରାୟ ୧୧ଟା ହେବ। ଚିନ୍ନୁର ଭାଇ ଆଉ ତିନି ସାଙ୍ଗ ପହଞ୍ଜିଲେ ବଡ଼ ମେଡିକାଲ୍ ରେ। ଡାକ୍ତରଙ୍କ ସହିତ ପରାମର୍ଶ କ୍ରମେ ତାକୁ ୱାର୍ଡରେ ଭର୍ତ୍ତି କରା ଗଲା ୪୦ ମିନିଟ୍ ପରେ ଡାକ୍ତର ସେ ରୁମ୍ ରୁ ବାହାରି କିଛି କାଗଜ ଦେଇ କହିଲେ ଏହି ମେଡିସିନ ଆଣିବାକୁ ପଡ଼ିବ। ଆଜି ରାତିକ ପରେ କାଲି ସକାଳେ ଆପଣ ତାକୁ ନେଇ ପାରିବେ। ଚିନ୍ନୁର ଭାଇ ପଚାରିଲୋ। ଡାକ୍ତର ବାବୁ ମୁଁ ମୋ

ଭାଇ ସାଙ୍ଗରେ ଦେଖା କରି ପାରିବି କି? ଡାକ୍ତର ବାବୁ କହିଲେ, ହଁ ନିଶ୍ଚୟ, କିଛି ସମୟ ରୁହନ୍ତୁ। ନର୍ସ ଆସିଲା ପରେ ଆପଣ ଯାଇ ପାରିବେ। ଏତିକି କହି ସେ ସେଠୁ ଚାଲିଗଲେ। ୨ ମିନିଟ୍ ପରେ ନର୍ସ ବାହାରିଗଲା ପରେ। ଚିନୁର ଭାଇ ଆଉ ବାକି ସମସ୍ତେ ଚିନୁ ପାଖକୁ ଗଲେ। ଚିନୁର ଭାଇ ପଚାରିଲା କ'ଣ ଆଉ କେମିତି ହେଲାରେ ଚିନୁ? ଚିନୁ ସୋମେଶ ମୁହଁକୁ ଦେଖ୍ କହିଲା, ସୋମେଶ ପାଖକୁ ଯାଉଥିଲି ରାସ୍ତାରେ ଗୋଟିଏ ବିଲେଇ ମୋ ବାଇକ୍ ର ଚକା ତଳକୁ ଆସିଗଲା, ତାକୁ ବଞ୍ଚେଇବାକୁ ଯାଇ ମୁଁ ବ୍ରେକ ମାରି ସେଠି ପଡ଼ିଗଲି। ସେଠି ଲୋକମାନେ ଥିଲେ ମୋତେ ମେଡିକାଲ୍ ନେଇ ଆସିଲେ। ମୁଁ ମେଡିକାଲ୍ ଆସିବା ପର୍ଯ୍ୟନ୍ତ କିଛି ଜାଣିନି, ମେଡିକାଲ୍ ଆସିଲା ପରେ ମୋର ହୋସ ଆସିଲା। ତା'ପରେ ସୋମେଶ ଆଉ ବସନ୍ତ ଆସିଲେ।

ସୋମେଶ : ହଉ ତୁ ରେଷ୍ଟ କର କାଲି ସକାଳେ ଘରକୁ ଯିବା।

ଚିନୁ : ଆରେ ସୋମେଶ, ତୁ ଘରକୁ ଯାଆ ସମସ୍ତେ ଚିନ୍ତା କରୁଥିବେ।

ସୋମେଶ : ପ୍ରଥମେ ତୋର ଚିନ୍ତା, ଘରକୁ ମୁଁ ଜଣେଇ ଦେଇଛି, ଆମ ଗ୍ରାମର ଜଣେ ଦାଦା ବଜାର ଆସିଥିଲେ ତାଙ୍କୁ ଦେଖିଲି ଆଉ ଘରକୁ କହିଦେବ ବୋଲି କହିଥିଲି, ସେ କହିଦେଇଥିବେ। ତାପରେ ଚିନୁର ଭାଇ ବାହାରକୁ ଗଲେ ବାକି ତିନି ସାଙ୍ଗ ବସି ଥିଲେ।

ବସନ୍ତ : ଚିନୁକୁ ଧୀରେ କହିଲା, ଟିକିଏ ମାରିବୁ କି, ସବୁ ଠିକ୍ ହୋଇଯିବ (ସମସ୍ତେ ହସିଲେ)।

ସତ୍ୟ : ଆରେ ମାରିବ କ'ଣ, ସେ ଏବେ ଠାରୁ ଯେବେ ପିଅ ବାକୁ ଇଚ୍ଛା କରିବ ତା'ର ଏହି ମାଡ଼ କଥା ମନେ ପଡ଼ିଯିବ।

ସତ୍ୟ, ଚିନୁ ପାଇଁ କିଛି ବ୍ରେଡ ଆଉ ସେଓ ଆଣିଥିଲା। ସେଗୁଡ଼ାକ ସେ ଖାଇ ଶୋଇଲା ଆଉ ବାକି ସମସ୍ତେ ମଧ ଅଳ୍ପ ବ୍ରେଡ୍ କେକ ଆଉ ସେଓ ଖାଇ ଶୋଇଲେ। ସକାଳ ୭.୩୦ରେ ଡାକ୍ତର ବାବୁ ଆସିଲେ ଆଉ ଚିନୁକୁ ଦେଖ୍ କହିଲେ, ତମେ ଆଉ ଗୋଟେ ଦିନ ରହିଯାଆ ତୁମର ମାଡ଼ ଶୁଖିବାକୁ ସମୟ

ଲାଗିବ, ଯଦି ଯିବାକୁ ଚାହୁଁଛ ତେବେ ଯାଇ ପାରିବ କିନ୍ତୁ ଯେତେ ଦିନ ପର୍ଯ୍ୟନ୍ତ ଏଇ ମାଡ଼ ଶୁଖିନି ତମେ ବାଇକ୍ ଚଲେଇବ ନାହିଁ।

ଚିନୁ : ହଁ ସାର୍, ମୁଁ ମୋ ଦେହର ଯତ୍ନ ନେବି କିନ୍ତୁ ମୋତେ ଏହି ମେଡ଼ିକାଲ୍ ରୁ ବିଶ୍ରାମ ଦେଇ ଦିଅନ୍ତୁ। ନହେଲେ ମୋ ସାଙ୍ଗ ମାନେ ମୋ ଅପେକ୍ଷାରେ ରହିବେ ଆଉ ୪ ଦିନ ଗଲେ ମୋ ସାଙ୍ଗର ବାହାଘର। ଏତିକି ବେଳେ ପଛପଟୁ ସୋମେଶ ଡାକ୍ତର ବାବୁଙ୍କୁ ପ୍ରଣାମ କରି ପଚାରିଲା। ସାର୍ ଚିନୁର ଦେହ ଏବେ କେମିତି? ସେ ଠିକ୍ ଅଛି ତ? ଡାକ୍ତର ବାବୁ କହିଲେ, ତା'ର ସେ ମାଡ଼ ଭଲ ହୋଇନି, କିନ୍ତୁ ତାକୁ ପୁରା ବିଶ୍ରାମ ଦରକାର।

ସୋମେଶ : ଠିକ୍ ଅଛି ସାର୍ ଆପଣ ଡିସ୍ଚାର୍ଜ କରିଦିଅନ୍ତୁ।

ଡାକ୍ତର ବାବୁ : ମୋ ସାଙ୍ଗରେ କେହି ଜଣେ ଆସନ୍ତୁ ମୁଁ କିଛି ମେଡ଼ିସିନ୍ ଆଉ ଡିସ୍ଚାର୍ଜ ସାର୍ଟିଫିକେଟ୍ ଦେଇଦେବି ଆପଣ ତାଙ୍କୁ ନେଇଯିବେ। ଚିନୁର ଭାଇ କହିଲେ ଚାଲନ୍ତୁ ସାର୍ ମୁଁ ଆସୁଛି। ଏତିକି ବେଳେ ତିନି ସାଙ୍ଗ ବସି କଥା ହେଉଥିଲେ।

ସୋମେଶ : ଆରେ ଚିନୁ କ'ଣ କରିବା ତୋର ଏମିତି ଅବସ୍ଥା ଦେଖି ମୁଁ ମୋ ବାହାଘର ଆଗକୁ ବଢେଇ ଦେବି। ଚିନୁ ହସି ହସି, ଆବେ ମୋର ଖାଲି ଗୋଡ଼ ହାତ ମାଡ଼ ହୋଇଛି, ତୋ ବାହାଘର ପାଇଁ ୪ ଦିନ ବାକି ଅଛି, ମୁଁ ଏବେ ଫିଟ୍ ଅଛି ଆଉ ୩ ଦିନ ଅଛି ସବୁ ଠିକ୍ ହୋଇଯିବ।

ସତ୍ୟ : ତୁ ଶଳା କୋଉ କାମକୁ ନୁହଁ, ଦୋକାନ କହି ମେଡ଼ିକାଲ୍ ରେ ଆସି ପଡ଼ିଛୁ, ତୁ ଫିଟ୍ ଅଛୁ ନା ଚୋପା (ସମସ୍ତେ ହସିଲେ)।

ଚିନୁ : ଭାଇ ଶୁଣ, ମୁଁ ତୋ ବାହାଘର ରେ ରହିବି ଯେତେ ପାରିବି ତୋତେ ସାହାଯ୍ୟ କରିବି କିନ୍ତୁ ତୁ ବାହାଘର ତାରିଖ ଆଗକୁ ନେଲେ ବହୁତ ସମସ୍ୟା ହେବ।

ବସନ୍ତ : ତୋ ପାଇଁ ଗୋଟେ ଦିବ୍ୟାଙ୍ଗ ସାଇକେଲ ରଖିଦେବା ଆଉ ଚିନୁ

ସମସ୍ତଙ୍କୁ କୁଣିଆ ଚର୍ଚ୍ଚା କରିବ, ହେବନି?

ଚିନୁ : ହଁ ରେ ଭାଇ କହ, ତୋ ସମୟ ଆସିଛି, କହ... କହ..!! ଏତିକି ବେଳେ ଚିନୁର ଭାଇ ପହଞ୍ଚିଲେ। ସୋମେଶଙ୍କୁ କହିଲେ, ଡିସ୍ଚାର୍ଜ ହୋଇଗଲା ଆଉ ଗାଡ଼ି ମଧ୍ୟ ବୁଝି ସାରିଛି ଏବେ ଚାଲ ସମସ୍ତେ!! ଘରେ ତୁମର ବହୁତ କାମ। ତମେ ଚିନୁ ପାଇଁ ଘରକୁ ଯାଇ ନାହଁ, ତମକୁ ଘରେ ସମସ୍ତେ ଅପେକ୍ଷା କରିଥିବେ।

ସୋମେଶ : ଠିକ୍ ଅଛି ଭାଇ ଚାଲନ୍ତୁ। ତା'ପରେ ସମସ୍ତେ ଘରକୁ ଆସିଲେ।

ମୁନ୍ ଲାଇଟ୍ ସରପ୍ରାଇଜ୍

ବାହାଘରର ୨ ଦିନ ପୂର୍ବରୁ ହଠାତ୍ ସନ୍ଧ୍ୟା ସମୟରେ ସୋମେଶ ଘରୁ ବାହାରି ଗଲା। ମା'ଙ୍କୁ କହି ଆସିଲା, ମା' ମୁଁ ବସନ୍ତ ପାଖକୁ ଯାଉଛି, କିଛି କାମ ଅଛି। ମା' କହିଲେ ହଉ ଯା', ଜଲ୍‌ଦୀ ଫେରି ଆସିବୁ ଲୁଗାପଟା ଅଲଗା କରିବାକୁ ହେବ।

ସୋମେଶ : ହଉ ମା', ଅଧ ଘଣ୍ଟାଏ ଭିତରେ ଫେରି ଆସୁଛି। ସୋମେଶ ସିଧା ପହଞ୍ଚିଲା ବସନ୍ତ ଘରେ।

ବସନ୍ତ : ଆରେ ତୁ ଏଠି?

ସୋମେଶ : ହଁ ୟାର, ସୁରଭି କଥା ମନେ ପଡ଼ିଲା ସେଥିପାଇଁ ମୁଁ, ଘରୁ ବାହାରି ଆସିଲି, ଚାଲ୍ ସୁରଭି ଘରକୁ ଯିବା।

ବସନ୍ତ : ଆବେ ପାଗଲ, ଆଉ ୨ ଦିନ ଗଲେ ତୋର ବାହାଘର, ନିଜକୁ ସମ୍ଭାଳ ମହାଶୟ (ହସି ହସି) ।

ସୋମେଶ : ତୁ ମୋତେ ପ୍ରବଚନ ଶୁଣାନି, ତୋ ପାଖକୁ ଆସିଛି ବୋଲି ଘରେ କହି ଆସିଛି, ଆଉ ମୁଁ ଗଲେ କିଛି ଲୁଗା ପଟା ଅଲଗା କରିବାକୁ ହେବ ତୁ ଚାଲ୍ !!

ବସନ୍ତ : ଆରେ ସନ୍ଧ୍ୟା ୬.୩୦ ହେବାକୁ ଲାଗିଲାଣି, ଏବେ ତାଙ୍କ ଘରକୁ ଗଲେ କ'ଣ ଭାବିବେ ସେମାନେ? ସୋମେଶ ବସନ୍ତର ମୁହଁକୁ ରାଗରେ ଚାହିଁ ରହିଲା ।

ବସନ୍ତ : ହଉ ରାଗେନି ଚାଲ୍ ଦେଖିବା କ'ଣ ହେଉଛି?

ଗାଡ଼ି ବାହାରିଲା ସୁରଭି ଗ୍ରାମ ଅଭିମୁଖେ। ସୁରଭିର ଘର ୫୦ ମିଟର ପୂର୍ବରୁ! ବସନ୍ତ କହିଲା, ତୁ ରହ ମୁଁ ଦେଖି ଆସୁଛି। ବସନ୍ତ ସୁରଭି ଘରର ବାରଣ୍ଡାରେ ପହଞ୍ଚିଛି ହଠାତ୍ ସୁରଭିର ମାଉସୀ ଝିଅ(ମୋତି) ସାଙ୍ଗରେ ତା'ର ଦେଖା ହେଲା। ଆଉ ଅନ୍ୟ କୁଣିଆ ମାନେ ମଧ୍ୟ ଥିଲେ। ସେ ମୋତି ପାଖକୁ ଯାଇ ପଚାରିଲା।

ବସନ୍ତ : ଟିକେ ଶୁଣିବେ?

ମୋତି : ହଁ କୁହ?

ବସନ୍ତ : ମୁଁ ସୁରଭିର ସାଙ୍ଗ ବସନ୍ତ, ସୁରଭି ସାଙ୍ଗରେ ଦେଖା କରିବାକୁ ଚାହୁଁଛି।

ମୋତି : ଟିକେ ରାଗରେ, କାହିଁକି?

ବସନ୍ତ ଭାବିଲା ସତ କହିବି ନା ମିଛ? ଏବଂ ମିଛରେ କହିଲା, ମୁଁ ବାହାରେ ଚାକିରି କରେ, ମୋର କାଲି ସକାଳେ ବସ୍ ଅଛି। ଅନ୍ଧ ଦେଖା କରି ଯାଇଥାନ୍ତି କାରଣ ସେ ମୋତେ ବାହାଘର କାର୍ଡ ଦେଇଛି। ଦେଖା ନ କରିଲେ ସେ ରାଗିବ। ମୋତି କିଛି ସମୟ ଚାହିଁ ରହିଲା।

ବସନ୍ତ : କ'ଣ ଦେଖୁଛ? ତମେ ସୁରଭିକୁ ଯାଇ କୁହ, ବସନ୍ତ ଆସିଛି, ଏତିକି କୁହ ସେ ଜାଣିଯିବେ।

ମୋତି : ହଉ ଠିକ୍ ଅଛି, ରୁହ ଏଠି ପଚାରି ଆସୁଛି ! କହି ଭିତରକୁ ଗଲା,

ମୋତି ଆଉ ସୁରଭି ଗୋଟିଏ ବୟସର। ମୋତି ସୁରଭି ପାଖକୁ ଯାଇ କହିଲା, ଯା' ତୋର କିଏ ସାଙ୍ଗ ଆସିଛି।

ସୁରଭି : ଏବେ ଆଉ ଏ ସମୟରେ କେଉ ସାଙ୍ଗ?

ମୋତି : ତାର ନାଁ ବସନ୍ତ ବୋଲି କହିଲା।

ସୁରଭି : କେବଳ ବସନ୍ତ ଆସିଛି ନା ଆଉ କିଏ (ଖୁସିରେ)।

ମୋତି : ଏତେ ଖୁସି କ'ଣ ପାଇଁ ହେଉଛୁ ଯେ, ଯେମିତି କି ସେ ତୋର ଗେରସ୍ତ ।

ସୁରଭି : ଚୁପ୍ କର, ଚାଲ୍ ମୋ ସାଙ୍ଗରେ। ମୋତି ଆଉ ସୁରଭି ବାରଣ୍ଡାକୁ ଆସିଲେ।

ବସନ୍ତ : ଭାଉଜ ନମସ୍କାର।

ସୁରଭି : ହଁ, ନମସ୍କାର କେମିତି ଅଛ? କେତେ ଦିନ ପରେ ଆସିଲ? ଆଉ କଣ କୁହ?

ବସନ୍ତ : ଘରେ କ'ଣ କରୁଥିଲ? (ଏତିକିବେଳେ ମୋତି ବସନ୍ତକୁ ଥରେ ଆଉ ସୁରଭିକୁ ଥରେ ବାରମ୍ବାର ଦେଖୁଥାଏ ଏବଂ ଭାବୁଥାଏ ଏବେ ଟିକେ ପୂର୍ବରୁ ସାଙ୍ଗ କହୁଥିଲା ଏବେ ଭାଉଜ ହୋଇଗଲା, କଣ ଚାଲିଛି ଏ ଦୁଇ ଜଣଙ୍କର ।)

ସୁରଭି : ମୋତି, ଆରେ ଏମିତି କ'ଣ ହେଉଛୁ?

ବସନ୍ତ : ୧୦ ମିନିଟ୍ କଥା ହେବାର ଅଛି?

ସୁରଭି : ହଁ କୁହ ।

ବସନ୍ତ : ଟିକେ ଆଗକୁ ଆସିବ କି?

(ସୁରଭି ବୁଝିଗଲା ଯେ ସୋମେଶ ପଛକା ଆସିଥିବେ।)

ମୋତି : ନା ନା ରାତି ହେଲାଣି ସେ କୁଆଡେ ଯିବ ନାହିଁ!

ସୁରଭି : ଚୁପ୍ ମୋତି!! ତୁ ପ୍ରଥମେ କହ, ମା' କ'ଣ କରୁଛନ୍ତି?

ମୋତି : ସବୁ ଲେଡିଜ ଗ୍ରୁପ୍ ବସିକି ଗପ କରୁଛନ୍ତି।

ସୁରଭି : ଚାଲ୍ ମୋ ସାଙ୍ଗରେ? ବସନ୍ତ କହିଲା ଭାଉଜ ଏକା ଆସୁନ?

ସୁରଭି : କିଛି ଅସୁବିଧା ନାହିଁ, ମୋତି ଯଦି ମୋ ସାଙ୍ଗରେ ନ ରହିବ ସେଠୀ କୁଣିଆ ଠିଆ ହୋଇଛନ୍ତି ସେମାନେ ଖରାପ ଭାବିବେ। ତମେ ଆଗକୁ ଯାଇ ୫ ମିନିଟ୍ ଅପେକ୍ଷା କର, ଆମେ ଆସୁଛୁ।

ବସନ୍ତ : ହଉ ମୁଁ ଆଗରେ ଅପେକ୍ଷା କରିଛି ତମେ ଆସ! ତା'ପରେ ଦୁହେଁ ଘରକୁ ଗଲେ, ମୋତି କିଛି ବୁଝିପାରୁନଥିଲା।

ମୋତି : ଆରେ ଏ ବସନ୍ତ କିଏ ଆଉ କ'ଣ ଚାଲିଛି ତୋର ନାଟକ? କ'ଣ ତମେ କଥା ହେଉଛ? ଆରେ ମୋତେ କହ କ'ଣ ହେଉଛି? ସେ ତୋର ସାଙ୍ଗ ନା ଦିଅର?

ସୁରଭି : ଆରେ ପାଗେଲି ସୋମେଶ ଆସିଛନ୍ତି!! ସେ ଦେଖା କରିବାକୁ ଆସିଥିବେ, କ'ଣ ବୁଝୁନୁ ଯୋ।

ମୋତି : କଥା ତାହା ହେଲେ ଏଠି, ହଉ ଚାଲ୍, ଆଛା, ମୋତେ କହ? ତୁ କଣ ରୋଡ ଉପରେ ଦେଖା କରିବୁ?

ସୁରଭି : ସେ କିଛି ଯୋଜନା ଭାବି ଥିବେ ନିଶ୍ଚୟ, ତୁ ଚାଲ୍। ଦୁହେଁ ଯିବା ଯଦି କିଏ ପଚାରିବ ତେବେ ମୁଁ କହିବି କୁନି ଅପା ଘରକୁ ଯାଇ ଆସିବୁ, ମୁଁ ଏତିକି କହିବା ସମୟରେ ତୁ ଖାଲି ହଁ କରିବୁ। ତା'ପରେ ସଙ୍ଗେ ସଙ୍ଗେ ଦୁଇ ଜଣ ବାହାରି ଆସିଲେ କିନ୍ତୁ ଭାଗ୍ୟ ଭଲ କୁଣିଆ ମାନେ ଦେଖୁଥିଲେ ମାତ୍ର କିଏ

ପଚାରିଲେ ନାହିଁ।

ଅନ୍ଧ ଅନ୍ଧାର ଥିଲା କିନ୍ତୁ ମୁହଁକୁ ମୁହଁ ଦେଖା ଯାଉଥିଲା। ୫୦ ମିଟର ଆଗକୁ ଗଲା ପରେ ସୋମେଶ ବାଇକ୍ ଉପରେ ବସିଥିଲା। ପାଖକୁ ଆସିଲା ପରେ, ସୋମେଶ ସୁରଭିକୁ ହେଲ୍ଲୋ କହି ହାତ ବଢାଇଲା। ସୁରଭି ହାତ ନ ମିଶାଇ ହାତ ଯୋଡ଼ି ନମସ୍କାର କରିଲା।

ସୋମେଶ : କ'ଣ ରାଗିଛ କି?

ସୁରଭି : ନା ମୁଁ କାହିଁକି ରାଗିବି ଯେ, ୧୦ ଦିନ ହେଲା ଆସିଲଣି ଯେ ଦେଖା କରିବାକୁ ସମୟ ନାହିଁ, ପୁଣି ପଚାରୁଛ ରାଗିଛ ବୋଲି?

ସୋମେଶ : ହଉ ରାଗନି।

ମୋତି : ଜିଜୁ ନମସ୍କାର!

ସୋମେଶ : ଆଶ୍ଚର୍ଯ୍ୟ ଭାବେ, ସୁରଭିକୁ ଦେଖ୍ ପଚାରିଲା ଏ ସୁନ୍ଦରୀ କିଏ?

ସୁରଭି : ମୋ ମାଉସୀ ଝିଅ 'ମୋତି'।

ସୋମେଶ : (ସୁରଭିକୁ) ଆସ ବାଇକ୍ ରେ ବସ, ଆଗକୁ ଯିବା କିଛି କଥା ଅଛି। ସୁରଭି ମୋତି ମୁହଁକୁ ଚାହିଁ ରହିଲା। ମୋତି କହିଲା ତୁ ଯିବୁ ଯଦି ମୁଁ ମଧ ଯିବି।

ସୋମେଶ : ମୋତି ପ୍ଲିଜ୍ ମୋ କଥା ବୁଝ। ଅନ୍ଧ ସମୟ ରହି ଫେରି ଆସିବୁ।

ସୁରଭି : ନା ନା ଆଉ କିଏ ଦେଖିବ?

ବସନ୍ତ : ଭାଉଜ ଦେରି ହେଉଛି ଯାଅ ଆଉ ଜଲ୍ଦୀ ଆସ, ମୁଁ ଆଉ ମୋତି ତୁମର ଏଠି ଅପେକ୍ଷା କରୁଛୁ।

ବସନ୍ତ : (ମୋତିକୁ ଅନୁରୋଧ କଣ୍ଠରେ ପଚାରିଲା) ମୁଁ ଠିକ୍ କହିଲି ନା ମୋତି? ତା'ପରେ ସୋମେଶ ପୁଣି ବାଧ କରିବା ପରେ ସୁରଭି ପଚାରିଲା କୁଆଡେ ଯିବ ଡେରି ହେଲେ ଘରେ ଖୋଜିବେ ।

ସୋମେଶ : ତମେ ବସ ଜଲ୍‌ଦୀ, ଆଗ ପୋଲ ପାଖକୁ ଯିବା ଆଉ ଜଲ୍‌ଦୀ ଆସିଯିବା ।

ମୋତି : ଯା' ଲୋ ମା', ଯା'... ତୋ ଭାଗ୍ୟ... ଯା' ଜଲ୍‌ଦୀ ଆସିବୁ। ସେଠୁ ୪୦୦ ମିଟର ଦୂରରେ ଗୋଟିଏ ପୋଲ ଉପରେ ବାଇକ୍ ଆସି ରହିଲା। ଦୁହେଁ ଓହ୍ଲାଇଲା ପରେ ସୁରଭି ପୋଲ ଉପରେ ବସିବାକୁ ଗଲା, ଏତିକି ବେଳେ ରାସ୍ତା ଖାଲି ଥିଲା। ସୋମେଶ ଟାଣି ଆଣି ସୁରଭିକୁ ହଗ୍ କରି କହିଲା ବହୁତ୍ ଦିନ ହେଲା ଆସିବାକୁ ଚାହୁଁଥିଲି କିନ୍ତୁ କାମ ବ୍ୟସ୍ତତାରେ ଆସିବାକୁ ସମୟ ଅଭାବ ହୋଇଯାଉଥିଲା। ସୁରଭି ମଧ ଜାବୁଡି ଧରି କହିବାକୁ ଲାଗିଲା ମୁଁ ମଧ ବହୁତ୍ ମନେ ପକାଉ ଥିଲି। ସୋମେଶ ସୁରଭିକୁ କହିଲା ହଉ ଆଉ ୨ ଦିନ ମାତ୍ର, ଏବେ ତମେ ଆଖୃ ବନ୍ଦ କର! ସୁରଭି କ'ଣ?

ସୋମେଶ : ଆଖୃ ବନ୍ଦ କର, ସୁରଭି ମୁରୁକି ହସ ଦେଇ ଆଖୃ ବନ୍ଦ କରିଲା। ୧୦ ସେକେଣ୍ଡ ପରେ ସୋମେଶ କହିଲା ଆଖୃ ଖୋଲ, ସୁରଭି ଦେଖିଲା, ସୋମେଶ ହାତରେ ଗୋଟିଏ ଡାଇମେଣ୍ଡର ମୁଦି। ହଠାତ୍ ବାଦଲ ତଳେ ଲୁଚି ଥିବା ଜନ୍ଦ ଆସି ପୁରା ଆକାଶକୁ ଆଲୋକିତ କରିଦେଲା, ଆଉ ଜନ୍ଦର ଆଲୋକରେ ମୁଦିଟି ଚମକି ଉଠୁଥିଲା। ସୁରଭିର ଖୁସି ୧୦୦ ଗୁଣରୁ ଅଧିକା ହେଲେ ମଧ ସେ ନିଜ ଖୁସିକୁ ଲୁଚେଇ ଚୁପ୍ ରହିଲା।

ସୋମେଶ : କ'ଣ ହେଲା, ଏମିତି ଚୁପ୍ ରହିଲ ଯେ, କ'ଣ ମୋର ସରପ୍ରାଇଜ୍ ତମକୁ ଭଲ ଲାଗିଲାନି? ଏତିକି ଶୁଣି ସୁରଭି ରହିପାରିଲାନି ସେ କହି ଉଠିଲା, ମୋ ହିରୋଙ୍କର ସରପ୍ରାଇଜ୍ କୁ ମୁଁ କେବେ ଅନାଦର କରିପାରିବି? ଏତିକି କହି ସୁରଭି ସୋମେଶକୁ ହଗ୍ କରିଲା, ଆଖୃରୁ ଲୁହ ବାହାରି ଗଲା। ସୋମେଶ ମୋତେ ଏତେ ଖୁସି ଦିଅ ନାହିଁ କାଲେ ଆମ ଉପରେ କାହାର ନଜର ଲାଗିଯିବ। ଆଉ ତମଠୁ ମୋତେ କିଏ ଅଲଗା କରିଦେବେନି ତ?

ସୋମେଶ : ଚୁପ୍‌!! ବେକାର କଥା କୁହ ନାହିଁ। ଏତିକି ବେଳେ ସୁରଭି ଆଖିର ଲୁହ ଟୋପେ ସୋମେଶର ଦେହ ସ୍ପର୍ଶ କରିଲା।

ସୋମେଶ : ପୁଣି କାନ୍ଦ? ଆରେ ଏମିତି ଖୁସି ସମୟରେ କାନ୍ଦିଲେ ମୋତେ କଷ୍ଟ ହେଉଛି। ତା'ପରେ ସୁରଭି ନିଜ ଲୁହ ପୋଛି କହିଲା ଆଉ କେବେ କାନ୍ଦିବିନି। ମୁଁ ଯଦି କାନ୍ଦିଲେ ମୋ ହିରୋକୁ କଷ୍ଟ ହୁଏ ତେବେ ଏହି କଷ୍ଟ ମୁଁ କେବେ ଦେବାକୁ ଚାହିଁବି ନାହିଁ।

ସୋମେଶ : ଥାଉ ତୁମ ମିଛ ପ୍ରତଶ୍ରୁତି (ତା'ପରେ ଦୁହେଁ ହସିଲେ)। ସୁରଭି ନିଜ ହାତକୁ ଆଗକୁ ବଢ଼ାଇଲା ଏବଂ ସୋମେଶ ସେ ମୁଦିକୁ ସୁରଭି ହାତରେ ପିନ୍ଧାଇ ଦେଲା।

ସୋମେଶ : ଏଇଟା ଥିଲା ମୋର ମୁନ୍‌ ଲାଇଟ୍‌ ସରପ୍ରାଇଜ୍‌, ତା'ପରେ ପୁଣି ଥରେ ଦୁହେଁ ହଗ୍‌ କରିଲେ।

ସୁରଭି : ଗୋଟେ କଥା କହିବି। ମୁଁ ନା ଯେବେ ତମକୁ ହଗ୍‌ କରେ, ମୋତେ ବହୁତ୍‌ ଶାନ୍ତି ଅନୁଭବ ହୁଏ, ଜାଣିନି କଣ ପାଇଁ ଆଉ କାହିଁକି। ସୋମେଶ ତାହା ହେଲେ ଭଲ କଥା ଏମିତି ରୁହ, ସୁରଭି ନା.. ନା.. ସେପଟେ ମା' ଖୋଜୁଥିବେ।

ସୋମେଶ : ଟିକେ ବସ କଥା ହେବା।

ସୁରଭି : କିନ୍ତୁ ବେଶୀ ସମୟ ନୁହେଁ। ତା'ପରେ ଦୁହେଁ ନିଜ ବାହାଘର ପ୍ରସ୍ତୁତି କେତେ ଦୂର ଗଲାଣି ଏବଂ ଆଉ କ'ଣ କ'ଣ ବାକି ଅଛି ସେ ବିଷୟରେ କଥା ହେଲେ। ପ୍ରାୟ ୧୦ ମିନିଟ୍‌ ପରେ ସେମାନେ ପୁଣି ଫେରିବାକୁ ଲାଗିଲେ। ଆସିଲା ବେଳେ ସୁରଭି ସୋମେଶ କହିଲା ଟିକେ ପାଖରେ ଲାଗିକରି ବସ, ସୁରଭି ମନା କରିବା ସ୍ବତେ ସୋମେଶ ଟାଣି ଆଣି ପାଖରେ ବସାଇଲା। ବାଇକ୍‌ ଷ୍ଟାର୍ଟ ହେଲା ଏବେ ଦୁହେଁ ଫେରିବାକୁ ଲାଗିଲେ।

କଲି

ଏତିକି ସମୟ ଭିତରେ ବସନ୍ତ ଆଉ ମୋତି ରାସ୍ତାରେ ଏପଟ ସେପଟ ହେବାକୁ ଲାଗିଲେ। ମୋତି ଦେଖିବାକୁ ବହୁତ୍ ସୁନ୍ଦର୍ ଏବଂ ସେ ସବୁବେଳେ ଷ୍ଟାଇଲ୍ ରେ ରହିବାକୁ ପସନ୍ଦ କରେ ଏବଂ ତାଙ୍କ ପରିବାର ସହରରେ ରୁହନ୍ତି। ସୁରଭିର ବାହାଘର ପାଇଁ ଆସିଛନ୍ତି।

ବସନ୍ତ : ମୋତି!! ଏବେ କ'ଣ ପଢ଼ା ପଢ଼ି କରୁଛ?

ମୋତି : ମୁଁ ସୁରଭିର କ୍ଲାସ୍ ମେଟ୍।

ବସନ୍ତ : ତମେ ଦେଖିବାକୁ ବହୁତ୍ ସୁନ୍ଦର।

ମୋତି : ଲାଇନ୍ ମାରୁଛ ନା?

ବସନ୍ତ : ଏବେ ତ କଥା ଆରମ୍ଭ କରିଛି, ଲାଇନ୍ କୋଉଠି ମାରିଲି, ଏମିତି ରେ ସହରୀ ଝିଅ ନିଜକୁ ବେଶୀ ଚାଲାକ ଭାବନ୍ତି?

ମୋତି : ମୋତେ କହିଲ ନା?

ବସନ୍ତ : ମୁଁ ତ ଗଛ ପତ୍ର କୁ କହୁଛି (ଅଳ୍ପ ହସିବାକୁ ଲାଗିଲା)।

ମୋତି : ଦେଖ ମୁଁ ବହୁତ୍ ରାଗି ମୋତେ କିଛି କୁହନି। ବସନ୍ତ ମନେ ମନେ

(ଧେତ୍ ଶଳା କେମିତି ଝିଅଟେ ମିଳିଲା କେଜାଣି, ବେଶୀ ଭାଉ ଖାଉଛି)

ମୋତି : କ'ଣ ଭାବୁଛ?

ବସନ୍ତ : ନାଇ ମ', ମୁଁ ଭାବୁଥିଲି, ତମେ ଏତେ ସୁନ୍ଦରୀ କେମିତି ହେଲ? ସହରର ପାଣି ଭଲ ହୋଇଥିବ? ଆମକୁ ଦେଖୁନ, ଆମେ ଯୋଉ କଳାକୁ ସେଇ କଳା, କିଛି ବଦଳିବାର ନାହିଁ (ମୋତିକୁ ତାରିଫ୍ କରିବା ପରେ ସେ ଖୁସି ହୋଇ କହିଲା)

ମୋତି : ମୁଁ କି ସୁନ୍ଦର? ମୋ ଠାରୁ ସୁରଭି ବହୁତ୍ ସୁନ୍ଦର।

ବସନ୍ତ : ଭାଉଜ ସୁନ୍ଦର!! କିନ୍ତୁ ତମେ ଟିକେ ସ୍ଟାଇଲିଷ୍ଟ ଆଉ ସ୍ମାର୍ଟ ଲାଗୁଛ। ମୋତି ପୁରା ଆକାଶରେ ଉଡ଼ିବାକୁ ଲାଗିଲା ମନେ ମନେ ଭାବୁଥାଏ, କିଏ ତ ତାରିଫ କରିଲା ମୋତେ।

ବସନ୍ତ : ଆଉ କ'ଣ କୁହ?

ମୋତି : କ'ଣ କହିବି, ତମ ସାଙ୍ଗ ବହୁତ୍ ରୋମାଣ୍ଟିକ୍ ନା?

ବସନ୍ତ : ସୋମେଶ ନା? ସେ ବହୁତ୍ ସ୍ମାର୍ଟ ଆଉ ଇଣ୍ଟିଲିଜେଣ୍ଟ। ଆଉ ତମେ କେବେ ମେରେଜ୍ କରୁଛ?

ମୋତି : ମୁଁ ବି.ଇ.ଡି କରିବି ଆଉ ଟିଚର୍ସ ପାଇଁ ଚେଷ୍ଟା କରୁଛି। ମେରେଜ୍ ପାଇଁ କିଛି ଭାବିନି। (ବସନ୍ତ ମନେ ମନେ ଭାବୁଥାଏ ନିଜକୁ ହିରୋଇନ୍ ଠାରୁ କମ୍ ଭାବୁନି ଯେ, ଏତେ ସ୍ଟାଇଲ୍ ରେ କହୁଛି ଯେ, ସତେ ଯେମିତି ତୋ ପାଇଁ ଘୋଡ଼ା ଚଢ଼ି ରାଜକୁମାର ଆସିବ ଆଉ)

ମୋତି : ଆଉ ତମେ କ'ଣ କରୁଛ?

ବସନ୍ତ : ଆମେ କିଛି ନାହିଁ, ଯିଏ ଯୋଉଠି ଡାକୁଛି, ସେଠୀ ଯାଉଛି ଆଉ ଗାଁ ସେବା କରୁଛି।

ମୋତି : କ'ଣ ପଢ଼ିଛ? ମ୍ୟାଟ୍ରିକ୍ ଫେଲ୍ କିନ୍ତୁ ବି.ଏସ୍. ସି ପାସ୍, ମୋତି କହିଲା କାହିଁକି ମଜା କରୁଛ କହନ୍ତୁ?

ବସନ୍ତ : କହିଲି ପରା, ବି.ଏସ୍ ସି କରିଛି। ମୋତେ ଏତେ ପ୍ରଶ୍ନ ପଚାରିବାର କାରଣଟା କ'ଣ ଜାଣିପାରେ କି?

ମୋତି : କିଛି ନାହିଁ, ସୁରଭି ଯାଇଛି ତ, ଟିକେ ପଚାରିକି ଟାଇମ୍ ପାସ୍ କରୁଛି।

ବସନ୍ତ : ଭଲ ଆଉ, ଆମେ ଏଠି ମନେ ମନେ ଗୁଡ ଖାଉଛୁ, ଆଉ ତମେ କହୁଛ ଯେ, ଆମେ ଟାଇମ ପାସ୍ କରୁଛୁ!

ମୋତି : ବୁଝିପାରିଲୀନି, କ'ଣ ଯେ ତମେ କହୁଛ?

ବସନ୍ତ : ଆରେ ଟାଇମ୍ ପାସ୍ କରୁଛି ମୋ ସାଙ୍ଗ ଯାଇଛି ତ? ସେଥିପାଇଁ, ତାପରେ ଦୁହେଁ ହସିଲୋ।

ମୋତି : ତମର କିଏ ଝିଅ ସାଙ୍ଗ ନାହାନ୍ତି?

ବସନ୍ତ : ଝିଅ ସାଙ୍ଗ କ'ଣ କରିବି, ମୋ ପୁଅ ସାଙ୍ଗଠୁ ଅଲଗା ହେବାକୁ ସମୟ ନାହିଁ, ଆଉ ତାକୁ କେମିତି ସମୟ ଦେବୀ ଯେ!

ମୋତି : ତାହା ହେଲେ ପୁରା ଭଲ ପିଲା।

ବସନ୍ତ : କ'ଣ ଡାଉଟ୍ ଅଛି କି?

ମୋତି : ଆରେ କୁଆଡେ ଗଲେ ସୁରଭି ଆଉ ତମ ସାଙ୍ଗ?

ବସନ୍ତ : ଆଜି ଶେଷ ଦିନ ନା, ଆଜି ପୁରା କାମ ସାରିକି ଆସିବ।

ମୋତି : କ'ଣ?

ବସନ୍ତ : ଆରେ ଯୋଉ କାମ କରିବା ପାଇଁ ଆସିଛି, ସେ କାମ କରିବ ନା?

ମୋତି : କି କାମ, ଆଉ କ'ଣ?

ବସନ୍ତ : ତମେ ଛୋଟ ଛୁଆ ବୁଝିବନି!

ମୋତି : ହେଇଟି, ମୋତେ ଛୋଟ ଛୁଆ ବୋଲି ଭାବୁଛ ନା କ'ଣ? ସହରରେ ତମ ଭଳି କେତେ ଟୋକା ମୋ ପଛରେ ବୁଲନ୍ତି। ତମ କଥା ମୁଁ ଠିକ୍ ଜାଣିଛି, ସବୁ ପୁଅଙ୍କ ଗୋଟିଏ ବୁଦ୍ଧି।

ବସନ୍ତ : ହେଇ, ବେଶୀ ବଡ ବଡ କଥା କହୁଛ। ସବୁ ପୁଅ ମାନେ କ'ଣ?

ମୋତି : ହଁ ସବୁ ପୁଅ, ଏତିକି ବେଳେ ସୁରଭି ଆଉ ସୋମେଶ ଆସି ପହଁଚିଲେ। ସୁରଭି ମୋତିକୁ ଧରିଲା ଆଉ ସୋମେଶ ବସନ୍ତକୁ ଧରିଲା।

ସୋମେଶ : ଆରେ ଝଗଡ଼ା କାହିଁକି କରୁଛ?

ବସନ୍ତ : ମୋତି କହୁଛି ତମେ ସବୁ ପୁଅ ଖରାପ।

ସୁରଭି : ମୋ ଚଣ୍ଡୀ ଶାନ୍ତ ହୋଇଯା', ରାତି ହେଲାଣି ଚାଲ ଯିବା।

ସୋମେଶ : ଆମେ ଯଦି ଆଉ ଲେଟ୍ କରିଥାନ୍ତୁ ତେବେ ସବୁ ଅନର୍ଥ ହୋଇ ଯାଇଥାନ୍ତା।

ବସନ୍ତ : ଚାଲ୍ ସୋମେଶ, ମୁଡ୍ ଅଫ୍ କରିଦେଲା, ସୁରଭି ଆଉ ସୋମେଶ ହସିଲେ, ଦୁହେଁ ଦୁହିଁଙ୍କୁ ଗୁଡ୍ ନାଇଟ୍ କହି ଫେରିଗଲେ।

ରାସ୍ତାରେ ବସନ୍ତ କହିଲା, ସେ ନିଜକୁ ହିରୋଇନ୍ ଭାବୁଛି, ଏପଟେ ମୋତି ସୁରଭିକୁ କହୁଛି ଏମିତି ବେକାରିଆ ଟୋକା ମୁଁ କେବେ ଦେଖିନି, ଟିଆମାନଙ୍କୁ ଇଜ୍ଜତ୍ ଦେବା ଜାଣିନି। ଏମିତି କଥାବାର୍ତ୍ତା ପରେ ସୁରଭି ଆଉ ମୋତି ଘରେ ପହଞ୍ଚିଲେ, କିନ୍ତୁ ମୋତି ରାଗରେ ଜଳୁଥିଲା। ଏପଟେ ସୋମେଶ ଆଉ ବସନ୍ତ ଘରେ ପହଞ୍ଚିଲେ।

ବାହାଘର

ବାହାଘରର ଗୋଟିଏ ଦିନ ପୂର୍ବରୁ ସୋମେଶର ପିଉସୀ ଏବଂ ତାଙ୍କ ପୁଅ ଅନୁଜ ସହିତ ସୋମେଶ ଘରେ ପହଞ୍ଚିଲେ। ପିଉସୀ ଥିଲେ ଖରାପ ଚରିତ୍ରର ସ୍ତ୍ରୀ ଲୋକ। ଏ ଘର ମାଉସୀ ସେ ଘର ପିଉସୀ ଭଳି ଚରିତ୍ର ତାଙ୍କର। ସେ ଯେବେ ଠାରୁ ବିବାହ କରି ଛନ୍ତି ସେ ଦିନ ଠାରୁ ନିଜ ଶାଶୁ ଘରେ କେବେ ବହୁତ୍ ସମୟ ଧରି ରହି ନାହାନ୍ତି ଏବଂ କିଛି ବର୍ଷ ପରେ ସେ ସ୍ୱାମୀଙ୍କୁ ଛାଡ଼ି ଅନ୍ୟ ଏକ ସହରରେ ଭଡ଼ା ଘରେ ରହି ନିଜେ କାହା ଘରେ ବାସନ ମାଜେ ତ କାହା ଘର ସଫା କରି ପେଟ ପୋଷନ୍ତି। ରାଧା ବାବୁଙ୍କ ନିମନ୍ତ୍ରଣ ପରେ ସେ ଆସି ପହଞ୍ଚିଥିଲେ ସୋମେଶ ଘରେ। ତାଙ୍କ ପୁଅ ଅନୁଜ, ସୋମେଶ ଠାରୁ ଗୋଟିଏ ମାସ ସାନ। ତାକୁ ସୋମେଶ ଘରେ ସାନ ପୁଅ ଭଳି ଭଲ ପାଇବା ମିଳୁଥିଲା। ସେ ହଷ୍ଟେଲରେ ରହି ପାଠ ପଢୁଥାଏ। ବେଳେବେଳେ ସୋମେଶ ଘରକୁ ଆସି ବୁଲି ଯାଏ। ସେ ଦେଖିବାକୁ ବହୁତ୍ ଶାନ୍ତ ପ୍ରକୃତିର ଥିଲା କିନ୍ତୁ ତା'ର ପ୍ରକୃତ ଚରିତ୍ର କେହି ଜାଣି ନଥିଲେ।

ଯେତେବେଳେ ସୁରଭିର ବାହାଘର ଠିକ୍ ହେଲା ସେ ସମୟରେ ପିଉସୀ ସୋମେଶ ଘରକୁ ଆସିଥିଲେ। ପିଉସୀ ନିଜକୁ ଗରିବ ଭଉଣୀ କହି ରାଧା ବାବୁଙ୍କୁ ଅନୁରୋଧ କରିଲେ, ଯେ ତାଙ୍କ ପୁଅ ଅନୁଜର ବାହାଘର ସୁରଭି ସହିତ ବିବାହ ଦିଅନ୍ତୁ କିନ୍ତୁ ରାଧା ବାବୁ ରାଗରେ କହିଲେ ଯେ ସୁରଭିକୁ ମୋ ପୁଅ ସୋମେଶ ପସନ୍ଦ କରିଛି ଏବଂ ତା' ସହିତ ତା'ର ବିବାହ ହେବ। ଅନୁଜ ପାଇଁ ଆଉ ଗୋଟିଏ ଝିଅ ଦେଖା ହେବ? ଏବଂ ତା'ର ମଧ ମୁଁ ବାହାଘର କରେଇବି

କିନ୍ତୁ ଏବେ ନୁହେଁ। ରାଧା ବାବୁଙ୍କ ମତ ଅନୁସାରେ ପିଉସୀ ରାଗରେ କିଛି କହିଲେ ନାହିଁ କିନ୍ତୁ ମନରେ ଈର୍ଷା ଥାଏ।

ବାହାଘର ଦିନ ଆସି ପହଞ୍ଚିଲା, ସକାଳେ ଘରେ ଯାହା ରୀତି ଅନୁସାରେ ପୂଜା ଏବଂ ଅନ୍ୟାନ୍ୟ କାମ ସାରି ସୋମେଶ ବ୍ୟାଣ୍ଡ ପାର୍ଟି ଆଉ ଶିଙ୍ଘ ବାଜା ନେଇ ପହଞ୍ଚିଲେ ସୁରଭିର ଗାଁରେ। ସେଠୀ ବ୍ୟାଣ୍ଡ ବାଜା ଏବଂ ଶିଙ୍ଘ ବାଜାର ତାଲେ ତାଲେ ସମସ୍ତେ ନାଚି ଉଠିଲେ। ବସନ୍ତ ଏବଂ ସତ୍ୟ ବରଯାତ୍ରୀ ସମୟରେ ସବୁ ସୁବିଧା ଅସୁବିଧାର ପାଇଁ ସତର୍କ ଥିଲେ ଏବଂ ସବୁ ଠିକ୍ ଠାକ୍ ରେ ସରିଲା।

ଶେଷରେ ସୁରଭି ଘରେ ପହଞ୍ଚି ବାଟବରଣ ଏବଂ ଅନ୍ୟାନ୍ୟ ପ୍ରଥା ଅନୁସାରେ କାର୍ଯ୍ୟ କରାଗଲା। କିଛି ବରଯାତ୍ରୀ ଆଉ ସୋମେଶର ସାଙ୍ଗମାନେ ବାହାଘର ଦେଖିବା ପାଇଁ ରହିଲେ। ଆଉ କେତେଜଣ ଭୋଜି ଭାତ ଖାଇ ଫେରିଲେ। ବାହାଘର ସନ୍ଧ୍ୟା ସମୟ ପାଇଁ ସ୍ଥିର ଥିଲା।

ବ୍ରାହ୍ମଣଙ୍କ ମନ୍ତ୍ରରେ ସତେ ଯେମିତି ନୂଆଁ ସଂସାରର ମୂଳଦୁଆ ଆରମ୍ଭ ହେଉଥିଲା। ନୂଆ ପରିବାରର ମିଳନରେ ସମସ୍ତେ ଖୁସି ଥିଲେ। ଦୁହେଁ ବର ବଧୂ ଖୁସି ଥିଲେ। ବେଦୀରେ ବହୁତ୍ ମଜା ମସ୍ତି ମଧ ହେଲା। ମୋତିର ମଜା ମଜା କଥା ସହିତ ବସନ୍ତର କଥା କାଟିବା ଏବଂ କଥା କଥାରେ ଝଗଡା ହେବା ମଧ ଦେଖିବାକୁ ମିଳିଥିଲା। ସେପଟେ ସବୁ ସାଙ୍ଗ ଗୋଟିଏ ପଟେ ଥିଲେ। ଏପଟେ ମୋତି ଗୋଟିଏ ପଟେ। କେତେବେଳେ ଫୁଲ ଫିଙ୍ଗା ଝଗଡା ତ କେତେବେଳେ ଆଉ କିଛି। ଏମିତି କଳି କଜିଆ ଏବଂ ଝଗଡାରେ ବେଦୀରେ ବାହାଘର ସରିବାକୁ ଆସୁଥିଲା।

ବାହାଘର ସମ୍ପନ୍ନ ପୂର୍ବରୁ ଛୋଟ ଘଟଣାଟିଏ ଘଟିଗଲା। ସୋମେଶର ପିଉସୀ ଏହି ବାହାଘର ପାଇଁ ବିରୋଧ କରୁଥିଲେ ଆଉ ସେ ଚାହୁଁଥିଲେ ଏ ବାହାଘର କେମିତି କିଛି କାରଣ ବଶତଃ ଭାଙ୍ଗିଯାଉ। ପିଉସୀ ବାହାଘର ବେଦୀରେ ସୁରଭିକୁ ଏବଂ ତାଙ୍କ ପରିବାରକୁ ଭଲି ଭଲି କି କଥା କହିବା ଆରମ୍ଭ କରିଦେଲେ। କେତେବେଳେ ଭଲ ତ କେତେବେଳେ ଖରାପ କହୁଥିଲେ ଶେଷରେ କହିଲେ ଏ ଝିଅର ଘରେ କ'ଣ ଅଛି ଯେ? ମୋ ଭାଇ ଏହି ବାହାଘର ପାଇଁ ରାଜି ହୋଇଗଲେ?

ଏତିକି କଥା ବେଦୀ ପାଖରେ ବସିଥିବା ସୁରଭିର ମାମୁଙ୍କ କାନରେ ପଡ଼ିଲା, ସେ ସଙ୍ଗେ ସଙ୍ଗେ ରାଗି ଯାଇ ପଚାରିଲେ, ଆଉ କ'ଣ ଦରକାର ଥିଲା? ଟଙ୍କା, ଘରକରଣା ସାମଗ୍ରୀ ସବୁ ଦେଇଛୁ, ତମକୁ ଆଉ କ'ଣ ଦେଇଥିଲେ ତୁମେ ସନ୍ତୁଷ୍ଟ ହୋଇଥାନ୍ତ? ସେତେବେଳେ ରାଧା ବାବୁ ମାମୁଙ୍କୁ ବୁଝାଇ କହିଲେ ଆପଣ ତାଙ୍କ କଥାକୁ ଶୁଣନ୍ତୁ ନାହିଁ। ମୁଁ ଚାହେଁ ଭଲରେ ଭଲରେ ବାହାଘର ସମ୍ପନ୍ନ ହେଉ। ବସନ୍ତ ଏବଂ ଅନ୍ୟ ସାଙ୍ଗମାନେ ମାମୁଙ୍କୁ ବୁଝାଇଲେ ଆଉ ପିଉସୀ କ'ଣ ପାଇଁ ଏମିତି କରୁଛନ୍ତି ସେ ବିଷୟରେ ମଧ ମାମୁଙ୍କୁ ଜଣାଇଲେ। ପରେ ବାହାଘର ଠିକ୍ ଠାକ୍ ସମ୍ପନ୍ନ ହୋଇଗଲା।

ରାତି ୯ଟା ସୁଦ୍ଧା ବାହାଘର ସମ୍ପନ୍ନ ହୋଇ ଘରକୁ ଫେରିଲେ। ଏପଟେ ଚିନୁ ଏବଂ ଅନ୍ୟ ସାଙ୍ଗ ମାନେ ବାହାଘର ଭୋଜି ପ୍ରସ୍ତୁତିରେ ଲାଗି ପଡ଼ିଥିଲେ। ଚିନୁ ଠିକ୍ ଭାବରେ ଚାଲି ପାରୁ ନଥିଲା। ସେଥିପାଇଁ ସେ ଭୋଜିରେ ରହି ସାହାଯ୍ୟ ଏବଂ ସହାୟତାରେ ଥିଲା। ଭୋଜି ଠିକ୍ ଠାକ୍ ରେ ସରିଲା। ଏଠି ସଞ୍ଜୟ ମଧ ସୋମେଶର ବାହାଘରରେ ଆସିଥିଲା। କାରଣ ସଞ୍ଜୟ ହେଉଛି ଅନୁଜର ରୁମ୍ ମେଟ୍, ସେ ଦୁହେଁ ହଷ୍ଟେଲରେ ଗୋଟିଏ ରୁମ୍ ରେ ରହି ପାଠ ପଢ଼ୁଥିଲେ। ଅନୁଜର ଅନୁରୋଧ କ୍ରମେ ସୋମେଶ ତାକୁ ବାହାଘରରେ ନିମନ୍ତ୍ରଣ ଦେଇଥିଲା। ବାହାଘର ଭୋଜିରେ ସମସ୍ତ ପରିବାର ଉପସ୍ଥିତ ରହି କୁଣିଆ ଟର୍ଣ୍ଣା ସହିତ ଭୋଜିରେ ସାହାଯ୍ୟ କରିଲେ। ବସନ୍ତ, ସତ୍ୟ ଏବଂ ସୋମେଶର ସମ୍ପର୍କୀୟ ଭାଉଜ ସମସ୍ତେ ମିଶି ସୋମେଶ ଆଉ ସୁରଭିଙ୍କ ପାଇଁ ତାଙ୍କ ଜୀବନର ପ୍ରଥମ ରାତ୍ରି ପାଇଁ ଆୟୋଜନ କରିଥିଲେ।

ପ୍ରଥମ ରାତି

ସବୁ ସରିଲା ବେଳକୁ ରାତି ୧୨ ଟା, ସୋମେଶ ଭୋଜି ପାଖରୁ ସୋମେଶକୁ ଡାକି ନେଇଗଲା। ଚାଲ୍ ସୋମେଶ ମୋ ସାଙ୍ଗରେ।

ସୋମେଶ : ଆରେ ରହ ବାକି ବଞ୍ଚିଥିବା ଖାଇବା ଦେବାକୁ ହେବ ନହେଲେ ନଷ୍ଟ ହୋଇଯିବ।

ବସନ୍ତ : ସେକଥା ବୁଝିବାକୁ ମଉସା ଏବଂ ଅନ୍ୟ ସାଙ୍ଗମାନେ ଅଛନ୍ତି, ତୁ ମୋ ସାଙ୍ଗରେ ଚାଲ୍। ସୋମେଶ ବସନ୍ତ ସାଙ୍ଗରେ ଆସି ପହଞ୍ଚିଲା।

ଭାଉଜ : କ'ଣ ସୋମେଶ ଆଜି ଘରକୁ ଆସିବାକୁ ଇଚ୍ଛା ହେଉନି କି, ଏପଟେ ସୁରଭି କେତେ ଥର ପଚାରି ସାରିଲାଣି, ମୋ ହିରୋ କାହାନ୍ତି ତାଙ୍କୁ ଜଲ୍ଦୀ ଡକେଇ ଆଣ!!

ସୋମେଶ : ତମେ ତ ସବୁ ଜାଣି ଦେଉଛ ହଁ ସୁରଭି ଯଦି ତମକୁ ଏମିତି କହିଛି ତେବେ ମୋତେ ଶୀଘ୍ର ଯିବାକୁ ପଡ଼ିବ।

ଭାଉଜ : ଦେଖ ପିଲାର କେତେ ଆଗ୍ରହ।

ସୋମେଶ : ମଜା କରିବା ନା ତମ ଠାରୁ ଶିଖିବାକୁ ହେବ।

ଭାଉଜ : ହଉ ଯାଆ।

ଭାଉଜ ସୋମେଶକୁ ବେଡ ରୁମ୍ କୁ ଟାଣି ଆଣି କହିଲେ, କିଛି ଦରକାର ପଡ଼ିବ ତେବେ କହିବ ଆଉ ଭିତର ପଟୁ କବାଟ ଦେଇ ଶୋଇବ ନହେଲେ ବିଲେଇ ପଶି ସବୁ ଦେଖୁ ଦେବ ଯେ? (ଦୁହେଁ ହସିଲେ)।

ସୋମେଶ : (ବସନ୍ତକୁ) ରନ୍ଧା ଶାଳକୁ ଯିବୁ ବାପାଙ୍କୁ ସାହାଯ୍ୟ କରିବୁ।

ଭାଉଜ : ତମେ ପ୍ରଥମେ ଭିତରକୁ ଯାଅ ବାକି ଆମେ ବୁଝିବୁ। ଏତିକି କହି ଭାଉଜ ଅଳ୍ପ ଧକ୍କା ଦେଇ ସୋମେଶକୁ ବେଡ ରୁମ୍ କୁ ଠେଲି କବାଟ ବନ୍ଦ କରିଦେଲେ।

ବେଡ୍‌ରୁମର ସାଜ ସଜ୍ଜା ଅତି ଉଚ କୋଟିର ଥିଲା, ଗୋଲାପ ଫୁଲ ସାଙ୍ଗରେ ରଜନୀ ଗନ୍ଧାର ମହକ ସତେ ଯେମିତି ଅଲଗା ଦୁନିଆକୁ ଗଲା ଭଳି ଅନୁଭବ ହେଉଥିଲା। ଅଳ୍ପ ଧଳା ରଙ୍ଗର ଜିରୋ ୱାଟ୍ ର ଲାଇଟ୍ ଯେମିତି ବେଡ ରୁମ୍ କୁ ଅଧିକ ଆଲୋକିତ କରୁଥିଲା। ଧୀରେ ଧୀରେ ବେଡ ପାଖକୁ ଆସି ଦେଖିଲା ବେଳକୁ ବେଡ ଉପରେ ଗୋଲାପ ପାଖୁଡ଼ାର ଶେଯ ଅତି ଲୋଭନୀୟ ସାଙ୍ଗରେ ସ୍ୱର୍ଗ ସୁଖର ଅନୁଭବ ଦେବ ବୋଲି ମନେ ହେଉଥିଲା କିନ୍ତୁ ଯେ କ'ଣ ସୁରଭି ତ ବେଡ୍ ଉପରେ ନାହିଁ। ଚାରି ଆଡ଼େ ବୁଲି ଦେଖିଲା ବେଳକୁ ବେଡ୍ ର ବାମ ପାର୍ଶ୍ୱରେ ଏକ ଜୀବନ୍ତ ପ୍ରତିମୂର୍ତ୍ତି ସାଜି ଗୋଲାପି ଓଢଣିରେ ଟିକ୍ ଟିକ୍ କରୁଥିବା ଛୋଟ ଛୋଟ କାଚ ଆଇନାରୁ ସତେ ଯେମିତି ଆଲୋକକୁ ଅଧିକ ରୋମାଞ୍ଚିତ କରୁଥିଲା। ସୋମେଶ ଧୀରେ ଧୀରେ ପାଦ ବଢିବାର ଶବ୍ଦରେ ସୁରଭିର ନିଃଶ୍ୱାସର ଶବ୍ଦ ପ୍ରଖର ହୋଇ ଉଠୁଥିଲା। ସୋମେଶ ସେ ଶବ୍ଦକୁ ଅନୁଭବ କରି ସୁରଭି ପାଖରେ ପହଞ୍ଚିବା ପୂର୍ବରୁ ରହିଗଲା। ପ୍ରାୟ ଗୋଟିଏ ମିନିଟ୍ ଅପେକ୍ଷା ପରେ, ସୁରଭି ମୁଣ୍ଡକୁ ଉଠେଇ ଓଢଣି ଫାଙ୍କୁ ଦେଖିବାକୁ ଲାଗିଲା। ସୋମେଶ ପଚାରିଲା "କ'ଣ ହେଲା ସୁରଭି", ଏହି ଶବ୍ଦ ମାତ୍ରକେ ସୁରଭିର ନିଶ୍ୱାସ ପୁଣି ଥରେ ପ୍ରଖର ହେବାକୁ ଲାଗିଲା ଏବଂ ଏକ ଲମ୍ବା ନିଶ୍ୱାସ ନେଇ ମୁଣ୍ଡକୁ ହଲେଇ "କିଛି ନାହିଁ" ବୋଲି କହିଲା। ସୋମେଶ ପାଖକୁ ଯାଇ ଓଢଣି ଟେକି ଦେଖିଲା ବେଳକୁ, ସୁରଭି ଲାଜ ଭରା ମୁହଁରେ ଆଖି ବନ୍ଦ କରି ହାତରେ ଗୋଟେ ଗୋଲାପ କଢ ଧରି କିଛି କହିବାକୁ ଚାହିଁଲେ ମଧ ସୁରଭି ପାଟି ରୁ କଥା

ବାହାରୁ ନଥାଏ। ସୋମେଶ ସୁରଭିକୁ କିଛି ସମୟ ଚାହିଁ ରହିଲା ପରେ ସୁରଭି ସାହସ ବାନ୍ଧି ମୁହଁକୁ ଉଠେଇ ଦେଖିଲା ଆଉ ଆଗରେ ସୋମେଶକୁ ଦେଖି ପୁଣି ଲାଜରେ ମୁହଁ ତଳକୁ କରି ଲାଜେଇ ଗଲା।

ସୋମେଶ : ଏମିତି ଲାଜ ଆଜି ମୋ ସୁରଭିର ମୁହଁରେ ପ୍ରଥମ ଥର ଦେଖିଲି। ଆଜି କ'ଣ ଏତେ ଲାଜ?

ସୁରଭି : ମୁଁ ଜାଣିନି। ଆଜି ମୋତେ ଭାରି ଲାଜ ଲାଗୁଛି।

ସୋମେଶ : ତମର ନିଶ୍ୱାସ ଏତେ ପ୍ରଖର କାହିଁକି?

ସୁରଭି : ମୁଁ ଜାଣିନି?

ସୋମେଶ : ଆରେ ବାଃ, ଆଜି ମୋ ସୁରଭି କିଛି ଜାଣିନି?

ସୁରଭି : ପ୍ରୋପୋଜ୍ ଷ୍ଟାଇଲରେ ଆଖିରେ ଭରା ଦେଇ ସୋମେଶକୁ ଗୋଲାପ ଫୁଲଟିଏ ଦେଲା। ଆଉ ଧିର ସ୍ୱରରେ କହିଲା? ଆଇ ଲଭ୍ ୟୁ...,

ସୋମେଶ : ଖୁସିରେ, ଟିକେ ବାହାନା କରି, କ'ଣ କହିଲ ଶୁଣି ପାରିଲିନି।

ସୁରଭି:(ପୁଣି ଥରେ) ଆଇ ଲଭ୍ ୟୁ ମାଇଁ ସ୍ୱିଟହାର୍ଟ।

ସୋମେଶ : ନା ୟାର୍, ମୁଁ ଶୁଣି ପାରୁନି ଆଉ ତମେ ଏତେ ଧିରେ କାହିଁକି କହୁଛ (ସୋମେଶ ମୁରୁକି ହସ ଦେଇ)।

ସୁରଭି : ହେଇ ତମେ ମୋ ସାଙ୍ଗରେ ଦୁଷ୍ଟାମୀ କରୁଛ?

ସୋମେଶ : "ଦୁଷ୍ଟାମୀ କରିଲି କେତେବେଳେ, ଆଜିଠୁ ଆରମ୍ଭ ହେଲା" -ଏତିକି କହି ସୋମେଶ ଗୋଲାପ ଫୁଲ ସାଙ୍ଗରେ ସୁରଭି କୁ ଉଠେଇଲା।

ସୁରଭି : ମୁଁ ଆଜି ବହୁତ ଖୁସି?

ସୋମେଶ : ମାତ୍ର ମୁଁ ଆଜି ଦୁଃଖୀ ହୋଇଗଲି।

ସୁରଭି : କାହିଁକି?

ସୋମେଶ : କାରଣ ତମେ କଉଡ଼ି ଖେଳରେ ହାରିବ ବୋଲି କହିଥିଲ, ସେଥିପାଇଁ ମୁଁ ବାଧ କରିଲି ନାହିଁ ଆଉ ତମେ ଜିତିଗଲ।

ସୁରଭି : (ହସି ହସି) ପ୍ରକୃତରେ ଏଇଟା ମୋର ଗୋଟିଏ ପ୍ଲାନ୍।

ସୋମେଶ : ଆଚ୍ଛା, ହଉ ରୁହ, ତମକୁ ଦେଖୁଛି।

ଏତିକି କହି ସୋମେଶ ସୁରଭିକୁ ମାରିବା ପାଇଁ ଦୌଡ଼ିଲା, ସୁରଭି ବେଡ୍ ପଛପଟ ପର୍ଯ୍ୟନ୍ତ ଦଉଡ଼ି ଯାଇ ହଠାତ୍ ପଡ଼ିବାର ବାହାନା କରି ରହିଗଲା ଆଉ ଧୀରେ ସ୍ୱରରେ "ମୋ ଗୋଡ଼!!" ବୋଲି କହିଲା।

ସୋମେଶ : ଚିନ୍ତାରେ କ'ଣ ହେଲା, ସୁରଭି ତୁମର କ'ଣ ହେଲା?

ସୁରଭି : ମୋର ଗୋଡ଼ ମୋଡ଼ି ହୋଇଗଲା!!

ସୋମେଶ : ଚିନ୍ତା କରନି ମୁଁ ଅଛି ନା? ତମର ଗୋଡ଼ ମୁଁ ଠିକ୍ କରିଦେବି, ଏତିକି କହି ସୁରଭିକୁ ଦୁଇ ହାତରେ ଉଠେଇ ବେଡ୍ ଉପରକୁ ନେଇଗଲା, ସେଠୀ ସୁରଭିକୁ ପଚାରିଲା କୋଉ ଗୋଡ଼?

ସୁରଭି : (ମୁରୁକି ହସି) ମୋର କ'ଣ ହୋଇଥିଲା କି? (ହସି ହସି) ସୋମେଶ ପୁଣି ମାରିବାକୁ ଯାଇ ସୁରଭିର ନାକକୁ ଧରେ ଟିମୁଟି, ଗାଲକୁ ଟିକେ ଗେଲ କରିଦେଲା।

ସୁରଭି : ମୋର କିଛି ହୋଇନି, ମୁଁ ତମକୁ ଚେକ୍ କରୁଥିଲି।

ସୋମେଶ : କ'ଣ ମୁଁ ପାସ୍ ତ?

ସୁରଭି : ନା କହିବିନି। ଏତିକି କହି ସୁରଭି ସୋମେଶ୍ବର ଗାଲକୁ ଚିମୁଟି, ମୋ ଗେଲୁ, ମୋ ଧନ ତମେ ପାସ୍ କରିଛ, ଆଉ ମୋ ପାଇଁ ବେଷ୍ଟ ସ୍ବାମୀର ସାର୍ଟିଫିକେଟ୍ ତମକୁ ମିଳିଯାଇଛି ।

ଏଇ ଖୁସିରେ ତମେ ଯାହା କହିବ ମୁଁ ତୁମ କଥାରେ ରାଜି। ଦୁହେଁ ହସିଲେ। ଧୀରେ ଧୀରେ ଦୁହିଁଙ୍କର ନିଶ୍ବାସ ପ୍ରଖର ହେବାକୁ ଲାଗିଲା, ଦୁହେଁ ଦୁହିଁଙ୍କୁ କିସ୍ କରିଲେ। ସୋମେଶ୍ବର କିସ୍ ର ପ୍ରତ୍ୟୋତରରେ ସୁରଭିର କିସ୍ ରେ ସୋମେଶ ବହୁତ୍ ଖୁସି ହୋଇ ପଚାରିଲା, ଆରେ ବାଃ... ମୋ ସୁରଭି ତା' ମୋ ଠାରୁ ଭଲ କିସ୍ କରି ଜାଣେ, ଏତିକି ଶୁଣି ସୁରଭି ଲାଜେଇ ଗଲା। ଦୁହେଁ ରାତି ସାରା ମସ୍ତି କଲେ ଆଉ ତକିଆ ଫାଇଟ୍ ଏବଂ ତାଙ୍କ ଜୀବନର ପବିତ୍ର ମିଳନରେ ଦୁହେଁ ଅତ୍ୟନ୍ତ ଖୁସି ଥିଲେ ଆଉ ସେ ମଧୁର ରାତି ଆନନ୍ଦରେ କଟିଗଲା।

ରୋଷେଇ

ପର ଦିନ ସକାଳ, ସୁରଭି ସକାଳୁ ସକାଳୁ ନିତ୍ୟ କର୍ମରେ ଶାନ୍ତି ଦେବିକୁ ସାହାଯ୍ୟ କରିଲେ। ସୁରଭି ସେ ଦିନ ହଳଦିଆ ରଙ୍ଗର ଲୁଗାରେ ସତେ ଯେମିତି ହଳଦୀ ବସନ୍ତ ଭଳି ଦେଖା ଯାଉଥିଲା। ରାଧା ବାବୁ ସୁରଭିକୁ ଦେଖ୍ ଖୁସି ହୋଇଗଲେ। ବୋହୂ ବେଶରେ ପ୍ରଥମ ଦେଖା ହିସାବରେ ସୁରଭି ହାତରେ କିଛି ଟଙ୍କା ଦେ'ଲେ।

ସୁରଭି : ବାପା ଯେ' କ'ଣ?

ରାଧା ବାବୁ : ମୁଁ କ'ଣ ମୋ ଝିଅକୁ ଦେଇ ପାରିବିନି କି?

ସୁରଭି : ନାହିଁ ଯେ, କିନ୍ତୁ?

ରାଧା ବାବୁ : କିନ୍ତୁ ଫିନ୍ତୁ କିଛି ନାହିଁ, ଏଇଟା ରଖ, ମୁଁ ଆଜି ବହୁତ୍ ଖୁସି!!

ସୁରଭି, ବାପାଙ୍କ ପାଦ ଛୁଇଁ ମୁଣ୍ଡିଆ ମାରିଲା। ଶାନ୍ତି ଦେବୀ ପହଞ୍ଚିଲେ, ସୁରଭି ମା'ଙ୍କୁ ମଧ୍ୟ ମୁଣ୍ଡିଆ ମାରିଲା।

ଶାନ୍ତି ଦେବୀ : ସୁରଭି, ଏବେ ଘର ସଜାଇବା ଦାୟିତ୍ୱ ତୋର, ତୁ ଯେମିତି କହିବୁ ସେମିତି କରାଯିବ।

ସୁରଭି : ମା', ଏବେ ଯେମିତି ଅଛି ଭଲ ଅଛି, ମୁଁ ଆଉ କଣ ଅବା କରିବି।

ସୋମେଶ : ମା', ଏଇ ଝିଅଟି କିଏ, ବହୁତ୍ ସୁନ୍ଦର୍ ଲାଗୁଛନ୍ତି?

ଶାନ୍ତି ଦେବୀ : (ସୋମେଶକୁ) ଆଲ୍ଲା ? ଜାଣିବୁ କିଏ ଯେ, ଆସେ ମୁଁ କହୁଛି!! କହି ମା' ସୋମେଶକୁ ମାରିବା ପାଇଁ ଦୌଡ଼ିଲେ। ତାପରେ ଜଳଖିଆ ହେଲା ପରେ ସମସ୍ତେ ବସି କଥା ହେଲେ।

ବାହାଘରର ପାଞ୍ଚ ଦିନ ପରେ, ସୁରଭି ରୋସେଇ ଘରେ ରୋସେଇ କରୁଥିବା ସମୟରେ ପିଉସୀ ପହଞ୍ଚିଲେ।

ପିଉସୀ : ସୁରଭି, ମୁଁ କିଛି ସାହାଯ୍ୟ କରିବି କି?

ସୁରଭି : ନାହିଁ, ଆପଣ ବସନ୍ତୁ, ରୋସେଇ ସରିଲାଣି କେବଳ ତରକାରୀ ବସିଛି। ଅଳ୍ପ ସମୟ ଲାଗିବ ହୋଇଯିବ। ପିଉସୀ ମନେ ମନେ ଭାବୁଥାନ୍ତି, ଏ ଏଠୁ ବାହାରି ଯାଇଥାନ୍ତା ଯଦି ତେବେ ରୋସେଇ ସବୁ ଖରାପ କରିଦିଅନ୍ତି କିନ୍ତୁ ସୁରଭି କିଛି ସମୟ ପରେ ରୋସେଇ ସାରି ସମସ୍ତଙ୍କୁ ଖାଇବାକୁ ଦେଲା ଆଉ ସମସ୍ତେ ତାରିଫ୍ ମଧ କଲେ। ସୁରଭି ଯେତେବେଳେ ରୋସେଇ କରେ ସେ ସମୟରେ ପିଉସୀ ପହଞ୍ଚି ଯାଉଥାନ୍ତି କିନ୍ତୁ ସୁରଭି ସୁଯୋଗ ଦିଏ ନାହିଁ।

୧୦ ଦିନ ପରେ ସୁରଭି ଆଉ ସୋମେଶ, ସୁରଭି ଘରକୁ ଗଲେ ସେଠୀ କିଛି ଦିନ ରହି ଫେରି ଆସିଲେ। ସୁରଭିର ଆସିବାର ଇଚ୍ଛା ନଥିବା ସତ୍ତ୍ୱେ ସେ ଆସିବାକୁ ବାଧ୍ୟ। ସୋମେଶ ଘରେ ପୁଣି ଆସି ଦୁଇ ଦିନ ହୋଇଛି ସେଦିନ ସନ୍ଧ୍ୟା କାମ ସରିଲା ପରେ ରାତିରେ ସୁରଭି ସୋମେଶକୁ ପଚାରିଲା।

ସୁରଭି : ଶୁଣ ଧନ? ଗୋଟିଏ କଥା ପଚାରିବି?

ସୋମେଶ : ପଚାର?

ସୁରଭି : ମୋତେ, ପିଉସୀଙ୍କ ବ୍ୟବହାର କିଛି ଠିକ୍ ଲାଗୁନି, ସେ ସବୁବେଳେ

ମୋର ପଛରେ ଯୋକ ଭଳି ଲାଗି ରହୁଛନ୍ତି।

ସୋମେଶ : ଆରେ, ମୁଁ ତମକୁ କହିବା ଭୁଲ୍ ଯାଇଛି। ତାଙ୍କ ଠାରୁ ଏବଂ ତାଙ୍କ ପୁଅ ଅନୁଜ ଠାରୁ ଟିକେ ଦୂରରେ ରୁହ। ଅନୁଜ ଖରାପ ପିଲା ନୁହଁ କିନ୍ତୁ ମୋ ସୁରଭିକୁ ଦେଖ୍ ଈର୍ଷା କରି ପାରେ କିନ୍ତୁ ପିଉସୀ ହେଉଛି ବହୁତ୍ ଖରାପ ସେ ମୋ ସହିତ ଭଲରେ କଥା ହେଉ ନାହାନ୍ତି।

ସୁରଭି : କାହିଁକି, କ'ଣ ହୋଇଛି କି?

ସୋମେଶ : ଯେବେ ତମ ସହିତ ବାହାଘର ଠିକ୍ ହେଲା ସେ ସମୟରେ ପିଉସୀଙ୍କ ଇଚ୍ଛା ଥିଲା ଯେ ଅନୁଜ ସହିତ ତୁମର ବାହାଘର କରିବା ପାଇଁ, ସେତେବେଳେ ମୁଁ ବିରୋଧ କରିବାରୁ ପିଉସୀ ମୋ ଉପରେ ରାଗି କି ଅଛନ୍ତି।

ସୋମେଶ ପିଉସୀଙ୍କ ବିଷୟରେ ସବୁ କଥା ସୁରଭିକୁ କହିଲା।

ସୋମେଶ : ଯଦି, ବେଶୀ କିଛି ଅସୁବିଧା ହୁଏ ତେବେ ତମେ ମା' କିମ୍ବା ବାପାଙ୍କୁ ଜଣେଇବ।

ସୁରଭି : କିନ୍ତୁ, ମା' ମୋତେ ଖରାପ ଭାବିବେ ଯଦି?

ସୋମେଶ : ତମେ ବେଶୀ ଚିନ୍ତା କରୁଛ? ଆମ ଘର ଲୋକ ତାଙ୍କ ବିଷୟରେ ସବୁ ଜାଣିଛନ୍ତି। କେହି କିଛି ଭାବିବେ ନାହିଁ। ଏତିକି କଥା ହୋଇ ଦୁହେଁ ଶୋଇଲେ।

ହନିମୁନ୍

ବସନ୍ତ ସୁରଭି ଆଉ ସୋମେଶ ପାଇଁ ଗୋଟିଏ ହନିମୁନ ଟୁର୍ ବୁକ୍ କରିଥିଲା। ଦୁହେଁ ବାହାଘରର ୨୦ ଦିନ ପରେ ସୋମେଶ ଆଉ ସୁରଭି ହନିମୁନ ପାଇଁ ଜମ୍ମୁ କାଶ୍ମୀର ବୁଲିବାକୁ ଗଲେ। ସେଠୀ ୪ ଦିନ ବୁଲାବୁଲି କରିଲେ। ନିଜର ଆନ୍ତରିକ ମୁହୂର୍ତ୍ତ ସେମାନେ ସେଠୀ ବିତେଇଲେ। ବରଫର ଆନନ୍ଦ ନେବା ସହିତ ମନ୍ଦିର, ପାର୍କ ବୁଲାବୁଲି କଲେ। ବହୁତ୍ ମଜା ମସ୍ତି କରି ନିଜ ଜୀବନକୁ ବହୁତ୍ ଆନନ୍ଦରେ ଉପଭୋଗ କରିଲେ। ବୁଲାବୁଲିର ଦ୍ୱିତୀୟ ଦିନ ସନ୍ଧ୍ୟାରେ ହୋଟେଲର ବାଲକୋନୀରେ ଦୁହେଁ କମ୍ବଲ ଭିତରେ ବସି କଥା ହେଉଥାନ୍ତି। ବହୁତ୍ ଥଣ୍ଡା ଅନୁଭବ ହେଉଥାଏ।

ସୁରଭି : ହେଇ ଶୁଣ?

ସୋମେଶ : ପ୍ରଥମେ ମୋ କଥା ଶୁଣ ? ଆଜିଠୁ ତମେ ମୋତେ ସୋମେଶ ବୋଲି ଡାକିବ! ସବୁବେଳେ, ହେଇ ଶୁଣ! ହେଇଟି ଶୁଣ! ଲଗେଇଛ।

ସୁରଭି : ରାଗନି ପ୍ଲିଜ୍, ମୁଁ କ'ଣ ଡାକିବି ଭାବି ପାରୁନି?

ସୋମେଶ : ସେଥିପାଇଁ ତ କହିଲି ମୋ ନାଁ ନେଇ ଡାକ।

ସୁରଭି : ନା ନା, ମୋତେ ପାପ ଲାଗିବ, ଆଉ କିଛି ନା ନେଇ ଡାକିବି?

ସୋମେଶ : ମୋ ସାଙ୍ଗ ମାନେ ମୋତେ ଡେଙ୍ଗୁ ବୋଲି ଡାକନ୍ତି, ତମେ ମଧ୍ୟ ଡାକ?

ଏତିକି ଶୁଣି ଦୁହେଁ ହସିବାକୁ ଲାଗିଲେ।

ସୁରଭି : ହଉ ଆଜିଠୁ ମୁଁ ତମକୁ ବାବୁ ବୋଲି ଡାକିବି? କିଛି ଖରାପ ଭାବିବନି ତ? କିନ୍ତୁ ଘରେ ବାପା, ମା' ଆଗରେ ଡାକିବିନି।

ସୋମେଶ : ଠିକ୍ ଅଛି!! ଏବେ କୁହ କଣ ପଚାରୁଥିଲ?

ସୁରଭି : କହିବି ତ? ଆଇ ଲଭ୍ ୟୁ ମାଇଁ ସୁପର୍ ହିରୋ।

ସୋମେଶ : କେଉ ଖୁସିରେ, ଜାଣି ପାରିବି କି?

ସୁରଭି : ମୁଁ କେବେ ମଧ୍ୟ ଭାବିନଥିଲି କି ମୁଁ ମୋ ଜୀବନର ହନିମୁନ ସ୍ୱପ୍ନଟା ପୁରା ହେବ କି ନାହିଁ? ବହୁତ୍ ଲୋକଠୁ ଶୁଣିଛି, ଗାଁରେ ଭାଉଜମାନେ କୁହନ୍ତି ତାଙ୍କ ଭାଇ ବୁଲେଇ ନିଅନ୍ତି। ସେତେବେଳେ ମୁଁ ମନେ ମନେ ଭାବୁଥାଏ ମୋ ରାଜକୁମାର (ମୋତେ ଯିଏ ବାହା ହେବ) ସେ ମଧ୍ୟ ବୁଲେଇ ନେଇଥାନ୍ତା କି? ଆଉ ଆଜି ତାହା ସତରେ ପରିଣତ ହୋଇ ଯାଇଛି। ଆସିବାର ଦୁଇ ଦିନ ପୂର୍ବରୁ ବସନ୍ତ କହିଲେ ଭାଉଜ ତମ ପାଇଁ ଗୋଟିଏ ବଡ ସରପ୍ରାଇଜ୍। ସେତେବେଳେ ମୁଁ କିଛି ବୁଝିପାରିଲି ନାହିଁ କିନ୍ତୁ ତମେ ପୂର୍ବ ଦିନ ଯେତେବେଳେ କହିଲ କି କାଲି ଆମର ଟ୍ରେନ୍ ଅଛି ଦିଲ୍ଲୀ ପାଇଁ, ମୁଁ ମଜା ବୋଲି ଭାବୁଥିଲି। ସେତେବେଳେ ମୋତି ଆସି ମୋତେ ଚିଡ଼େଇଲା କି ହନିମୁନ ଯିବୁ ନା? ଯଦି ତୁ ଯିବୁ ତେବେ ମୁଁ ମଧ୍ୟ ତୋ ସାଙ୍ଗରେ ଯିବି। ନହେଲେ ତୋତେ ଛାଡ଼ିବି ନାହିଁ ସତ କହିବ' ସେ ସମୟରେ ହନିମୁନ କଥା ଶୁଣି ମୁଁ ମନେ ମନେ ବହୁତ୍ ଖୁସି ହୋଇଗଲି। ସେଦିନ ରାତିରେ ତମେ ମୋତେ ଟ୍ରେନ୍ ଟିକେଟ୍ ଦେଖାଇଲା ପରେ ମୁଁ ବହୁତ୍ ସ୍ୱପ୍ନ ଦେଖିଦେଲି। ସେଦିନ ରାତି ସାରା ମୋତେ ନିଦ ନାହିଁ ଆଉ ସେ ସ୍ୱପ୍ନ ଆଜି ମୋର ସତ ହୋଇଯାଇଛି। ସେଥିପାଇଁ ଏ କଥାଟି ମୁଁ ତୁମକୁ ଖୁସିରେ କହିଲି।

ସୋମେଶ : ଆଚ୍ଛା ମୋତିକୁ ନେଇ ଆସିଥାନ୍ତ ନା?

ସୁରଭି : ରାଗ ମୁହଁରେ, ତାକୁ କାହିଁକି ଆଣିବି?, ଆଉ ତମେ ତା' କଥା କାହିଁ ପଚାରୁଛ?

ସୋମେଶ : ଆରେ ସେ ମୋ ଶାଳୀ, ମାନେ ଅଧା ଘରବାଲି ନା? ସେଥିପାଇଁ ପଚାରିଲି? ସୁରଭି ରାଗି ଯାଇ ଉଠି ଚାଲିଯିବାକୁ ବସିଲା। ସେତେବେଳେ ସୋମେଶ ତା' ହାତକୁ ଧରି କହିଲା ଆରେ ମୁଁ ମଜା କରୁଥିଲି, ରାଗଣୀ ଧନ!!

ସୁରଭି : ଛାଡ଼, ମୋ ହାତ? (ରାଗରେ)

ସୋମେଶ : ଆରେ ବାବା, ମୁଁ ମଜାରେ କହିଲି, ଏତେ ରାଗ?, ହଉ ରାଗ କଣ ପାଇଁ କୁହ?

ସୁରଭି : ନା କିଛି ନାହିଁ।

ସୋମେଶ : କୁହ କୁହ?

ସୁରଭି : ସେ ଚଣ୍ଡୀ କଥା ମୋତେ ପଚାର ନାହିଁ? ତା'ର ନାଁ ଧରିଲେ ମୋର ବ୍ଲଡ଼ ପ୍ରେସର୍ ବଢ଼ିଯାଉଛି।

ସୋମେଶ : ଆରେ କ'ଣ ହେଲା କୁହ ତ?

ସୁରଭି : ନା ମୋର ମୁଡ୍ ଅଫ୍ ହୋଇଗଲା, ମୁଁ ଆଉ କହିବିନି, ଏତେ ଭଲ ସମୟରେ ସେ ଚଣ୍ଡୀର ନାମ ଧରି ମୋ ମୁଡ୍ ଅଫ୍ କରିଦେଲ।

ସୋମେଶ : ହଉ ମୁଁ ରାତିରେ ତମ ମୁଡ୍ ଠିକ୍ କରିଦେବି ଏବେ କୁହ, ମନରେ ଯାହା ଅଛି କହିଦିଅ, ଦେଖିବ ତମକୁ ହାଲୁକା ଲାଗିବ।

ସୁରଭି : କଥା ଆଦାୟ କରିବାରେ ତମେ ପୁରା ଏକ୍ସପର୍ଟ।

ସୋମେଶ : କୁହ ୟ'ର?

ସୁରଭି : ହଉ ଶୁଣ, ସେ ଚଣ୍ଟୀ ମୋ ହିରୋ ଉପରେ ନଜର ପକାଉଛି। ସେ କହୁଛି, ତୋ ହିରୋ ତ ସତରେ ଓଡ଼ିଆ ହିରୋ ଭଲି ଦେଖାଯାଉଛନ୍ତି। ଆଉ କ'ଣ କହୁଛି ଜାଣିଛ? ତୁ ଯଦି ଏଇ ବାହାଘର ପାଇଁ ମନା କରିଦେବୁ ତେବେ ମୁଁ ସୋମେଶ ସାଙ୍ଗରେ ମେରେଜ୍ କରିଦିଅନ୍ତି। ମୁଁ କହିଲି, ତୁ ବସନ୍ତ କୁ ଲାଇନ୍ ମାରେ ସେ ଭଲ ପିଲା, ତୁ ସୋମେଶ ଉପରେ କାହିଁକି ନଜର ପକାଉଛୁ।

ମୋତି କହିଲା ଯେ 'ଆରେ ସେ ବସନ୍ତ, ସେ ମାଙ୍କଡ ମୁହାଁ ନିଜକୁ କ'ଣ ଭାବୁଛି କେଜାଣି? ଏବଂ ସେ ଆଉ ଗୋଟିଏ କଥା କହିଲା ଯେ, ସେ ସହରରେ ରୁହନ୍ତି ନା? ସେଠୀ ତମକୁ ତାଙ୍କ ଘରକୁ ଡାକିବ ଏବଂ ଦୁହେଁ ବୁଲାବୁଲି କରିବ। ତମକୁ ଭଲ ରୋଷେଇ କରି ଖୁଆଇବ?

ସୋମେଶ : ଆରେ ସେ ତ ପୁରା ଯୋଜନା ବନେଇ ରଖ଼ିଛି?

ସୁରଭି : ଏମିତି କୁହନି, ମୋତେ ରାଗ ମାଡୁଛି? ଆଉ ତମ ସାଙ୍ଗରେ ସେ ବହୁତ୍ କଥା ହେବ।

ସୋମେଶ : ଆରେ ବାଃ, ମୁଁ ଏତେ ଖାସ୍, ଏତେ ସ୍ପେଶାଲ୍।

ସୁରଭି : ଚୁପ୍ କର? ମୋତେ ରାଗ ମାଡୁଛି? ତମେ ମଧ ତା' ସାଙ୍ଗରେ କଥା ହେବନି !!

ସୋମେଶ : ମୁଁ କ'ଣ କରିବି ଯେ, ସେ ତ ସବୁବେଳେ ଜିଜୁ... ଜିଜୁ... ହୋଇ ମୋ ଉପରେ ଲାଗୁଛି, ତାକୁ କାହିଁକି ଡାକିଲ କି ଆମ ଘରକୁ?

ସୁରଭି : ମାଉସୀ ଆସିଲେ ବୁଲିବାକୁ, ସେ ମଧ ଆସିଲା, ମୁଁ କେମିତି ମନା କରିଥାନ୍ତି।

ସୋମେଶ : ହଉ, କୁହ ? ସେ ଆମ ସାଙ୍ଗରେ ଆସିବା କଥା କହୁଥିଲା, ସେ କଥା କ'ଣ ହେଲା?

ସୁରଭି : ଆସିବାର ପୂର୍ବ ଦିନ କହୁଛି, ତୁ ସୋମେଶଙ୍କୁ କହ, ମୋ ପାଇଁ ମଧ ଟିକେଟ କରିବେ। ମୁଁ କହିଲି, ବସନ୍ତ କରିଛି ଟିକେଟ। ତାଙ୍କୁ କହ, ତୁ ଆଉ ବସନ୍ତ ମିଶି ହନିମୁନରେ ଚାଲିଯିବ। ତୋ ଭଳିଆ ଚଣ୍ଡୀକୁ ବସନ୍ତ ହିଁ ଠିକ୍ କରିପାରିବ। ଆମ ସାଙ୍ଗରେ କାହିଁକି ଯିବୁ? ସେ କହୁଛି, ତମର କିଛି ଅସୁବିଧା ହେଲେ ମୁଁ ତମ ଦୁଇଙ୍କୁ ସାହାଯ୍ୟ କରିବି ନା? ଆଉ ସେ ଚଣ୍ଡୀ ସାହାଯ୍ୟ କରିବନି ତ,,, ମୋ ହିରୋ ଉପରେ ନଜର ପକେଇବ?

ସୋମେଶ : (ହସି ହସି) ବାଃ ମୋ ସ୍ତ୍ରୀ... ମୋ ପ୍ରତି କେତେ ଲୋଭ? ଆଇ ଲଭ ୟୁ ମାଇଁ ଗେଲି, ମୋତେ ତମେ ସତରେ କେତେ ଭଲ ପାଅ।

ଏତିକି କହି ସୋମେଶ ସୁରଭିକୁ ଟାଣି ଆଣି ହଗ୍ କରିଲା।

ସୁରଭି : (ଆଖିରେ ଲୁହ ଆସିଗଲା) ପ୍ଲିଜ ସୋମେଶ ତମକୁ ମୁଁ ଆଉ କାହା ସାଙ୍ଗରେ ଦେଖିପାରିବିନି।

ସୋମେଶ : ଆରେ ବାବା, ମୁଁ ମଜା କରୁଛି? ମୁଁ ତମକୁ ଛାଡ଼ି କୁଆଡେ ଯିବିନି। ଆଉ ତମ ଛଡ଼ା ଆଉ କାହାକୁ ମୋ ହୃଦୟରେ ଯାଗା ଦେବିନି। ହଉ ଏବେ ରାଗ ଶାନ୍ତ କର ଆଉ କିଛି କୁହ?

ସୁରଭି : ହଁ, ମୁଁ ପଚାରୁଥିଲି ଯେ, ତମେ ଗାଁରେ ଆଉ କେତେ ଦିନ ରହିବ?

ସୋମେଶ : ସେ କଥା, ପରେ ଚିନ୍ତା କରିବ ଏବେ ହନିମୁନ ଆସିଛ, ଯ଼'ର ମଜା ନିଅ? ସେକଥା ପରେ ଦେଖିବା! ତାପରେ ଦୁହେଁ ଶୟନ କରିଲେ।

ଦୁଇ ଦିନ ବୁଲାବୁଲି ପରେ ହନିମୁନର ଶେଷ ଦିନ, କାଶ୍ମୀରରେ ଦଙ୍ଗା ଯୋଗୁଁ ବସ ଚଳାଚଳ ୩ ଦିନ ପାଇଁ ବନ୍ଦ ରହିଲା। ସବୁ ଟିକେଟ ବାତିଲ କରିବାକୁ ପଡିଲା। ଦୁହେଁ ସବୁ ଜାଗା ବୁଲି ସାରି ଥିଲେ କିନ୍ତୁ ଶେଷରେ ଏମିତି ଦଙ୍ଗା ଯୋଗୁଁ ସେ ସେଠୀ ହୋଟେଲରେ ୩ଦିନ ଅଧିକା ରହିବାକୁ ପଡିଲା। ପ୍ରକୃତରେ ସୁରଭି ଚାହୁଁଥିଲା ଯେ ଆଉ କିଛି ଦିନ ସୋମେଶ ସାଙ୍ଗରେ

ବିତେଇଥାନ୍ତି ଏବଂ ସେ ସ୍ୱପ୍ନ ମଧ ସୁରଭିର ପୁରା ହୋଇଗଲା ଦୁହେଁ ୭ ଦିନ ପରେ ଘରକୁ ଫେରିଲେ।

ଛୁଟି ଶେଷ

୭ ଦିନ ପରେ ଦୁହେଁ ଘରକୁ ଫେରିଲେ, ମନରେ ଖୁସି ଥିଲା କିନ୍ତୁ ସୁରଭି ମନରେ ଇଚ୍ଛା ଥିଲା କି। ଆଉ ଗୋଟାଏ ମାସ ସୋମେଶ ଯଦି ମୋ ସାଙ୍ଗରେ ରହିଥାନ୍ତେ ତେବେ ଭଲ ହୁଅନ୍ତା! କିନ୍ତୁ ସୋମେଶର ଛୁଟି ସରିବାକୁ ଆସିଲା, ଛୁଟି ମାତ୍ର ୧୫ ଦିନ ବାକି ଥିଲା। ସେ ଦିନ ରାତିରେ ସୋମେଶ, ସୁରଭିକୁ କହିଲା ତମେ ପଚାରୁଥିଲ ନା? ମୁଁ କେବେ ଫେରିବି? ମୋର ଛୁଟି କେବଳ ୧୫ ଦିନ ବାକି ଅଛି। ଏତିକି କଥା ଶୁଣି ସୁରଭିର କାନ୍ଦ ଆରମ୍ଭ ହୋଇଗଲା। ସୋମେଶ ବୁଝାଇବାକୁ ଯାଇ କହିଲା, ତମେ ଏମିତି କାନ୍ଦୁଛ ଯେମିତି ମୁଁ ଆଉ ଫେରିବି ନାହିଁ।

ସୁରଭି : ପ୍ଲିଜ୍ ବାବୁ? ଏମିତି କୁହନି, ମୋତେ ଏମିତି କଥା ଶୁଣି ବହୁତ୍ ଖରାପ୍ ଲାଗୁଛି।

ସୋମେଶ : ଆରେ ମୋର କିଛି ହେବନି। ତା'ପରେ ସୁରଭିକୁ ବୁଝାଇ କହିଲା, ତମେ ଚିନ୍ତା କର ନାହିଁ। ମୁଁ ମୋ ୟୁନିଟରେ ସରକାରୀ କ୍ବାଟର୍ ପାଇଁ କହିଛି। ଯେବେ ସରକାରୀ କ୍ବାଟର ମୋତେ ମିଳିଯିବ ତମକୁ ମୁଁ ନେଇ ଚାଲିଯିବି।

ସୁରଭି : ନା ନା, ମୁଁ କିଛି ମାସ ଏଠି ବାପା, ମା ପାଖରେ ରହି ତାଙ୍କ ସେବା କରିବି ତା'ପରେ ଯିବି।

ସୋମେଶ : ମୋ ସାଙ୍ଗରେ ରହିବାକୁ ଇଚ୍ଛା ନାହିଁ କି?

ସୁରଭି : ନା ନା, ବାପା, ମା'ଙ୍କୁ କିଛି ଦିନ ବୋହୂ ରାନ୍ଧଣା ଖୁଆଇବି ଆଉ ତାଙ୍କ ସେବା କରିବାକୁ ମୋତେ ସୁଯୋଗ ଦିଅ।

ସୋମେଶ : ହଉ, ଭଲ କଥା, ମୁଁ ମଧ, ଏଇ କଥା ଶୁଣିବାକୁ ଚାହୁଁଥିଲି, ମୁଁ ଆଜି ଜାଣିଲି, ପ୍ରକୃତରେ ଶିଷ୍ଟାଚାର ମଣିଷ ନିଜ ବାପା ମା'ଙ୍କ ଏବଂ ପରିବାର ଠାରୁ ସିଖୁଥାନ୍ତି।

ସୁରଭି : ବୁଝିପାରିଲି ନାହିଁ।

ସୋମେଶ : ତମ, ଶିଷ୍ଟାଚାର ଆଉ ତମ ଉତ୍ତମ ବ୍ୟବହାର ଦେଖି ଜଣା ପଡେ। ସବୁ ଝିଅଙ୍କ ଘରେ ଏମିତି ବାପା ମା' ରୁହନ୍ତୁ। ଆଉ ତମ ଭଲି ବ୍ୟବହାର ରହିଥାନ୍ତା। ତେବେ ଶାଶୂ ଘରେ ସବୁ ବୋହୂକୁ ଝିଅ ଭଲି ସମ୍ମାନ ମିଳିଥାନ୍ତା।

ସୁରଭି : କିଏ କେମିତି କ'ଣ? ମୁଁ ଜାଣିନି, ମୁଁ ମୋ ବାପା, ମା'ଙ୍କୁ କିଛି ଦିନ ସେବା କରିବି। ତା'ପରେ ତମ ସାଙ୍ଗରେ ଯିବି।

ସୋମେଶ : ହଉ ବାବା, ହଉ ତମକୁ ସେବା କରିବାକୁ ସୁଯୋଗ ଦେବି। ଚାଲ ଶୋଇବା ରାତି ବହୁତ୍ ହେଲାଣି।

ଦେଖୁ ଦେଖୁ ଆଉ ରହିଲା ୩ଦିନ, ସୋମେଶର ଛୁଟି ସରିବା ଦିନ ଯେତେ ପାଖେଇ ଆସୁଥାଏ, ସୁରଭିର ସବୁବେଳେ ମନଦୁଃଖ ରହୁଥାଏ।

ରାତି ପାହିଲେ ସୋମେଶ ଫେରିଯିବ ନିଜ ୟୁନିଟ୍‌କୁ। ରାତିରେ ସୁରଭି ଆଖିରେ ନିଦ ନାହିଁ, ସୋମେଶ ସୁରଭିକୁ ହଗ୍ କରି ପଚାରିଲା, ସୁରଭି ତମେ କିଛି କହୁନ ଯେ, ସୁରଭି କାନ୍ଦିବାକୁ ଆରମ୍ଭ କଲା, ବାବୁ ଗୋଟିଏ କଥା କହିବି? ତମେ ଆଉ କେତେ ଦିନ ରହିଥିଲେ ହୁଅନ୍ତା ନାହିଁ? ସୋମେଶ ବୁଝାଇବାକୁ ଯାଇ କହିଲା, ଦେଖ ସରକାରୀ ଚାକିରୀରେ ଅଧିକା ରହିଲେ ମୋ ଉପରେ, ମୋ ଅଫିସର ପ୍ରେସର୍ ପକେଇବେ, ଆଉ ମୋ ଉପରେ ପ୍ରେସର୍ ପକେଇବା ଅର୍ଥାତ୍, ମୋର ଖରାପ ଚିନ୍ତା କରିବେ ଆଉ ମୋତେ ଅନ୍ୟ କିଛି ସୁବିଧାରୁ ମୁକ୍ତ କରିଦେବେ, ସେଥିରେ ମୋର କ୍ଷତି ହେବା। ଆଉ ତମେ ଯଦି ଚାହୁଁଛ ମୋର

କ୍ଷତି ହେଉ ତେବେ ମୁଁ ରହିଯିବି।

ସୁରଭି : ନା ନା, ମୁଁ ଚାହେଁ ନାହିଁ। ତୁମର କିଛି କ୍ଷତି ହେଉ, କିନ୍ତୁ ମୋ ମନ ବୁଝୁନି, କ’ଣ କହିବି? ମୋ ମନକୁ ଡର ମାଡୁଛି?

ସୋମେଶ : ଆରେ ମୋର କିଛି ହେବନି। ବେଶୀ ଚିନ୍ତା କରନି। ଚାଲ ଶୀଘ୍ର ଶୋଇବା, ସକାଳେ ଶୀଘ୍ର ଉଠିବାକୁ ପଡ଼ିବ। ଏତିକି କଥା ପରେ ଦୁହେଁ ଶୋଇଲେ।

ସକାଳ ୯ଟାରେ ରେଳ ଷ୍ଟେସନ ପାଇଁ ବସ୍ ଥିଲା। ଟ୍ରେନ ସନ୍ଧ୍ୟା ୫ଟାରେ ଥିଲା। ସକାଳୁ ସବୁ ନିତ୍ୟ କର୍ମ ସାରି ସୋମେଶ ବାହାରିଗଲା ନିଜ ୟୁନିଟକୁ। ଘରୁ ବାହାରିବା ପୂର୍ବରୁ ପଛକୁ ବୁଲି ଦେଖିଲା ବେଳେ ବାପା, ମା’ ଆଉ ସୁରଭି ଆଖିରେ କେବଳ ଲୁହ ଥିଲା (ସେ ଲୁହ ସୋମେଶକୁ ଫେରି ଯିବାକୁ ଆମନ୍ତ୍ରଣ କରୁଥିଲା) ଏପଟେ ବସନ୍ତ ବାଇକ୍ କୁ ଷ୍ଟାର୍ଟ କରି ଡାକିବାକୁ ଲାଗିଲା, ଆରେ ଶୀଘ୍ର ଆସେ, ବସ୍ ଛାଡ଼ି ଦେବ, ସୋମେଶର ମନ କହୁଥାଏ କି, ଯଦି ଦରକାର ପଡ଼େ ତେବେ ଛୁଟି ବଢ଼େଇବି କିନ୍ତୁ ୟୁନିଟକୁ ଯିବି ନାହିଁ। ପୁଣି ପର ସେକେଣ୍ଡ ରେ ଭାବେ। ଏବେ ଯଦି ଘରକୁ ଫେରିଯିବି ତେବେ ନିଜର ଗୌରବ ଆଉ ସମ୍ମାନ ହରେଇ ବସିବି। ଏମିତି ଭାବି ପୁଣି ଫେରି ଚାଲିଲା ନିଜ ୟୁନିଟ ଅଭିମୁଖେ।

କବାଟ କଣରେ ଲୁଚି ଦେଖୁଥିବା ସୁରଭିର ଛଳ ଛଳ ଲୁହ ଭରା ଆଖିକୁ ସେ ଭୁଲ୍‌ବାକୁ ଚେଷ୍ଟା କରୁଥିଲା କିନ୍ତୁ ସମୟର ଆବାହନରେ ପଛକୁ ଫେରିବା ଅର୍ଥାତ୍ ନିଜ ଜୀବନର ଲକ୍ଷ୍ୟକୁ ହାସଲ କରିବାର ସୁଯୋଗ ହରେଇ ବସିବା ସହ ସମାନ ଅଟେ। ନିଜ ଦୁଃଖକୁ ଚାପି ରଖି ସୋମେଶ ନିଜ ୟୁନିଟ୍ କୁ ଫେରିଗଲା।

ତିନି ତୁଣ୍ଡରେ ଛେଳି କୁକୁର

ସୋମେଶ ୟୁନିଟ୍ ଫେରିବା ପରେ ସୁରଭିର ମନ ଲାଗୁନଥିଲା। ସୁରଭିର ମନ କଥା ବୁଝିବାକୁ ଯାଇ ଶାନ୍ତି ଦେବୀ ସୁରଭିକୁ ରୋଷେଇ ଏବଂ ଅନ୍ୟ କାମରେ ସାହାଯ୍ୟ କରୁଥାନ୍ତି। କିଛି ଦିନ ଏମିତି ଚାଲିଲା, କଥାରେ ଅଛି "ତିନି ତୁଣ୍ଡରେ ଛେଳି କୁକୁର "ଏଠି ସେମିତି କିଛି ଘଟିବାକୁ ଲାଗିଲା। ପିଉସୀ ବହୁତ୍ ଥର ସୁରଭିକୁ ହଇରାଣ କରନ୍ତି। ଯେମିତି କପଡା ଧୋଇ ଆଣି ସୁଖେଇବା ପରେ, ପିଉସୀ ସେ ଗୁଡାକ ତଳେ ପକେଇ ଦେଉଥିଲେ। ସୁରଭିର ଗହଣା ଉପରେ ବେଶୀ ନଜର ରଖନ୍ତି। ଶାନ୍ତି ଦେବୀଙ୍କୁ ଯାଇ କୁହନ୍ତି। ଠିକ୍ ସେ ଲୁଗା ପିନ୍ଧି ଜାଣିନି। ଆଉ କାହାକୁ କେମିତି ସମ୍ମାନ ଦେବ ସେ ଶିଷ୍ଟାଚାର ସିଖିନି। ତା' ଘରୁ କିଛି ଦାମୀ ଜିନିଷ ଆଣିନି ଏମିତି ବହୁତ୍ କଥା ଶାନ୍ତି ଦେବିକୁ ଯାଇ କୁହନ୍ତି। ସୁରଭି ରୋଷେଇ କରି ଆସିଲା ପରେ ଚୁପ୍ କରି ରୋଷେଇ ହୋଇଥିବା ଜିନିଷରେ ଅଧିକା ରାଗ ଏବଂ ଅଧିକା ଲୁଣ କରି ଦେଉଥାନ୍ତି। ବେଲେବେଲେ ଅଳିଆ ଆବର୍ଜନା ଜାଣିଶୁଣି କରନ୍ତି ଆଉ ଏମିତି କରିବା ପରେ ସେ ଶାନ୍ତି ଦେବୀ ପାଖରେ ଯାଇ ସୁରଭିର ଏମିତି କାମ ବିଷୟରେ କହୁଥାନ୍ତି। ସୁରଭି ସବୁ ଦେଖୁଥାଏ କିନ୍ତୁ ମା' ଆଗରେ ମୁହଁ ଖୋଲି କହିପାରେନା। ବେଲେବେଲେ ସୁରଭି ରାଧା ବାବୁଙ୍କୁ କହିବାକୁ ଚାହୁଁଥାଏ କିନ୍ତୁ ପିଉସୀ ଜୋକ ଭଲି ପଛେ ପଛେ ଲାଗି ରହିଥାନ୍ତି ଏବଂ ସେ କହିବାକୁ ସୁଯୋଗ ପାଉ ନଥାଏ।

ଶାନ୍ତି ଦେବୀ ମଧ୍ୟ ଏସବୁ ଦେଖନ୍ତି କିନ୍ତୁ ସେ ପିଉସୀଙ୍କ ବ୍ୟବହାର ଜାଣିଥିଲେ ସେଥିପାଇଁ ସେ ଅଣଦେଖା କରି ରହି ଯାଆନ୍ତି। ଏମିତି କିଛି ଦିନ

ଗଲା ପରେ। ସୁରଭିର ଦେହ ଖରାପ୍ ହେବାକୁ ଲାଗିଲା। ସେ ଠିକ୍ ସମୟରେ ଖାଇବା ଏବଂ ଶୋଇବା କରିପାରୁ ନଥିବାରୁ ଦୁର୍ବଳ ହେବାକୁ ଲାଗିଲା। ସକାଳ ୪ଟାରୁ ଉଠି ଘର କାମ ସବୁ ସରିବ ଏବଂ ରାତି ୧୨ଟା ପରେ ସେ ଶୋଇବାକୁ ଯାଉଥିଲା। ପ୍ରଥମେ ପ୍ରଥମେ ଶାନ୍ତି ଦେବୀ ସୁରଭି କେତେବେଳେ ଖାଉଛି କେତେବେଳେ ଖାଉନି ସେ ଉପରେ ଧ୍ୟାନ ଦେଉଥିଲେ କିନ୍ତୁ ପରେ ପରେ ପିଉସୀଙ୍କ କଥାରେ ପଡ଼ି ଶାନ୍ତି ଦେବୀଙ୍କ ମନ ବଦଳିବାକୁ ଲାଗିଲା। ଏପଟେ ପିଉସୀଙ୍କ ହଇରାଣ ଆଉ ସେପଟେ ଶାନ୍ତି ଦେବୀ ଅସଲ କଥା ନ ବୁଝି ପିଉସୀ କଥାରେ ପଡ଼ି ସୁରଭିକୁ ବେଳେ ବେଳେ ଗାଳି ଦେଉଥିଲେ। ସୁରଭିର ବାପା ମା'ଙ୍କୁ ମଧ୍ୟ ଖରାପ କହୁଥିଲେ। ଶାନ୍ତି ଦେବୀ ସୁରଭି ପ୍ରତି ତିଳେ ମାତ୍ର ଧ୍ୟାନ ଦେଲେ ନାହିଁ। ସବୁ ସମୟରେ ଯେମିତି ସୁରଭିର ଭୁଲ୍ ଦେଖା ଯାଉଥିଲା। ସୁରଭି ଖାଉଛି ନା ନାହିଁ କେବେ ପଚାରନ୍ତି ନାହିଁ। ବେଳେବେଳେ ରାଧା ବାବୁ ସୁରଭି କଥା ପଚାରି ବୁଝନ୍ତି କିନ୍ତୁ ସୁରଭି ସବୁବେଳେ ହଁ କରି ଦେଉଥାଏ ଯେ ସେ ଠିକ୍ ଅଛି ବୋଲି।

ଅତ୍ୟାଚାର

ଦେଢ଼ ମାସ ପରେ ରମେଶ ବାବୁ ସୁରଭିକୁ ଦେଖା କରିବାକୁ ଆସିଲେ। ସୁରଭିର ଏମିତି ଅବସ୍ଥା ଦେଖି ସେ ରାଧା ବାବୁ ସହିତ କଥା ହେଲେ।

ରମେଶ ବାବୁ : ସମୁଦୀ ଆପଣ ମୋ ଝିଅକୁ ନିଜ ଝିଅର ଦର୍ଜା ଦେବେ ବୋଲି କହି ତାକୁ ଆଣିଥିଲେ କିନ୍ତୁ ଏ କ'ଣ ମୋ ଝିଅ ଯେମିତି ଜୀବନ୍ତ ଶବ ପାଲଟି ଯାଇଛି।

ରାଧା ବାବୁ : କ୍ଷମା କରିବେ ସମୁଦୀ, ଏଥିପାଇଁ ମୁଁ ଦାୟୀ, ଏହି କାମଟି ମୁଁ ଶାନ୍ତି ଉପରେ ଛାଡ଼ି ଦେଇଥିଲି କିନ୍ତୁ ସେ ମଧ ଧ୍ୟାନ ଦେଉନାହାନ୍ତି ବୋଧେ? ମାତ୍ର ମୁଁ ସୁରଭିକୁ ଯେତେବେଳେ ପଚାରେ ସେ ସବୁବେଳେ ଠିକ୍ ଅଛି ବୋଲି କହେ। ଝିଅକୁ ମୁଁ ବେଳେବେଳେ ଦେଖେ ତ କେତେବେଳେ ନାହିଁ। ମୁଁ ଶାନ୍ତିକୁ ପଚାରେ ତେବେ ସେ କହିଦିଏ ସେ ଠିକ୍ ଅଛି ବୋଲି ଏବଂ ରୋଷେଇ ଘରେ ଅଛି ବୋଲି କହେ।

ଠିକ୍ ସେତିକି ବେଳେ ସୁରଭି ଆସି ପହଁଚିଲା। ରମେଶ ବାବୁ ସୁରଭିକୁ ପଚାରିଲେ, ମା' ତୋର ଏ କ'ଣ ଅବସ୍ଥା? ତୁ ଠିକ୍ ସମୟରେ ଖାଇବା ପିଇବା କରୁଛୁ ତ? ଏତିକି ପ୍ରଶ୍ନରେ ସୁରଭିର ଆଖିରୁ ଲୁହ ବାହାରି ଗଲା। ରାଧା ବାବୁ ସୁରଭିକୁ ବୁଝାଇବାକୁ ଯାଇ କହିଲେ। ମା', କୁହ କ'ଣ ହୋଇଛି? କିଛି ଅସୁବିଧା ଅଛି କି? ସୁରଭି ମୁଣ୍ଡ ହଲେଇ ମନା କରିଲା। ମୁଁ ତୁମ ବିଷୟରେ ପଚାରିବାକୁ ସମୟ ପାଉ ନାହିଁ। ମୁଁ ଶୋଇବା ପୂର୍ବରୁ ତମେ ମୋ ଗୋଡ଼ରେ

ତେଲ ଲଗାଇବାକୁ ଆସୁଥିଲ କିନ୍ତୁ ଏବେ ଆସୁନ। ଏବେ କେବଳ ଶାନ୍ତି ଆସୁଛି। କ'ଣ ହୋଇଛି ମା' କୁହ? ରମେଶ ବାବୁ କହିଲେ, ସମୁଦୀ ମୁଁ ମୋ ଝିଅକୁ କିଛି ଦିନ ମୋ ଘରକୁ ନେବାକୁ ଚାହୁଁଛି ଯଦି ଆପଣ ଅନୁମତି ଦିଅନ୍ତି?

ରାଧା ବାବୁ : ହଁ... ହଁ... ଏଥିରେ ଅନୁମତି ମାଗିବାର କିଛି କାରଣ ନାହିଁ, ଆପଣ ନେଇପାରନ୍ତି। କିଛି ସମୟ କଥା ପରେ ରମେଶ ବାବୁ ସୁରଭିକୁ ନେଇ ନିଜ ଗାଁକୁ ଫେରିଗଲେ।

ସୁରଭି ନିଜ ଗାଁକୁ ପହଞ୍ଚିଲା ପରେ, ନିତା ଦେବି ସୁରଭିକୁ ଦେଖି କାନ୍ଦି କାନ୍ଦି, ଏ କ'ଣ ଅବସ୍ଥା କରି ରଖିଛୁ ତୋର, କ'ଣ କିଛି ଅସୁବିଧା ହେଉଥିଲା ମା'?

ସୁରଭି : ନାହିଁ ମା'! ସେମିତି କିଛି ନାହିଁ, ଖାଇବା ପିଇବା ଠିକ୍ ସମୟରେ ହୋଇପାରୁନଥିଲା ସେଥିପାଇଁ ଅଳ୍ପ ଦୁର୍ବଳ ହୋଇଯାଇଛି।

ବସନ୍ତକୁ ଘରକୁ ଡାକିବା ପାଇଁ ସୁରଭି ବସନ୍ତ ପାଖକୁ ଖବର ଦେଲା।

ତା' ପରଦିନ ସକାଳେ ବସନ୍ତ ଆସି ପହଁଚିଲା। ରମେଶ ବାବୁ ସକାଳ ସ୍କୁଲ୍ ପାଇଁ ଚାଲିଗଲେ ଏବଂ ନିତା ଦେବି, ସୁରଭି ଆସିବା ଖୁସିରେ ପିଠା କରିବାକୁ ବସିଗଲେ। ସୁରଭି ଏବଂ ବସନ୍ତ ଛାତ ଉପରକୁ ଯାଇ ବସିଲେ। କାରଣ ଘରେ ଅଳ୍ପ ଥଣ୍ଡା ଅନୁଭବ ହେଉଥିଲା।

ବସନ୍ତ : ଭାଉଜ କେମିତି ଅଛ? ଏବଂ କିଛି କଥା ଥିଲା ବୋଲି କହୁଥିଲ।

ସୁରଭି : ସବୁ କହିବି, କିନ୍ତୁ ତମେ ମୋତେ ଉତ୍ତମ ରାସ୍ତା ଦେଖାଇବ। ତେବେ ଯାଇ ମୁଁ ସବୁ କହିବି। ମୁଁ ତମକୁ କହିବାର କାରଣ ଯେ, ତମେ ବହୁତ ବୁଦ୍ଧିମାନ ତମେ ଉଚିତ୍ ବିଚାର କରିପାରିବ। ଆଉ କ'ଣ କରିଲେ ମୋ ପାଇଁ ଠିକ୍ ହେବ ସେ ବିଷୟରେ ଚିନ୍ତା କରି ମୋତେ ଠିକ୍ ଜଣେଇବ।

ବସନ୍ତ : କ'ଣ ହୋଇଛି ଭାଉଜ କୁହ? ପ୍ରତିଶ୍ରୁତି କ'ଣ? ମୋ ଉପରେ

ବିଶ୍ୱାସ ରଖ, କୁହ କ'ଣ ହୋଇଛି?

ସୁରଭି : ମୋର ଅବସ୍ଥା ଦେଖି ଜାଣିପାରୁଥିବ। ମନ ଲାଗୁନଥିଲା ସେଠି ମାତ୍ର ବାଧ୍ୟ ହୋଇ ନିଜ ପରିବାର ଭଳି ଭାବି ସହି ଯାଉଥିଲି। ମୋ ଶଶୁର ଏବଂ ସୋମେଶଙ୍କ ଛଡ଼ା ସମସ୍ତେ ମୋତେ ଖରାପ୍ ଆଖିରେ ଦେଖନ୍ତି। ସତେ ଯେମିତି ମୁଁ ତାଙ୍କ ପାଇଁ ଗୋଟିଏ ପାପ। ଗତ ମାସେ ହେବ ମୁଁ କେତେବେଳେ ଖାଉଛି, କେତେବେଳେ ଶୋଉଛି ମୁଁ ନିଜେ ମଧ୍ୟ ଜାଣିନି। ସତେ ଯେମିତି ମୁଁ ଗୋଟିଏ ଜେଲ୍ ରେ ବନ୍ଦୀ ହୋଇଯାଇଛି। ଶଶୁର ଆଉ ସୋମେଶଙ୍କ ଇଜ୍ଜତ ପାଇଁ ମୁଁ ଚୁପ୍ ରହି ସବୁ ସହିବାକୁ ପଡୁଛି। ବେଲେବେଳେ ଆମ୍ବହତ୍ୟା କରିବାକୁ ଚେଷ୍ଟା କରିଛି କିନ୍ତୁ ସୋମେଶଙ୍କ ଭଲ ପାଇବା ମୋର ଜୀବନ ରାସ୍ତା ବଦଲେଇ ଦେଇଛି। ସୋମେଶ କହିଥିଲେ, ଘରେ କିଛି ଦିନ ରହିବ ଆଉ ଯେତେବେଳେ ମନେ ପଡ଼ିବ ମୋତେ ଚିଠି ଲେଖିବ। ଯଦି କିଛି କଥା ଥାଏ ତେବେ ଅନୁଜ ହାତରେ କହିଦେବ ସେ ମୋତେ ଜଣେଇ ଦେବ। ତାହା ମଧ୍ୟ ଅସମ୍ଭବ ଥିଲା ।

ବାହାଘର ପର ଠାରୁ ପିଉସୀ ଆମେ ଘରେ ରହି ଆସୁଛନ୍ତି। ପିଉସୀଙ୍କ କଥା ଶୁଣି ମା'ଙ୍କ ମନ ବଦଲିବା କଥା ମୋତେ ବହୁତ୍ କଷ୍ଟ ଦେଇଛି। ବେଲେବେଳେ ସେ ମୋ ପରିବାରକୁ ନେଇ ବହୁତ ଖରାପ କଥା କୁହନ୍ତି। ସେ ଗୁଡାକ ଶୁଣି ଖରାପ ଲାଗେ କିନ୍ତୁ ଚୁପ୍ ଚାପ୍ ସହି ଯାଏ। ପିଉସୀଙ୍କ ବ୍ୟବହାର ବିଷୟରେ ତ ଜାଣିଛ? ତାଙ୍କ ବ୍ୟବହାର ବେଲେବେଳେ ଏତେ ଖରାପ ହୋଇଯାଏ ଯେ ଇଚ୍ଛା ହୁଏ ଶଶୁରଙ୍କୁ ଯାଇ ସବୁ କଥା କହିଦେବି କିନ୍ତୁ ବାପାଙ୍କୁ କହି ତାଙ୍କର ଭାଇ ଭଉଣୀ ସମ୍ପର୍କ ମଧରେ ମୁଁ ଫାଟ ସୃଷ୍ଟି କରିବାକୁ ଚାହେଁନି।

ବସନ୍ତ : ଭାଉଜ!! ତମେ ମଣିଷ ନା ପଥର? ତମ ସାଙ୍ଗରେ ଏତେ ଅତ୍ୟାଚାର ହେଉଛି ଆଉ ତମେ ଚୁପ୍ ଚାପ୍ ଶୁଣି କେମିତି ସହି ଯାଉଛ। କ'ଣ, ମିଲିବ? ନିଜର ଖାଇବା ପିଇବା ଭୁଲି ତମେ ସେ ଘର ପାଇଁ ଏତେ କଷ୍ଟ କରୁଛ ଆଉ ପ୍ରତି ବଦଲରେ ତମକୁ ଅତ୍ୟାଚାରର ଶିକାର ହେବାକୁ ପଡୁଛି। ମୁଁ ଦେଖିଛି ତମେ ନିଜ ଘର ଭାବି ସବୁ କାମ କରୁଛ ମାତ୍ର ତା'ର କିଛି ମହତ୍ତ୍ୱ ରଖୁ ନାହାନ୍ତି। ମୁଁ ଯଦି କେବେ ଯାଏ ମାଉସୀ ମୋତେ ପୁଅ ଭଳି ପଚାରନ୍ତି କିନ୍ତୁ ଶେଷରେ ମାଉସୀ ମଧ୍ୟ ବଦଲି ଗଲେ, ଛି..ଛି? ଶୁଣି ଖରାପ ଲାଗୁଛି। ଆଉ ବୀଣା ଅପା?

(ସୋମେଶର ଭଉଣୀ) ସେ ମଧ ହଇରାଣ କରନ୍ତି କି?

ସୁରଭି : ନା ନା, ସେ ତ ବହୁତ୍ ଭଲ ଏବଂ ମୋତେ ବହୁତ୍ ଭଲ ପାଆନ୍ତି। ପିଉସୀ ଆଉ ବୀଣା ଅପାଙ୍କ ମଧରେ ଭଲ ସମ୍ପର୍କ ନାହିଁ। ପିଉସୀ ଦିନେ ବୀଣା ଅପାଙ୍କ ବିଷୟରେ କାହାକୁ କିଛି କହି ଥିଲେ। ସେ ଲୋକ ଆସି ବୀଣା ଅପାଙ୍କୁ କହିବା ପରେ ତାଙ୍କ ଦୁଇ ଜଣ ମଧରେ ବହୁତ୍ ଝଗଡା ହୋଇଥିଲା ଏବଂ ତା' ପର ଦିନ ବୀଣା ଅପା ଘରୁ ରାଗରେ ବାହାରି ଗଲେ। ସେ ଗଲା ବେଳେ କହିଥିଲେ ଯେ ପିଉସୀ ଠାରୁ ଦୂରରେ ରହିବୁ ଏବଂ ସତର୍କ ଥିବୁ। ସେ ତୋ ଘର ଉଜାଡି ଦେବା। ତା'ର ପ୍ରମାଣ ହିସାବରେ ମୋତେ ଏବେ ଅନୁଭବ ହୋଇଗଲାଣି। ମାତ୍ର ମୁଁ କ'ଣ କରିପାରିବି ସେ ଯେମିତି ମୋ ପଛରେ ଜୋକ ଭଲି ଲାଗି ରୁହନ୍ତି। ସବୁବେଳେ ଖୁଣ ବାହାର କରିବା ସତେ ଯେମିତି ତାଙ୍କର ଅଭ୍ୟାସ ହୋଇଯାଇଛି।

ରାକ୍ଷସ

ବସନ୍ତ : ତମେ, ରାଧା ବାବୁଙ୍କୁ କହିଲ ନାହିଁ କାହିଁକି।

ସୁରଭି : କ'ଣ ବୋଲି କହିବି? ଯେ ମା' ମୋତେ ହଇରାଣ କରୁଛନ୍ତି ବୋଲି କହିବି? ଏମିତିରେ ମୁଁ ବହୁତ ଥର, ଶାଶୂ ମା'ଙ୍କୁ କହିଛି ଏବଂ ସୋମେଶ ସାଙ୍ଗରେ କଥା ହେବାକୁ ଇଚ୍ଛା ହେଉଛି ବୋଲି କହିଛି କିନ୍ତୁ ସେ ଶୁଣି ନ ଶୁଣିଲା ଭଳି ଚାଲି ଯାଆନ୍ତି। ଶଶୁର ତ ଘରେ କମ୍ ଏବଂ ବାହାରେ ବେଶୀ ରୁହନ୍ତି ରାତିରେ ବିଳମ୍ବ ରେ ଆସି ଖାଇ ଶୋଇ ପଡ଼ନ୍ତି ଏବଂ ମୋତେ ତାଙ୍କ ପାଖକୁ ଯିବା ପାଇଁ ମଧ ସୁଯୋଗ ଦିଅନ୍ତି ନାହିଁ ତେବେ କହିବି କେମିତି। ମୋ ବାପା, ମା'ଙ୍କୁ କେମିତି ଖବର ଦେଇଥାନ୍ତି ଏବଂ ସେ ଯଦି ଜାଣିବେ ତାଙ୍କ ଝିଅର ଏମିତି ଅବସ୍ଥା ସେ ବଞ୍ଚିପାରିବେନି, ଜିଅନ୍ତା ଶବ ପାଲଟି ଯିବେ। ଦୁଃଖରେ ଭାଙ୍ଗି ପଡ଼ିବେ ଏବଂ ତାଙ୍କୁ ମୁଁ ଦୁଃଖରେ ଦେଖିବାକୁ ଚାହୁଁନି, ସେଥିପାଇଁ କହିନି।

ବସନ୍ତ : ଅନୁଜ ବେଳେବେଳେ ମାର୍କେଟରେ ଦେଖାହୁଏ ସେଠି ତମ ବିଷୟରେ ପଚାରିଲେ ସେ। ତମେ ଠିକ୍ ଅଛ ବୋଲି କହେ ଏବଂ ତମେ ଠିକ୍ ଅଛ ବୋଲି ଶୁଣି ମୁଁ ମଧ ଅନ୍ୟ କିଛି ନ ପଚାରି ରହିଯାଉଥିଲି କିନ୍ତୁ ଏଠି ତ ପୁରା ଓଲଟା। ତମେ ଅନୁଜକୁ କହିଥାନ୍ତ ସେ ମୋତେ କହି ଦିଅନ୍ତା। ଏତିକି ଶୁଣିଲା ପରେ ସୁରଭି ଆଖିରୁ ଲୁହ ବାହାରିଗଲା।

ସୁରଭି : ବସନ୍ତ, ସେ ହେଉଛି ଘର ଢିଙ୍କି କୁମ୍ଭୀର ଏବଂ ସେ ରାକ୍ଷସ କଥା କୁହ ନାହିଁ। ମା' ଆଉ ପିଉସୀଙ୍କ ଅତ୍ୟାଚାର ସହ୍ୟ କରିବା ଅଭ୍ୟାସ

ହୋଇଯାଇଥିଲା। କିନ୍ତୁ ତାର ନୁହଁ?

ବସନ୍ତ : ମାନେ??

ସୁରଭି : କ'ଣ କହିବି ବସନ୍ତ !! କିଛି ନାହିଁ ଛାଡ଼ ସେ କଥା!!

ବସନ୍ତ : କୁହ ଭାଉଜ, କୁହ? ମୋତେ ସତ କୁହ, କିଛି ଲୁଚେଇ ରଖ ନାହିଁ?

ସୁରଭି : ପ୍ଲିଜ ବସନ୍ତ, ଆଉ କହିବାକୁ ଧର୍ଯ୍ୟ ନାହିଁ?

ବସନ୍ତ : ଭାଉଜ, ତମେ ଯଦି ଚାହିଁଥାନ୍ତ, ଏହି କଥା ତମ ବାପା ମା'ଙ୍କୁ ମଧ୍ୟ କହି ପାରିଥା'ନ୍ତ କିନ୍ତୁ ମୋତେ କାହିଁକି କହିଲ? ଆଉ ଯଦି ଏତିକି କହିଲ ତେବେ ବାକି କଥାଟି ମଧ୍ୟ କୁହ? କ'ଣ ହୋଇଛି କୁହ?

ସୁରଭି : (ଆଖିରୁ ଲୁହ ବହିଯାଉଥାଏ, ମୁଣ୍ଡ ତଳକୁ କରି) ଏହି କଥା ବାପା ମା'ଙ୍କୁ ଯଦି କହିବି ସେ ଆମୃତ୍ୟୁ କରିଦେବେ ଏବଂ ତାଙ୍କୁ କହିବାକୁ ମୋର ଧର୍ଯ୍ୟ ନାହିଁ। ହଉ ଯଦି ଜାଣିବାକୁ ଚାହୁଁଛ ତେବେ ଶୁଣ? ସେ ଦିଅର ନୁହଁ? ସେ ଗୋଟେ ରାକ୍ଷସ, ଦିଅର ନାମରେ ଗୋଟିଏ କଳଙ୍କ।

ସୋମେଶ ଗଲା ପରେ, ମୁଁ ଆଉ ଅନୁଜ ଯେମିତି ସାଙ୍ଗ ହୋଇଯାଇଥିଲୁ। ତାକୁ ସବୁ କଥା କହୁଥିଲି ଏବଂ ବେଳେବେଳେ ମଜା ମଜା କଥା କହି ସେ ମୋତେ ହସାଏ କିନ୍ତୁ ସେ ସାଙ୍ଗ ହେବା ବାହାନାରେ ସେ ମୋତେ ତା' ହାତ ମୁଠାକୁ ଆଣିବାକୁ ଚାହୁଁଥିଲା। ପରେ ଜାଣିବାକୁ ପାଇଲି ଯେ ସେ ମୋତେ ଖରାପ ନଜର ରେ ଦେଖୁଛି।

ବେଳେବେଳେ ସେ ମୋ ରୁମ୍ କୁ କିଛି ନ କହି ଆସିଯାଏ। ଲୁଗା ପିନ୍ଧିବା ସମୟରେ ଜାଣିଶୁଣି ଭିତରକୁ ଆସିଯାଏ। ମୁଁ ବାରଣ କଲେ ସେ ଭୁଲ୍ ହୋଇଗଲା ବୋଲି କହି ବାହାରି ଯାଏ। ପ୍ରଥମେ ପ୍ରଥମେ ତ ମୁଁ ଅଣଦେଖା କରିଲି କିନ୍ତୁ ତା'ର ସେ ଅଭ୍ୟାସ ଯେମିତି ପ୍ରତିଦିନ ହୋଇ ଯାଇଥିଲା। ବେଳେବେଳେ ରୋଷେଇ ରୁମ୍ ରେ ରୋଷେଇ କରୁଥିବା ସମୟରେ ପଛ ପଟୁ ଆସି ମୋତେ ଜାବୁଡ଼ି ଧରି

ମୋତେ ଉଠେଇ ଦିଏ। ସେ ମଜାରେ କରୁଛି ବୋଲି କହି ମୋତେ ସବୁବେଳେ ଛୁଇଁବାକୁ ଚେଷ୍ଟା କରେ। ମୁଁ ଯଦି ପ୍ରତିବାଦ କରେ ତେବେ ସେ କହେ ଏଗୁଡ଼ିକ ମଜା ମସ୍ତି ଭାଉଜ। ବେଳେବେଳେ ମୋ ସାଙ୍ଗରେ ବହୁତ୍ ଖରାପ ବ୍ୟବହାର କରେ କିନ୍ତୁ ସୋମେଶଙ୍କ ସାନ ଭାଇ ବୋଲି ମୁଁ ଅଣଦେଖା କରୁଥିଲି। ସେ ଭାଉଜ ଭାଉଜ କହି ଜାଣିଶୁଣି ମୋ ଦେହର ବିଭିନ୍ନ ଅଙ୍ଗରେ ହାତ ଲଗାଏ ଏବଂ ତାହା ତମକୁ କହିପାରିବିନି।

ଏମିତି କିଛି ଦିନ ଚାଲିଲା ପରେ, ଯେବେ ଠାରୁ ମୁଁ ପ୍ରତିବାଦ ସହିତ ରାଗିବା ଆରମ୍ଭ କରିଲି, ସେ ତା'ର ରୂପ ଦେଖେଇବା ଆରମ୍ଭ କରିଦେଲା। ସବୁବେଳେ ମିଛ କହେ ଏବଂ ତା'ର ସେ ମିଛ ମୋ ପାଇଁ ଯେମିତି ଖରାପ ସଂକେତ ଦେଉଥିଲା। ଏ ବିଷୟରେ ଥରେ ପିଉସୀକୁ କହିଲି କିନ୍ତୁ ସେ ମୋତେ ଓଲଟା ଦୋଷ ଦେଇ ମୋତେ ଗାଳି ଦେଇ କହିଲେ ଯେ ମୁଁ ଦେଖୁଛି ତୁ ମୋ ପୁଅକୁ ଖରାପ ନଜରରେ ଦେଖୁଛୁ। ଶାଶୁଙ୍କୁ ମଧ୍ୟ କହିଲି ସେ କହିଲେ "ନିଜେ ଠିକ୍ ଥିଲେ ସବୁ ଠିକ୍ ଏବଂ ଅନ୍ୟକୁ ଦୋଷ ଦେବା ଛାଡ଼ିଦେ"।

ଗତ ସୋମବାର ଦିନ କଥା, ବାପା ମା' ଏବଂ ପିଉସୀ ମନ୍ଦିର ଯାଇଥିଲେ। ମୁଁ ଘରେ ଏକା ଥିଲି। ମୋର ମୁଣ୍ଡ ବ୍ୟଥା ହେଉଥିଲା। ମୁଁ ତଳେ ବିଛଣା ପାରି ଗଡ଼ୁଥିଲି। ହଠାତ୍ ଆଖ୍ ଲାଗିଯାଇଛି। ସେ ରାକ୍ଷସ କେତେବେଳେ ଆସିଲା ମୁଁ ଜାଣିନି। ସେ ଚୁପ୍ କରି ଆସି ମୋ ପାଖରେ ଶୋଇ ମୋତେ ଜାବୁଡ଼ି ଧରିଲା। ମୁଁ ରାଗରେ ଉଠି ତାକୁ ଗୋଟିଏ ଶକ୍ତ ଚାପୁଡ଼ା ଦେଲି। ଜାଣିଛ ତାପରେ କ'ଣ ହେଲା? ସେ ମୋର ଲୁଗାକୁ ଟାଣି ଚିରି ଦେଲା। ତା'ପରେ ସେ ମୋ ଚିରା ଲୁଗା ଦେଖିବାକୁ ଆସି ମୋର ଦେହକୁ ଛୁଇଁବାକୁ ଚେଷ୍ଟା କରିଲା। ମୁଁ ପୁଣି ଥରେ ଚାପୁଡ଼ା ମାରିଲି। ସେ ରାଗରେ ମୋ ଚୁଟିକୁ ଧରି ଗାଳି ଦେଇ କହିଲା! ଯେତେଦିନ ପର୍ଯ୍ୟନ୍ତ ଏ ଘରେ ଅଛ ଚୁପ୍ ଚାପ୍ ରହିବା ଶିଖ ଏବଂ ସହିବା ମଧ୍ୟ ଶିଖ। ମୁଁ ଯାହା କରୁଛି ମୋ କାମରେ ବାଧା ଦେବାକୁ ଚେଷ୍ଟା କର ନାହିଁ ନହେଲେ ମୋ ଅସଲ ରୂପ ଦେଖିବ ଏବଂ ସେ ଏହା ମଧ୍ୟ କହିଲା ଯେ ଏବେ ସୋମେଶ ନାହିଁ ଯଦି ତମକୁ ସମ୍ପର୍କ ରଖିବାର ଅଛି ତେବେ ମୋ ସହିତ ତମେ ସମ୍ପର୍କ ରଖି ପାରିବ।

ମୁଁ ତାକୁ ରାଗରେ କହିଲି । ଏକଥା ମୁଁ ଆଜି ବାପାଙ୍କୁ କହିବି ଯେ ତମେ ମୋ ସହିତ ଏମିତି ଖରାପ ବ୍ୟବହାର କରୁଛ ବୋଲି । ସେ କହିଲା ଏବେ ପର୍ଯ୍ୟନ୍ତ ଠିକ୍ ଅଛି ଆଉ ଯୋଉ ଦିନ କହି ଦେଲ? ସେଦିନ ଏ ରୂପ ରଙ୍ଗ ସବୁ ଉଡେଇ ଦେବି । ଏତିକି କହି ପୁଣି ମୋତେ ଛୁଇଁବାକୁ ମୋ ପାଖକୁ ଆସିଲା । ମୁଁ ତାକୁ ଚାପୁଡ଼ା ମାରିବାକୁ ହାତ ଉଠେଇଲି କିନ୍ତୁ ସେ ମୋ ହାତକୁ ମୋଡି ଦେଇ ଓଲଟା ମୋତେ ଚାପୁଡ଼ା ମାରି ମୋ ଚୁଟିକୁ ଟାଣି ନେଇ ଠେଲି ଦେଲା । ମୁଁ ତଳେ ପଡିବା ପରେ ସେ ମୋତେ ବଳାତ୍କାର କରିବାକୁ ଚେଷ୍ଟା କଲା ।

ମୋ ଭାଗ୍ୟ ଭଲ, ହଠାତ୍ ସେ ସମୟରେ ବାରଣ୍ଡାରେ ପିଉସୀ ଏବଂ ମା'ଙ୍କ ପାଟି ଶବ୍ଦ ଶୁଣି ସେ ବାଥରୁମ୍ ରେ ଯାଇ ଲୁଚିଗଲା । ସେ ଦିନ ମୋ ପାଖରେ କିଛି ଉପାୟ ନଥିଲା । ଭାବିଲି ଆତ୍ମହତ୍ୟା କରିଦେବି କିନ୍ତୁ ସୋମେଶଙ୍କ କଥା ଭାବି ପଛ ଘୁଂଚା ଦେଇଦେଲି । ପୁଣି ଭାବିଲି, ବାପାଙ୍କୁ କହିଦେବି କିନ୍ତୁ ବାପା ସେଦିନ କୋଉ କାମରେ ବାହାରକୁ ଯାଇଥିଲେ ଆସିଲା ବେଳକୁ ରାତି ହେଲାଣି । ସେଦିନ ସନ୍ଧ୍ୟାରେ ମୁଁ ରୋସେଇ ରୁମ୍ ରେ ରୋସେଇ କରୁଥିବା ସମୟରେ ମୋ ପାଖକୁ ଆସି ମୋତେ ଧମକ ଦେଇ କହିଲା । ଦିନ ବେଳା ହୋଇଥିବା ଘଟଣା ବିଷୟରେ ଯେମିତି କିଏ ନ ଜାଣେ! ଯାହା ହେଲା ଭୁଲି ଯାଆ । ଆଉ ତମେ ଯଦି ମୁଁହ ଖୋଲିବ ତେବେ ମୁଁ ଆଉ ଥରେ ସେମିତି କାମ କରିବାକୁ ବାଧ୍ୟ ହେବି । ଆଉ ଆଜି ତ ବଞ୍ଚିଗଲ କିନ୍ତୁ ପରେ ଯେତେବେଳେ ହେବ ନା? ସେଦିନ ତମ ଦେହରେ ଗୋଟିଏ ମଧ କପଡା ରଖିବି ନାହିଁ । ଏମିତିରେ ତମେ କହିବ ଯଦି କେହି ବିଶ୍ୱାସ କରିବେ ନାହିଁ । ଆଉ ଗୋଟିଏ ଖାସ୍ ଖବର ଶୁଣିବ? ତମର ଯେଉଁ ବାହାଘର ଭାଙ୍ଗିବା ଘଟଣାରେ ମୋର ମୁଖ୍ୟ ହାତ ଥିଲା । ସଞ୍ଜୟ କଥା ତ ମନେ ଥିବ? ସେ ମୋ କହିବା ଅନୁସାରେ ତମ ଘରକୁ ପ୍ରସ୍ତାବ ନେଇ ଆସିଥିଲା କାରଣ ସଞ୍ଜୟ ହେଉଛି ମୋର ଘନିଷ୍ଟ ବନ୍ଧୁ । ସେ ଡାକ୍ତରୀ ପଢିବା ସମୟରେ ଆମେ ଏକା ରୁମ୍ ରେ ରହି ପାଠ ପଢୁଥିଲୁ ।

ସଞ୍ଜୟ ତମକୁ ଭଲ ପାଉ ନଥିଲା । ପ୍ରକୃତରେ ଭଲ ପାଉଥିଲି ମୁଁ ତମକୁ ଦେଖି ମୁଁ ପସନ୍ଦ କରିଥିଲି । ଆଉ ତମ କଥା ମୁଁ ମୋ ମାଆଙ୍କୁ ମଧ କହିଥିଲି ସେ ରାଜି ହୋଇଥିଲେ କିନ୍ତୁ ପରେ ଜାଣିବାକୁ ପାଇଲି ଯେ ସୋମେଶ ତମକୁ ସାହାଯ୍ୟ କରି ତମ ଲାଇଫ୍ ର ହିରୋ ହୋଇଯାଇଛି ସେତେବେଳେ ମୁଁ ଚେଷ୍ଟା

କରିଥିଲି ସୋମେଶ ଯାଗାରେ ମୁଁ ବାହା ହେବି ବୋଲି କିନ୍ତୁ ମାମୁଁ ସୋମେଶ କଥା ରେ ପଡ଼ି ମନା କରିଲେ। କହିଲେ ସେ ଝିଅକୁ ସୋମେଶ ପସନ୍ଦ କରିଛି ମାନେ ସୋମେଶ ହିଁ ତାକୁ ବାହା ହେବ। ସେଦିନ ଠାରୁ ମୁଁ ତମ ଲାଇଫ୍ ର ଖରାପ ଚରିତ୍ର ପାଲଟିଗଲି ମାନେ ଭିଲେନ୍ ।

ମୁଁ ଦେଖିଲି ସୋମେଶର ବାହାଘର ଠିକ୍ ହୋଇଗଲାଣି। ମୁଁ ମୋର ସାଙ୍ଗ ସଞ୍ଜୟକୁ ସବୁ କଥା କହିଲି ଆଉ ମୋ ଆଇଡିଆ ଅନୁସାରେ ସେ ପ୍ରସ୍ତାବ ନେଇ ଆସିଥିଲା। ଯଦି ସଞ୍ଜୟ ତମକୁ ମେରେଜ୍ କରିଥାନ୍ତା ତେବେ ସର୍ଦ୍ଧାବଳୀ ରୂପରେ ତମେ ହୋଇଥାନ୍ତ ଫିଫ୍ଟି ଫିଫ୍ଟି(୫୦-୫୦)ମାନେ ଗୋଟେ ରାତି ସଞ୍ଜୟର ହେଲେ ଆଉ ଗୋଟେ ରାତି ମୋ ସାଙ୍ଗରେ ବିତେଇଥାନ୍ତ।

(ଏତିକି କହି ସୁରଭି କାନ୍ଦି କହିଲା) ଆଉ କହି ପାରିବିନି ବସନ୍ତ.... ଏମିତି ବହୁତ୍ କଥା ସେ ରାକ୍ଷସ କହିଗଲା।

ବସନ୍ତ : (ବୁଝେଇବାକୁ ଯାଇ କହିଲା) ଭାଉଜ ପ୍ଲିଜ୍ କାନ୍ଦ ବନ୍ଦ କର, ମାଉସୀ ଆସିଯିବେ (ସୁରଭିର କାନ୍ଦ ବନ୍ଦ ହେଲା ପରେ)।

ବସନ୍ତ : (ଛଳ ଛଳ ଆଖିରେ) ଭାଉଜ ଏତେ ସବୁ ଘଟଣା ଘଟିଗଲା, ତମେ କେମିତି ସହିପାରିଲ?

ସୁରଭି : ମୁଁ ଜାଣିନି! ଏହି ଘଟଣା ପର ଠାରୁ ରାତିରେ ମୋ ନିଦ ହଜି ଯାଇଥିଲା। ମନରେ ଭୟ ରହୁଥାଏ କାଲେ ଅନୁଜ୍ ଆସିବ ନାହିଁ ତ? ପ୍ରଥମେ ପ୍ରଥମେ ମାଆ ମୋ ପାଖରେ ଶୋଉଥିଲେ କିନ୍ତୁ ସେ ଏବେ ମୋ ପାଖରେ ଶୁଅନ୍ତି ନାହିଁ। ମୁଁ ବେଡ୍ ରୁମରେ ଏକା ଭିତର ପଟୁ ଲକ୍ କରି ଶୋଇ ରହେ ଡରରେ ବେଳେବେଳେ ମୋତେ ନିଦ ଆସେ ନାହିଁ। ଭୋକ ମଧ ଲାଗେ ନାହିଁ କେବଳ ତା'ର ଛାଇ ଏବଂ ତା'ର ଚାଲି ଶବ୍ଦକୁ ଡରୁଥିଲି।

ଏବେ ତମେ କୁହ ଏହି କଥା ମୋ ବାପା ମା' ଶୁଣିବେ ସେ ଜିଅନ୍ତା ମରିଯିବେ। ତା'ପରେ ଭାବିଲି ସିଧା ସୋମେଶକୁ କହିବି କିନ୍ତୁ ମନେ ପଡ଼ିଲା ସୋମେଶ କହୁଥିଲେ, ସେ ଯେତେବେଳେ ସମସ୍ୟାରେ ପଡନ୍ତି ବସନ୍ତ ତାଙ୍କୁ

ରାସ୍ତା ଦେଖାଏ। ଆଉ ସେ ସମସ୍ୟା ସମାଧାନ ହୋଇ ଯାଉଥିଲା। ସେଥିପାଇଁ ତମର ସାହାଯ୍ୟ ନେବାକୁ ବାଧ୍ୟ ହେଲି। ଭାବିଲି ସେଥୁ ତମକୁ ଡାକି କଥା ହେବି କିନ୍ତୁ ସବୁ ବିଫଳ ହୋଇ ଯାଉଥିଲା।

ଏବେ ସବୁ ତ ଶୁଣିଲ! କିଛି ଗୋଟିଏ ରାସ୍ତା ବାହାର କର, ବସନ୍ତ?

ବସନ୍ତ : ଭାଉଜ ସତରେ ତମେ ମହାନ୍, ଘରର ଇଜ୍ଜତ ପାଇଁ ତମେ ସବୁ ଅତ୍ୟାଚାର ସହି ଆସୁଛ? (ବସନ୍ତ ଆଖିରେ ଲୁହ) ସତ କହୁଛି ଭାଉଜ, ଆଜି ଅନୁଜର ଶେଷ ଦିନ ଏବଂ ମଉସା (ରାଧା ବାବୁ)ଙ୍କୁ ସବୁ ସତ ସତ କହିଦେବି।

ସୁରଭି : ଦେଖ...ବସନ୍ତ, ଚାହିଁଥିଲେ, ମୁଁ ମଧ୍ୟ କହିପାରିଥାତି କିନ୍ତୁ ମୁଁ ତାଙ୍କୁ କହିନି। ମୁଁ ତମକୁ କାହିଁକି କହିଲି? କାରଣ ତମେ ଜାଣିଛ? ମୋ ପାଇଁ ମୋ ଇଜ୍ଜତ ଆଉ ମୋ ପରିବାର ବଡ।

କଣ ଉଚିତ୍ ଆଉ କ'ଣ ଅନୁଚିତ୍ ସେ ବିଷୟରେ ତମେ ଚିନ୍ତା କର!

ବସନ୍ତ : ଭାଉଜ, ମୋ ରାଗ ବଢ଼ି ବଢ଼ି ଯାଉଛି, କ'ଣ ଚିନ୍ତା କରିବି?

ସୁରଭି : ମୁଁ ଯଦି ସହି ପାରିଲି, ତମେ ମଧ୍ୟ ସହି ଯାଅ ଏବଂ ଉଚିତ୍ ରାସ୍ତା ବାହାର କର ପ୍ଲିଜ୍... ଆଉ ତମ ସାଙ୍ଗକୁ କେମିତି କହିବ କ'ଣ କହିବ? କ'ଣ ନ କହିବ? ସେକଥା ମୁଁ ଜାଣିନି କିନ୍ତୁ ମୋତେ ଉଚିତ୍ ଉପାୟ ଖୋଜି ଶୀଘ୍ର ଜଣେଇବାକୁ ଚେଷ୍ଟାକର।

ବସନ୍ତ : ହଉ ଭାଉଜ, ତମେ ଏବେ ଏଠି କେତେଦିନ ରହିବ?

ସୁରଭି : ଜାଣିନି, ସେଥିପାଇଁ ତମକୁ ଯଥାଶୀଘ୍ର କହିଦେଲି। ଏହି କଥା ମୋ ବାପା, ମା'ଙ୍କୁ ମଧ୍ୟ କହିବ ନାହିଁ।

ବସନ୍ତ : ହଉ ଭାଉଜ, ମୁଁ ଚିନ୍ତା କରିବି ଏବଂ ଯାହା ଠିକ୍ ଲାଗିବ ତାହା ଅନୁସାରେ ମୁଁ କାର୍ଯ୍ୟ କରିବି। ଏବେ ମୁଁ ଆସୁଛି?

ସୁରଭି : ମା', ପିଠା କରିଛନ୍ତି ଅଳ୍ପ ଖାଇ କରି ଯିବ।

ବସନ୍ତ : ନାହିଁ, ଭାଉଜ ଏବେ ଖାଇବି ନାହିଁ। ତମ ସମସ୍ୟାର ସମାଧାନ ହେଲା ପରେ ମୋତେ ଭୋକ ଲାଗିବ।

ସୁରଭି : ପ୍ଲିଜ୍, ଗୋଟିଏ ପିଠା ଖାଇ ଦେଇ ଯାଅ, ମୋତେ ଭଲ ଲାଗିବ।

ବସନ୍ତ : ହଉ ଠିକ୍ ଅଛି ଭାଉଜ।

ତା'ପରେ ଦୁହେଁ ତଳକୁ ଆସିଲେ।

ନୀତା ଦେବୀ : କେତେ କଥା ହେଉଛ, ଆଉ ବସନ୍ତ ତମେ କେମିତି ଅଛ? (ଆଖିରେ ଆଖିଏ ଲୁହକୁ ଲୁଚେଇ ଏବଂ ରୁମାଲରେ ଭିଜେଇ ଅଧା ଖନା କଣ୍ଠରେ କଥା ହେବାକୁ ଲାଗିଲା)

ନୀତା ଦେବୀ : ବସନ୍ତ, ତମ ଆଖି କ'ଣ ହେଲା? (ସୁରଭି, ମୁଁହକୁ ଚାହିଁଲା, ସୁରଭି ମନା କରିବାର ଇଶାରା ଦେଲା)

ବସନ୍ତ : ନାହିଁ, ମାଉସୀ, ଛାତ ଉପରେ ଗୋଟିଏ ପୋକ ଆସି ଆଖିରେ ପଶିଗଲା। ସେଥିପାଇଁ ଆଖିରୁ ପାଣି ବାହାରିଗଲା।

ନୀତା ଦେବୀ : ହଉ ଯାଅ, ମୁଁହ ଧୋଇ ଦିଅ, ଯଦି ପୋକ ଥିବ ତେବେ ସଫା ହୋଇଯିବ।

ନୀତା ଦେବୀ : (ସୁରଭିକୁ) ତୁ ମଧ ହାତ ଧୋଇ ବସ, ତୁ ମଧ ଖାଇ ନେ, ଗରମ୍ ଗରମ୍ ଅଛି ଭଲ ଲାଗିବ।

ଦୁହେଁ ହାତ ମୁଁହ ଧୋଇ ଆସି ବସିଲେ, ମା' ଚକୁଲି ଏବଂ ଆଲୁ ତରକାରୀ କରିଥିଲେ। ବସନ୍ତ ଖାଇବା ସମୟରେ ମଧ ତା' ଆଖିରୁ ଲୁହ ବାହାରି ଯାଉଥିଲା କିନ୍ତୁ ସୁରଭି ମୁଣ୍ଡ ହଲେଇ ମନା କରୁଥାଏ। ଦୁଇଟା ଲେଖାଏ ପିଠା ଖାଇବା ପରେ। ଦୁହେଁ ଉଠିଲେ। ମା' ଆଉ ପିଠା ନେଇ ଆସୁଥିଲେ

ନିତା ଦେବି : ଆରେ ବସ, ଆଉ ଗୋଟିଏ ଖାଇଦିଅ।

ବସନ୍ତ : ନାହିଁ, ମାଉସୀ ଆଉ ଭୋକ ନାହିଁ। ବସନ୍ତ ନିଜ ଗାଁକୁ ଯିବାକୁ ବାହାରିଲା। ବାରଣ୍ଡାରେ ସୁରଭିର ଲୁହ ଛଳ ଛଳ ଆଖିକୁ ଦେଖି ବସନ୍ତ ନିଜ ଲୁହକୁ ରୋକି ପାରୁନଥାଏ।

ବସନ୍ତ : ଆସୁଛି ଭାଉଜ, ଆସୁଛି ମାଉସୀ।

ନିତା ଦେବି : ଆଉ ଥରେ ଆସିବ, ବସନ୍ତ!

ବସନ୍ତ : ହଁ, ମାଉସୀ ଆସିବି। ଏତିକି କହି ଚାଲିଗଲା।

ନ୍ୟାୟ

କିଛି ଦିନ ପୂର୍ବରୁ ସରକାର ତରଫରୁ ପ୍ରତ୍ୟେକ ଗ୍ରାମରେ ଗୋଟିଏ ଲେଖାଏଁ ଟେଲିଫୋନର ବ୍ୟବସ୍ଥା କରାଯାଇଥିଲା। ଗ୍ରାମରେ ଟାୱାର୍ ଲଗେଇ ସୌର ଉର୍ଜା ଦ୍ୱାରା ସେ ଟେଲିଫୋନ କାମ କରୁଥିଲା।

ବସନ୍ତ ରାଗରେ ନିଜ ଘରକୁ ଆସି ବସି ରହିଲା, ବସନ୍ତର ମା' ପଚାରିଲେ, ଆରେ ସୁରଭି ଘରକୁ ଯାଇଥିଲୁ ପରା? ସେ କେମିତି, ଭଲ ଅଛି କି? ଏତିକି ପ୍ରଶ୍ନରେ ବସନ୍ତ ଆଖିରେ ପୁଣି ଲୁହ ଆସିଗଲା।

ମା' ପଚାରିଲେ, କ'ଣ ହୋଇଛିରେ ବସନ୍ତ? କାନ୍ଦୁଛୁ କାହିଁକି?

ବସନ୍ତ : ଭାଉଜ ବହୁତ୍ ଅସୁବିଧାରେ ଅଛନ୍ତି ଆଉ ଘରୋଇ ସମସ୍ୟା ଯୋଗୁଁ ସେ ବହୁତ୍ ଭାଙ୍ଗି ପଡିଛନ୍ତି। ଶାନ୍ତି ମାଉସୀ ଏବଂ ପିଉସୀ ଦୁହେଁ ମିଶି ଭାଉଜ ଉପରେ ଅତ୍ୟାଚାର କରୁଛନ୍ତି। ଭାଉଜ ନିଜ ଇଜ୍ଜତ ଏବଂ ଶଶୁର ଘର ଇଜ୍ଜତକୁ ଆଖି ଆଗରେ ରଖି, ନିଜ ଘରେ ମଧ୍ୟ କହିପାରୁନାହାନ୍ତି। ମୋତେ ପଚାରିଲେ, ମୁଁ ନିଶବ୍ଦ ହୋଇଗଲି, ମୋ ପାଖରେ ଉତ୍ତର ମିଳୁନି।

ମା' : ତୁ ସୋମେଶକୁ ଜଲ୍ଦୀ କହିଦେ!!

ବସନ୍ତ : କ'ଣ କହିବି, ବୁଝି ପାରୁନି।

ମା' : ହଉ ମନ ଦୁଃଖ କରେ ନାହିଁ। ତୁ ଭଲ ଭାବରେ ଚିନ୍ତା କରେ। ତୋତେ ଯାହା ଠିକ୍ ଲାଗିବ ତାହା କରେ।

ବସନ୍ତ କିଛି ସମୟ ଶାନ୍ତିରେ ବସିଲା ପରେ, ଗ୍ରାମର ଟେଲିଫୋନରୁ ସୋମେଶର ୟୁନିଟ୍ କୁ ଫୋନ କରିଲା କିନ୍ତୁ ସେପଟୁ ଉତ୍ତର ଆସିଲା କି ସେ ବର୍ତ୍ତମାନ ୟୁନିଟ୍ ରେ ନାହାନ୍ତି ଅଫିସ କାମରେ ଅନ୍ୟ ଯାଗାକୁ ଯାଇଛନ୍ତି। ବସନ୍ତ କହିଲା, ସାର୍ ଆପଣ ମୋର ଛୋଟ ମେସେଜ୍ ଟି ତାଙ୍କ ପାଖକୁ ପଠେଇ ଦେବେ ଯେ ଅତି ଜରୁରୀ ସମସ୍ୟା ହୋଇଛି ଏବଂ ବସନ୍ତ କହିଛି ବୋଲି କହିବେ। ଏତିକି କହି ଫୋନ୍ ରଖିଦେଲା। ପୁଣି ବାଇକ୍ ଧରି ବାହାରିଲା ସୋମେଶ ଘରକୁ। ସେଦିନ କେବଳ ମଉସା ଏବଂ ମାଉସୀ ଥିଲେ। ପିଉସୀ ଏବଂ ଅନୁଜ୍ ଘରେ ନଥିଲେ। ବସନ୍ତ, ମଉସାଙ୍କୁ ଦେଖି ନମସ୍କାର କରି କହିଲା ଆପଣ ସାଙ୍ଗରେ କିଛି ଜରୁରୀ କଥା ଅଛି।

ରାଧା ବାବୁ : ହଁ କୁହ।

ବସନ୍ତ : ମଉସା, ମୁଁ ଏଠି କହିପାରିବିନି କାରଣ ଘରେ ମାଉସୀ ଏବଂ ପିଉସୀ ଅଛନ୍ତି।

ରାଧା ବାବୁ : ଆରେ ଏମିତି କଣ କଥା ଯେ ଏଠି କହିପାରିବନି? କହ କିଛି ଅସୁବିଧା ନାହିଁ ଆଉ ଏବେ ପିଉସୀ ତାଙ୍କ ଶଶୁର ଘରକୁ ଯାଇଛନ୍ତି ଏବଂ ମାଉସୀ ପଡିଶା ଘରକୁ ଯାଇଛନ୍ତି।

ବସନ୍ତ : ମଉସା, ଆପଣ କୁ କିଛି କଥା କହିବି, ଆପଣ ସେ କଥାକୁ ବିଶ୍ୱାସ କରିବାକୁ ହେବ ଏବଂ ତା'ର ପ୍ରତିକାର କରିବାକୁ ହେବ। ସେଥିପାଇଁ ମୁଁ ଏଠି ଆସିଛି।

ରାଧା ବାବୁ : ଆରେ? ସୋମେଶ୍ୱର କିଛି ଅସୁବିଧା ହୋଇଛି କି?

ବସନ୍ତ : ନା, ମଉସା, ଆପଣ ମୋ କଥାକୁ ଧ୍ୟାନ ଦେଇ ଶୁଣନ୍ତୁ।

ରାଧା ବାବୁ : ଆରେ କହ? ସୋମେଶ ପରେ ତମେ ହେଉଛ ମୋ ପୁଅ, କୁହ ଯାହା କହିବାର ଅଛି।

ବସନ୍ତ : ଆପଣଙ୍କୁ ପୁଣି ଥରେ କହୁଛି, ଆପଣ ଖରାପ ଭାବିବେନି। କାହିଁକି ନା ଆପଣ ମୋ ବାପା ସମାନ। ଠିକ୍ କିମ୍ବା ଭୁଲ୍ ର ଆପଣ ଭଲ ଭାବରେ ବିଚାର କରିପାରିବେ।

ରାଧା ବାବୁ : ଆରେ ବସନ୍ତ କହ?

ବସନ୍ତ : ପ୍ରଥମେ ଆପଣ, ପିଉସୀ ଏବଂ ତାଙ୍କ ପୁଅ ଅନୁଜ୍ କୁ ଘରୁ ବାହାର କରନ୍ତୁ। ଆଉ ମାଉସୀଙ୍କୁ ବୁଝେଇବାକୁ ଚେଷ୍ଟା କରନ୍ତୁ। କାରଣ ପିଉସୀ ଏବଂ ମାଉସୀ ମିଶି ଭାଉଜଙ୍କୁ ନିର୍ଯ୍ୟାତନା ଦେଉଛନ୍ତି।

ରାଧା ବାବୁ : (ଆଶ୍ଚର୍ଯ୍ୟରେ) ତମେ ଭୁଲ୍ ଶୁଣିଛ ବସନ୍ତ!!

ବସନ୍ତ : ମୁଁ ଜାଣିଥିଲି, ମାଉସା ଆପଣ ବିଶ୍ୱାସ କରିବେନି କିନ୍ତୁ ଏହା ସତ୍ୟ, ଆପଣ ଘରେ ତ ରହୁନାହାଁନ୍ତି। ଯେତେବେଳେ ଆପଣ ରହୁଛନ୍ତି ସେତେବେଳେ ସବୁ ସାଧାରଣ ଭାବରେ ଚାଲେ କିନ୍ତୁ ଆପଣଙ୍କ ଅନୁପସ୍ଥିତି ରେ ଭାଉଜଙ୍କ ପାଇଁ କାଳ ସମୟ ଚାଲେ। ସେଥିପାଇଁ ଆପଣ ଜାଣି ପାରୁନାହାଁନ୍ତି।

ରାଧା ବାବୁ : କ'ଣ କହୁଛୁ ବସନ୍ତ, ଏ ସବୁ କଥା ମିଛ?

ବସନ୍ତ : ମାଉସା ମୋ କଥାକୁ, ବିଶ୍ୱାସ କରନ୍ତୁ (ରାଧା ବାବୁ, ମୁଣ୍ଡରେ ହାତ ଦେଇ ଭାବିବାକୁ ଲାଗିଲେ) ଆପଣ ଦେଖିଥିବେ, ପ୍ରଥମେ ପ୍ରଥମେ ଆପଣଙ୍କ ବୋହୁ, ମାନେ ସୁରଭି ଭାଉଜ ସେ କେତେ ଖୁସିରେ ରହୁଥିଲୋ। ଆଉ ଆଜିକୁ ସୋମେଶ ଯିବାର ୨ ମାସ ହେବାକୁ ଲାଗିଲାଣି। ଗତ ୦୧ ମାସ ହେଲା ଆପଣ ଭାଉଜ ମୁଖରେ ହସ ଦେଖିଛନ୍ତି କି? ଗତ ମାସେ ହେବ ଭାଉଜ ଆପଣ ସାଙ୍ଗରେ ଖୁସିରେ କଥା ହେବାର ଦେଖିଛନ୍ତି କି? ରାଧା ବାବୁଙ୍କ ଉତ୍ତରରେ କେବଳ 'ନାହିଁ' ଶଢ଼ ଥିଲା।

ବସନ୍ତ : ଭାଉଜ ଦେହ ଖରାପ୍ ହେବାର ଆପଣ ଜାଣିଛନ୍ତି କି? ସେ ଠିକ୍ ସମୟରେ ଖାଉଛନ୍ତି ନା ନାହିଁ ଆପଣ ଜାଣିବାକୁ ଚେଷ୍ଟା କରିଛନ୍ତି? ବାହାଘର ସମୟରେ ଭାଉଜ କେମିତି ଥିଲେ ଆଉ ବର୍ତ୍ତମାନ ସେ କେମିତି ଅଛନ୍ତି? ଆପଣ କେବେ ଜାଣିବାକୁ ଚାହିଁଛନ୍ତି? ସେ ଏତେ ପତଳା କାହିଁକି ଦେଖା ଯାଉଛନ୍ତି?

ରାଧା ବାବୁ : ସତରେ, ମୁଁ କାମ ବ୍ୟସ୍ତରେ ମୁଁ ମୋ ଝିଅ ପ୍ରତି ଅବହେଳା କରି ଭୁଲ୍ କରିଛି।

ବସନ୍ତ : ଗତ କେତେ ଦିନ ହେବ ଆପଣଙ୍କୁ କେବଳ ମାଉସୀ ଖାଇବାକୁ ଦେଉଛନ୍ତି। ଭାଉଜ ଆସୁନାହାନ୍ତି, ତାହା ଆପଣ ଜାଣିବାକୁ ଚେଷ୍ଟା କରିଛନ୍ତି ମଉସା?

ରାଧା ବାବୁ : ବସନ୍ତ, ସତରେ ମୁଁ ମୋ ଝିଅ ପ୍ରତି ଧ୍ୟାନ ଦେଇ ନଥିଲି। ଯଦି ଏହା ସତ ତେବେ ମୋତେ କିଛି କରିବାକୁ ପଡ଼ିବ। ତମ ମୁଖରୁ ଏକଥା ଶୁଣି ବହୁତ୍ ଦୁଃଖ ଲାଗୁଛି ଏବଂ ରାଗ ଲାଗୁଛି। ମୋ ସୁନା ମୁଣ୍ଡା ଭଳି ଝିଅକୁ ଏମାନେ ନିର୍ଯ୍ୟାତନା ଦେଉଥିଲେ? ଆଉ ମୁଁ କେବେ ଜାଣିବାକୁ ଚେଷ୍ଟା କରିନି। ଧିକ୍ ମୋ ଜୀବନ!!

ବସନ୍ତ : ଆପଣଙ୍କ ଇଜ୍ଜତକୁ ଆଖି ଆଗରେ ରଖି, ଭାଉଜ ମୁହଁ ଖୋଲି ନାହାନ୍ତି, ଆଜି ସକାଳେ ମୁଁ ଭାଉଜଙ୍କୁ ଦେଖିଲି ଏବଂ ମୁଁ ପଚାରିବାରୁ ସେ ମନା କଲେ, କାଲେ ଆପଣଙ୍କ ଇଜ୍ଜତ ଆଉ ସମ୍ମାନ ଉପରେ ଆଞ୍ଚ ଆସିବ ବୋଲି!! ମୁଁ ବହୁତ୍ ବାଧ୍ୟ କଲା ପରେ ସେ ମୋତେ କହିଲେ କିନ୍ତୁ ରାଣ ପ୍ରତିଶ୍ରୁତି ଦେଇ କହିଲେ। ଆପଣ କୁହନ୍ତୁ, ଏମିତି କଥା ଶୁଣି ମୋତେ ଏବଂ ଆପଣଙ୍କୁ ଯଦି ଖରାପ ଲାଗୁଛି, ତେବେ ଭାଉଜ କେମିତି ମୁଁହ ବନ୍ଦ କରି ସହି ଯାଉଛନ୍ତି। ତାହା କେବଳ ଆପଣଙ୍କ ପରିବାରର ଇଜ୍ଜତ ଆଉ ସମ୍ମାନ ପାଇଁ। ମୋର ଗୋଟିଏ ଅନୁରୋଧ ରଖିବେ ମଉସା? ଆପଣ ପିଉସୀଙ୍କୁ ତାଙ୍କ ଗାଁରେ ରହିବାକୁ କୁହନ୍ତୁ ଏବଂ ମାଉସୀଙ୍କୁ ବୁଝାନ୍ତୁ। ଆପଣ ଅନୁଜ୍ କୁ ନିଜ ସାନ ପୁଅ ବୋଲି ମାନନ୍ତି ନା? ସେ ଆପଣଙ୍କ ବୋହୁ ଉପରେ ବଳାତ୍କାର କରିବାକୁ ଉଦ୍ୟମ କରିଥିଲା ଆଉ ଭାଉଜ ବିରୋଧ କରିଲା ପରେ ଅନୁଜ୍ ଭାଉଜ ଉପରକୁ ହାତ ଉଠେଇଛି। ଏବେ ଆପଣ ନିଷ୍ପତି ନିଅନ୍ତୁ, ଆପଣ କ'ଣ କରିବେ? ଆଉ ଆପଣ ଯଦି ନିଷ୍ପତି

ନେବେ ନାହିଁ ତେବେ ମୁଁ ସବୁ ସତ କଥା ସୋମେଶକୁ କହିଦେବି। ତେବେ ଆପଣ ସେତେବେଲେ ସୋମେଶକୁ କ'ଣ ଜବାବ ଦେବେ? ନିଜେ ଭାବନ୍ତୁ? ଏତିକି ବେଲେ ଶାନ୍ତି ଦେବୀ ଘର ଭିତରକୁ ପ୍ରବେଶ କରିଲେ। ରାଧା ବାବୁ ଏବଂ ବସନ୍ତ ଚୁପ୍ ହୋଇଗଲେ।

ଶାନ୍ତି ଦେବୀ : ଆରେ ବସନ୍ତ, ତମେ କେତେବେଲେ ଆସିଛ? ସେ ସମୟରେ ବସନ୍ତର ରାଗ ବହୁତ୍ ହେଉଥିଲେ ମଧ ନିଜ ରାଗକୁ ସୀମିତ ରଖ଼, ନମସ୍କାର କରିଲା ଏବଂ ଦୃଢ଼ କଣ୍ଠରେ କହିଲା, ଅଧ ଘଂଟାଏ ହେବ ଆସିଲି, ରାଧା ବାବୁ, ରାଗରେ ଶାନ୍ତି ଦେବିଙ୍କୁ ଚାହିଁଛନ୍ତି।

ଶାନ୍ତି ଦେବୀ : ଚାଲ ବସନ୍ତ, ଖାଇବ?

(ବସନ୍ତ ମୁଣ୍ଡ ତଲକୁ କରି ଚୁପ୍ ରହିଲା)

ରାଧା ବାବୁ : (ଗମ୍ଭୀର କଣ୍ଠରେ) ତମେ ଭିତରକୁ ଯାଆ। ଶାନ୍ତି ଦେବୀ କିଛି ବୁଝି ପାରିଲେ ନାହିଁ ସେ ଘର ଭିତରକୁ ଚାଲିଗଲେ। ରାଧା ବାବୁ ଉଠି ବାରଣ୍ଡାକୁ ଆସିଲେ ଏବଂ ପଛେ ପଛେ ବସନ୍ତ ଆସିଲା।

ରାଧା ବାବୁ : ତମେ ସୋମେଶକୁ କିଛି କହିବନି, ମୁଁ ରମେଶ ବାବୁଙ୍କ ଘରକୁ ଯାଉଛି କିଛି ସମାଧାନ କରି ଆସିବି।

ବସନ୍ତ : ମଉସା, ଏକଥା ରମେଶ ମଉସା ଜାଣିନାହାନ୍ତି।

ଏବଂ ମୁଁ ତ ଆପଣଙ୍କ ଠାରୁ ବହୁତ୍ ଛୋଟ, ମୁଁ ଯଦି ଏମିତି କହି ଆପଣଙ୍କ ମନକୁ କଷ୍ଟ ଦେଇଛି ତେବେ ମୋତେ କ୍ଷମା କରିବେ କିନ୍ତୁ ମୋର ବିବେକ ମୋତେ ଆପଣଙ୍କୁ ଜଣେଇବାକୁ ବାଧ କରିଲା ସେଥିପାଇଁ କହିଲି।

ରାଧା ବାବୁ : ତମେ ଠିକ୍ କରିଛ, ବ'ସନ୍ତ ଏଥିରେ ତମର କିଛି ଭୁଲ୍ ନାହିଁ, ଭୁଲ୍ ତ ମୋର, ମୋ ପରିବାର ଅନୁଶାସନ ରହିପାରିଲା ନାହିଁ ଏବଂ ସେ କାରଣରୁ ମୋ ଝିଅ ଆଜି ଦୁଃଖ ପାଇଛି।

ବସନ୍ତ : ମଉସା, ମୁଁ ଏବେ ଆସୁଛି, ଯଥା ଶୀଘ୍ର ଭାଉଜ ଉପରେ ହୋଇଥିବା ଅନ୍ୟାୟ ବିଷୟରେ ବିଚାର କରିବେ।

ରାଧା ବାବୁ : ଘରକୁ ଆସ, କିଛି ଖାଇକରି ଯିବ।

ବସନ୍ତ : ନା ମଉସା, ସେ ଦିନ ଆସିବି ଯୋଉ ଦିନ ମୋ ଭାଉଜଙ୍କୁ ଏ ଘରେ ଝିଅ ଭଳି ସମ୍ମାନ ମିଳିବ ଆଉ ତାଙ୍କ ହାତରୁ ଖାଇବି କିନ୍ତୁ ବର୍ତ୍ତମାନ ମାଉସୀ ହାତରୁ ପାଣି ଟୋପେ ମଧ ପିଇବି ନାହିଁ। ଏତିକି କହି ନମସ୍କାର କରି ସେ ନିଜ ଗାଁକୁ ଫେରିଗଲା।

ବସନ୍ତ ଗାଁକୁ ଫେରିବାକୁ ଲାଗିଲା, ଏହି କିଛି ସମୟ ଅନ୍ତରାଲ ଭିତରେ ସୋମେଶ ବସନ୍ତର ମେସେଜ ପାଇ ସେ ତାର ଗାଁକୁ ଟେଲିଫୋନ କରିଛି ସେଠୀ ବସନ୍ତ ନାହିଁ ବୋଲି ଜାଣିଲା ପରେ ବସନ୍ତର ମା' ସାଙ୍ଗରେ କଥା ହୋଇଛନ୍ତି।

ଏପଟେ ରାଧା ବାବୁ ରାଗରେ ଘର ଭିତରକୁ ଯାଇ ଶାନ୍ତି ଦେବିଙ୍କୁ ଗୋଟାଏ ଶକ୍ତ ଚାପୁଡ଼ା ଦେଲେ। କହିଲେ, ଆଜି ପର୍ଯ୍ୟନ୍ତ ତୁମକୁ ଅନ୍ଧ ଭଳି ବିଶ୍ୱାସ କରୁଥିଲି କିନ୍ତୁ ତମର ସୁରଭି ପ୍ରତି ଖରାପ ବ୍ୟବହାର ଯୋଗୁଁ ଆଜି ତମ ଉପରକୁ ହାତ ଉଠେଇବାକୁ ବାଧ୍ୟ ହେଲି। ଶାନ୍ତି ଦେବୀ ନିଜ ଭୁଲ୍ ବୁଝିବାର ଅଭିନୟ କରିଲେ ଏବଂ ରାଧା ବାବୁଙ୍କୁ ହାତ ଯୋଡ଼ି କ୍ଷମା ମାଗିଲେ।

ରାଧା ବାବୁ : ତମକୁ କ୍ଷମା ଦେଇ ପାରିବିନି। ପ୍ରଥମେ ମୁଁ ରମେଶ ବାବୁ ପାଖକୁ ଯିବି, ପରେ ତମ କଥା ବୁଝିବି।

ଶାନ୍ତି ଦେବୀ : ମୁଁ ମଧ ଯିବି, ସୁରଭି ପାଖକୁ।

ରାଧା ବାବୁ : ଥାଉ ତମର କୁମ୍ଭୀର କାନ୍ଦଣା ଏବଂ ସୁରଭି ପ୍ରତି ପ୍ରେମ ଦେଖାଅ ନାହିଁ ଯାଅ ଏତୁ ମୋ ଆଖି ସାମ୍ନାକୁ ଆସିବ ନାହିଁ ଏତିକି କହି ବାହାରି ଗଲେ ରମେଶ ବାବୁଙ୍କ ଘରକୁ।

ଧନ୍ୟବାଦ ପାଠକ ବନ୍ଧୁ

ଏହି ଉପନ୍ୟାସର ପ୍ରଥମ ଭାଗ ସମାପ୍ତ ହୋଇ ଯାଇଛି। ଆଶା କରୁଛି ପ୍ରଥମ ଭାଗରେ ଯେଉଁ ବିଷୟ ବସ୍ତୁ ବର୍ଣ୍ଣନା କରାଯାଇଛି ଆପଣଙ୍କ ମନକୁ ନିଶ୍ଚୟ ଛୁଇଁଥିବ। ଦ୍ୱିତୀୟ ଭାଗରେ ଆପଣ ପଢ଼ିବେ ସୁରଭି ସହିତ ପୁଣି କିଛି ଅଘଟଣ ଘଟିଛି ଯାହା ଫଳରେ ସୁରଭି ଜୀବନରେ ମୋଡ଼ ବଦଳି ଯାଇଛି। ଏହି ଭାଗରେ ବସନ୍ତର ପ୍ରେମ କାହାଣୀ ସହିତ ଅନ୍ୟ କିଛି ଘଟଣା ପଢ଼ିବାକୁ ପାଇବେ। ତତ୍ ସହିତ ସୁରଭି ଏବଂ ସୋମେଶଙ୍କ ଶେଷ ଜୀବନ ବିଷୟରେ ଜଡ଼ିତ ଥିବା ଅନ୍ୟ କିଛି କାହାଣୀକୁ ନେଇ ଏହି ଉପନ୍ୟାସଟି ସମ୍ପୂର୍ଣ୍ଣ ହୋଇଛି। ପ୍ରଥମ ଭାଗଟି ପଢ଼ିବା ପାଇଁ ଆପଣ ଯେଉଁ ମୂଲ୍ୟବାନ ସମୟ ଦେଇଛନ୍ତି, ଠିକ୍ ସେହିପରି ଦ୍ୱିତୀୟ ଭାଗଟି ପଢ଼ିବା ଆପଣଙ୍କୁ ପୁନଃ ଅନୁରୋଧ।

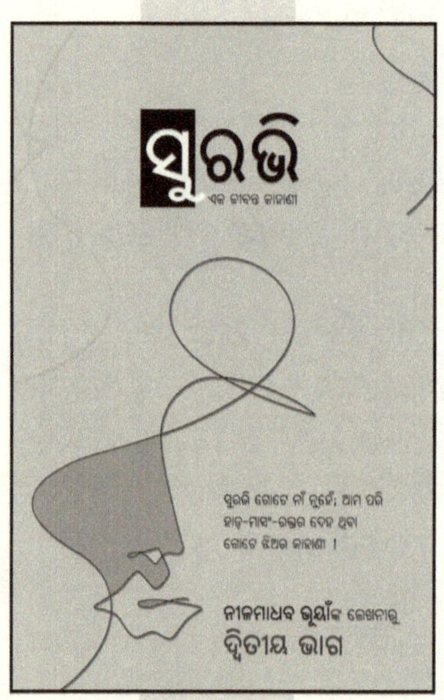

ନୀଳମାଧବ ଭୂୟାଁ
ସୋଲଣ୍ଠି, ଗଞ୍ଜାମ, ଓଡ଼ିଶା
ମୋ - ୮୧୨୧୨୧୧୩୪୬
ଇମେଲ : nbcisf@gmail.com

ଆପଣଙ୍କ ବହୁମୂଲ୍ୟ ଶବ୍ଦ

ଏହି ଉପନ୍ୟାସଟି ପଢ଼ିବା ପରେ ଆପଣଙ୍କ ମୂଲ୍ୟବାନ ଶବ୍ଦ ସହିତ ଏହି ପୃଷ୍ଠାର ଗୋଟିଏ ଫଟୋ ଏବଂ ଉପନ୍ୟାସ ସହିତ ଆପଣଙ୍କର ଏକ ସୁନ୍ଦର ଫଟୋ ଲେଖକଙ୍କ ହ୍ୱାଟସଆପ୍ ଏବଂ ମେଲ୍ ଆଇଡିକୁ ପଠାନ୍ତୁ ଯାହା ଦ୍ୱାରା ଲେଖକ ଆପଣଙ୍କର ମୂଲ୍ୟବାନ ଶବ୍ଦଗୁଡ଼ିକର ଫୋଟୋ ତଥା ଆପଣଙ୍କ ଫୋଟୋକୁ ତାଙ୍କ ବ୍ଲଗ୍ ପୃଷ୍ଠା ଏବଂ ୟୁଟ୍ୟୁବରେ ସ୍ଥାନ ଦେବା ପାଇଁ ଆଶା ପ୍ରକାଶ କରିଛନ୍ତି।

ପ୍ରିୟ ପାଠକ ବନ୍ଧୁ ଏହି ଉପନ୍ୟାସ ବିଷୟରେ ଆପଣଙ୍କର ପ୍ରିୟ ବ୍ୟକ୍ତିଙ୍କୁ ଜଣେଇବାକୁ ଭୁଲିବେ ନାହିଁ ତଥା ଲେଖକଙ୍କୁ ତାଙ୍କ ନାମ ଜଣେଇବାକୁ ଅନୁରୋଧ।

- ଧନ୍ୟବାଦ -

Whatsapp : https://wa.me/+918178121356,

Gmail: nbcisf@gmail.com

www.ingramcontent.com/pod-product-compliance
Lightning Source LLC
Chambersburg PA
CBHW031313160726
47993CB00001B/402